Diogenes Taschenbuch 24294

Astrid Rosenfeld

Elsa ungeheuer

Roman

Diogenes

Die Erstausgabe
erschien 2013 im Diogenes Verlag
Umschlagillustration:
Ben Schonzeit, ›Birdaid‹, 1971
Acryl auf Leinwand, 213 x 213 cm

*Für Daniel Keel,
Rudolf C. Bettschart
und Philipp Keel
in Dankbarkeit*

Veröffentlicht als Diogenes Taschenbuch, 2014

www.diogenes.ch
300/14/44/1
ISBN 978 3 257 24294 2

I
Hunde

1

Für manche Menschen scheint die Erde einfach nicht der rechte Ort zu sein, und meine Mutter Hanna war so ein Mensch.

In dem kleinen oberpfälzischen Dorf, in dem wir lebten, betrachtete man die Sachen nüchterner und nannte sie einfach eine Verrückte. Natürlich äußerte man dergleichen nur hinter vorgehaltener Hand. Aber die vorgehaltene Hand war nicht mehr als eine Geste. Die Worte drangen laut und deutlich an unsere Ohren.

Mit sechzehn hatte Hanna Stimmen gehört. Mit siebzehn durfte sie die Psychiatrie wieder verlassen und mit achtzehn auch die Neuroleptika absetzen. Übrig blieb eine grüne Mütze, die ein Arzt ihr geschenkt hatte. Auch noch zwölf Jahre später thronte sie Sommer wie Winter auf Hannas Haupt. Ein Talisman.

Vor elf Tagen verschwand die grüne Mütze und Hanna Brauer, geborene van Dohl, zog sich eine rosa Unterhose über den Kopf und sprang vom Balkon.

Mein Vater Randolph Brauer vermietete vierzehn Fremdenzimmer, die schönsten im Ort. Unser Haus war fast so etwas wie ein Hotel.

Zum Haus gehörten eine Scheune, ein Stall, eine Koppel,

die drei Ponys beherbergte, und ein Garten mit Gemüsebeeten, an dessen äußerem Rand der Mühlbach floss. Eine kleine Brücke, bestehend aus drei dunkelbraunen Holzbrettern und einem wackligen Geländer, spannte sich über den 1,50 Meter breiten Bach und verband unseren Garten mit der Hauptstraße.

Im Herbst und im Winter arbeitete mein Vater in der Kartoffelchips-Fabrik, die auf halber Strecke zwischen Dorf und Stadt lag. Im Frühling reisten die ersten Gäste an, und im Sommer platzte unser Haus aus allen Nähten.

Vor vielen Jahren hatten auch Hanna van Dohl und ihr Vater die Sommerferien bei uns verbracht. Herr van Dohl fuhr Ende August zurück nach Den Haag, Hanna jedoch blieb in der Oberpfalz und heiratete Randolph Brauer.

Manchmal sperrte sich Hanna tagelang in ihr Schlafzimmer ein und weinte.

Manchmal überkam sie der Drang, seltsame Dinge zu tun, etwa nackt auf der Brücke zu stehen und unreifes Gemüse in den Mühlbach zu schmeißen. Sie hasste die Ponys und liebte den Esel. Bevor meine Eltern heirateten, hatten die vier Tiere zusammen in der Koppel gelebt, aber Hanna glaubte, dass die Ponys den Esel quälen würden, und bestand darauf, ihn ins Haus zu holen.

Randolph Brauer war ein bodenständiger Fast-Hotelier und Saisonarbeiter, aber mehr als alles andere war er Hannas Mann, und so bekam der Esel ein Zimmer im Erdgeschoss.

Das war noch vor unserer Geburt gewesen. Für meinen älteren Bruder Lorenz und mich war es das Normalste der Welt, dass ein Esel im Haus wohnte. Und niemals hätten wir die Geschichten, die unsere Mutter über die schrecklichen Ponys erzählte, in Zweifel gezogen.

»Sie mögen ihn nicht, weil er anders ist. Als der Esel noch bei ihnen leben musste, haben sie ihn gezwickt, die ganze Nacht. Mit den Zähnen. Wenn er trotz der Schmerzen einmal eingeschlafen ist, haben die Ponys ihm furchtbare Dinge ins Ohr geflüstert und sie in seine Träume geschickt.«

»Was für furchtbare Dinge?«

»Hunde, die nur aus Knochen bestehen und einem bei lebendigem Leib die Nieren rausreißen.«

Oft überlegte mein Vater, ihr zuliebe die drei Tiere abzuschieben. Aber in dem bebilderten Prospekt des hiesigen Tourismusbüros pries man unser Haus als »Ponyhof Brauer« an. Viele Familien mit Kindern verbrachten tatsächlich einzig und allein wegen der zwei braunen und des einen schwarzen Ponys ihre Ferien bei uns.

Hannas toter Körper wurde nach Den Haag transportiert. Seit ihrer Geburt wartete dort in der Familiengruft der van Dohls ein Platz auf sie. Mein Vater fuhr mit dem Zug hinterher und ließ Lorenz und mich in der Obhut unserer Haushälterin Frau Kratzler und unseres Dauergastes Herr Murmelstein zurück.

So wie in anderen Familien hässliche Kuckucksuhren von Generation zu Generation weitergegeben werden und niemand es wagt, das Erbstück trotz seiner Scheußlichkeit zu entsorgen, wurde bei uns Frau Kratzler durchgereicht. Wann Frau Kratzler in den Besitz der Brauers übergegangen war, wusste keiner so genau. Es lebte niemand mehr, der sich an eine Zeit ohne sie erinnern konnte. Frau Kratzler selbst hüllte sich in Schweigen. Ich glaube, einfach nur, um sich interessant zu machen.

Lorenz und ich vermuteten, dass sie eine der ältesten Frauen, wenn nicht sogar die älteste Frau der Welt war. Sollten wir sie eines Tages erben, dann würden wir sie an einen Zirkus oder ein Museum verkaufen.

Als wir Frau Kratzler diesen Plan unterbreiteten, haute sie uns mit der flachen Hand auf den Hinterkopf. Sie haute uns manchmal, oder besser gesagt, sie versuchte es, denn sobald sie ausholte, rannten wir davon. Allerdings hatten wir gedacht, dass ihr die Sache mit dem Zirkus gefallen würde, und so traf uns ihr Schlag unvermutet.

»Lauf, Karl!«, schrie mein Bruder aus dem Fenster. Ich stand im Garten und hatte die Kratzlerin nicht kommen sehen. Dieses Mal drohten mir keine Prügel, sondern der Kamm, den sie in ihrer Rechten hielt.

Nur meine Mutter durfte meine störrischen Haare bürsten, und meine Mutter war seit elf Tagen tot. Etwas, das an das Nest eines expressionistischen Vogelpärchens erinnerte, zierte meinen Kopf. Frau Kratzler hatte panische Angst, dass mich Läuse befallen könnten.

»Schneller, Karl«, rief Herr Murmelstein – das Murmeltier, wie Hanna ihn getauft hatte – aus einem anderen Fenster.

Nur wir vier waren zu Hause, sämtliche Sommergäste spazierten an diesem Julinachmittag durch den Bayerischen Wald oder sonnten sich am Stausee.

»Lauf!«, schrie Lorenz noch einmal.

Ich rannte, so schnell ich konnte. Die Innenseiten meiner

speckigen Oberschenkel rieben aneinander, es brannte fürchterlich. Frau Kratzlers Entschlossenheit, meine Haare vor einer Läuseplage zu schützen, verlieh ihr ungeahnte Kräfte.

So hechelten wir durch den Garten, ein dicker achtjähriger Junge und die vielleicht älteste Frau der Welt.

»Lassen Sie doch das Kind in Ruhe, Kratzler, Sie böse Person.« Das Murmeltier und unsere Haushälterin verachteten einander zutiefst und gaben sich wenig Mühe, das zu verbergen.

Das Murmeltier lebte schon seit zehn Jahren bei uns.

Eigentlich hatte er sich damals nur auf der Durchreise befunden, aber dann krachte mitten auf der Hauptstraße ein Kabrio frontal in seinen Opel Admiral, und der Wagen erlitt einen Totalschaden. Das Murmeltier deutete den Unfall als Fügung des Schicksals und blieb in unserem Dorf.

Seither wohnte er in einem Zimmer im oberen Stockwerk, und der kaputte Opel Admiral verrottete in unserer Scheune.

Das Murmeltier war über sechzig, seine Haare grau, und oben links fehlten ihm drei Zähne: der Schneidezahn, der Eckzahn und der daneben. In der Lücke steckte meist ein qualmender Zigarrenstumpen.

Er hatte die ganze Welt bereist und doch nichts von ihr gesehen. Schuld an diesem Versäumnis waren die Frauen. Tausende von Frauen, die das Murmeltier in ihre Schlafgemächer und Hotelzimmer gelockt hatten. Zwischen ihren Beinen vergaß er all die Pläne und Ziele, die ihn einst dazu bewogen hatten, seine Koffer zu packen. Jahrzehnte später kam die Nacht, in der er zwar wollte, aber nicht mehr konnte.

Weder die vollsten Lippen noch die geschicktesten Hände brachten seinen Schwanz wieder zum Stehen, und auch kein Arzt. Das Leben verlor augenblicklich seinen Sinn, und so machte er sich auf den Weg zurück zum Ausgangspunkt seiner Reise – einem Ort an der österreichischen Grenze, nicht größer als unser Dorf –, in der Hoffnung, dort seine ursprünglichen Wünsche und Träume wiederzufinden. Getrieben von einer ungeheuren Wut auf alle Weiber dieser Erde, raste er mit 140 Stundenkilometern über unsere Hauptstraße. Der Fahrer des entgegenkommenden Autos befand sich, ebenfalls die Geschwindigkeitsbegrenzung missachtend, nach einem Überholmanöver auf der falschen Spur.

Beide blieben wie durch ein Wunder unverletzt.

Es war das ›Internationale Jahr der Frau‹, das Jahr, in dem Bill Gates und Paul Allen Microsoft gründeten, das Jahr, in dem der Vietnamkrieg endete, und laut Berechnung der Zeugen Jehovas das letzte Jahr überhaupt. Aber in unserem Dorf ging 1975 als das Jahr des Unfalls in die Annalen ein. Dafür sorgte mehr noch als das Murmeltier der zweite Protagonist des Geschehens: Viktor Janneck, ein junger Schweizer Privatier. Auch die Überreste seines roten Kabrios Mercedes Roadster 300 SL fanden einen Platz in unserer Scheune.

Viktor verbrachte eine Woche in der Oberpfalz. Am achten Tag verschwand er in einem ADAC-Leihwagen und nahm Mathilde, die schönste Frau des Dorfes, mit. Dass Mathilde Gröhler, geborene Wiesinger, bereits verheiratet war und nicht nur drei Koffer, sondern auch ihre einjährige Tochter im Auto verstaute, bereicherte die Angelegenheit um weitere pikante Details.

Obwohl es nur zwei Augenzeugen gegeben hatte – meine

schwangere Mutter, die gerade in dem 40 cm tiefen Mühlbach planschte, und Mathildes Mutter Frau Wiesinger, die Wirtin des Jagdhofes –, schilderte jeder Dorfbewohner den Unfall so, als wäre er an diesem Junitag dabeigewesen. Selbst wir Kinder erzählten Jahre später den Sommergästen die Geschichte mit einer solchen Inbrunst, dass sie ständig verwirrt nachfragten: »Und wann war das? Und wie alt bist du?«

Der Versuch, über das Salatbeet zu springen, schlug fehl. Ich stolperte und knallte hin. Mit einem Stöhnen bückte sich Frau Kratzler über mich und zückte den Kamm. Ich war weder schnell noch stark, aber ein Meister im unkontrollierten Wild-um-sich-Treten. Angefeuert von meinem Bruder und dem Murmeltier, strampelte ich, bis die Kratzlerin aufgeben musste.

»Karl, heute Abend gibt es kein Essen. Du bringst das arme Herzjesulein wieder zum Weinen. Ein Junge mit so schlechtem Benehmen, Herr im Himmel.«

Das Herzjesulein weinte laut Frau Kratzler ständig wegen Lorenz und mir. Wir haben ihr das natürlich nie geglaubt. Jemand, der keine einzige Träne vergießt, wenn man ihm einen Haufen Nägel durch die Hände bohrt, fängt ganz bestimmt nicht an zu heulen, nur weil zwei Kinder ein paar Dummheiten machen.

Frau Kratzler warf den Kamm nach mir, er prallte an meinem Rücken ab.

Das Murmeltier applaudierte. »Karl, sie hat kapituliert. Du hast sie kleingekriegt.«

»Kein Essen! Auch für Sie nicht, Herr Murmelstein. Damit wir uns verstanden haben«, brüllte sie zu seinem Fenster hoch.

»Niemand will Ihr Essen, Kratzler«, schrie er zurück, und sein Bass war um einiges eindrucksvoller als ihr schrilles Gekeife.

Lorenz und ich hockten auf dem wackligen Geländer der Brücke und warteten auf das Murmeltier. Die Kratzlerin hatte ihre Drohung wahr gemacht und nicht gekocht. Daher führte uns das Murmeltier an diesem Abend aus. In unserem Dorf gab es eine einzige Gaststätte. Den Jagdhof der Wiesingers auf der gegenüberliegenden Straßenseite. 42 Kinderschritte von der einen bis zur anderen Haustür.

»Glaubst du wirklich, dass sie es getan hat?«

Seit elf Tagen spekulierten Lorenz und ich darüber, was mit Hannas grüner Mütze geschehen war, und wir hatten den Verdacht, dass Frau Kratzler sie einfach entsorgt haben könnte.

»Wahrscheinlich«, sagte Lorenz ernst.

»Wie hat sie es wohl gemacht?«

»Nachts. Sie ist ins Schlafzimmer geschlichen, hat die Mütze geklaut und sie im Wald verbrannt.«

Obwohl wir dieses Gespräch in der vergangenen Woche Dutzende Male geführt hatten, hing ich an seinen Lippen. Lorenz war zwei Jahre älter als ich, einen Kopf größer und viele Kilos leichter. Er war mein Beschützer, mein Freund, mein Vorbild. Ein fetter Junge wie ich, der seine Fettheit weder mit Kraft noch mit einem besonderen Talent wettmachen konnte, war das geborene Opfer für den Zorn und die Langeweile der Dorfkinder. Nur meinem Bruder hatte ich es zu verdanken, dass die anderen mich meistens in Ruhe ließen.

47 Geweihe, ein ausgestopftes Wiesel und 32 Fotografien zierten die Wände des Jagdhofs. Die meisten Bilder zeigten Mathilde. Einerseits empfand die alte Wiesinger eine Wut auf ihre schöne Tochter, die nicht nur ihre Eltern und die Heimat, sondern auch einen gehörnten Ehemann zurückgelassen hatte. Andererseits war sie mächtig stolz auf Mathilde, die sich immerhin einen steinreichen, wohlerzogenen jungen Schweizer geangelt hatte.

Auf jedem der Bilder lachte die Wiesinger-Tochter. Sie lachte in Schwarzweiß, in Farbe, als Kind, als Mädchen, als Braut.

Selbst ihr zweidimensionales, stummes Lachen war ansteckend. Ein Blick genügte, und schon schnellten die Mundwinkel des Betrachters nach oben.

Das Hochzeitsfoto stach mit seinem goldenen Rahmen besonders hervor. Mathildes Kleid konnte nicht verbergen, dass sie bereits schwanger war, als sie Hubertus Gröhler, dem Direktor der Grundschule, das Jawort gab.

Die Braut lacht, der Bräutigam starrt etwas unsicher in die Kamera, und neben ihnen – halb abgeschnitten und trotzdem ganz überflüssig – steht Gustav Gröhler, Hubertus' Bruder.

Am Stammtisch steckte man die Köpfe zusammen. An der Theke redeten Pfarrer Lübbe und der Dorfarzt Doktor Grievenhast hektisch aufeinander ein. Etwas lag in der Luft. Die sonst so lauten Begrüßungen blieben aus.

Sobald wir saßen, eilte die alte Wiesinger herbei.

»Herr Murmelstein und meine armen, armen Halbwaisen«, seufzte sie und streichelte Lorenz über den Kopf. Ihre Hand wanderte zu meinem Haupt und verkrampfte augenblicklich beim Kontakt mit meinen Haaren. »Haben Sie es schon gehört?«, fragte die Wirtin und wischte sich die Hand an der Schürze ab.

»Was gehört, Frau Wiesinger?«

»Mathilde ist hier.«

»Wo?«, fragten wir drei wie aus einem Mund.

»Bei den Gröhlers.«

»Hat sie den Schweizer verlassen?«

»Herr Murmelstein, wo denken Sie denn hin? Nein, ganz im Gegenteil. Viktor und Mathilde wollen um die Welt segeln. Es geht um das Kind, es wird bei Hubertus und Gustav bleiben. Was soll denn die kleine Elsa auch auf so einem Schiff? Sie werden lange unterwegs sein ... ein Jahr, vielleicht zwei.«

Wir gaben unsere Bestellung auf.

»Guten Abend. Darf ich?« Doktor Grievenhast deutete auf den freien Stuhl.

»Natürlich, Doktor.«

»Haben Sie es schon gehört?«

»Mathilde?«

Grievenhast nickte. »Damit wären wir beide die einzigen Männer in diesem Raum, die nichts zu befürchten haben, Murmelstein.«

»So? Was meinen Sie damit?«

»Elsa ... Wenn das Mädchen rote Haare hat, weiß doch jeder sofort, wer der Vater ist.« Sein Blick schweifte zu dem rothaarigen Schuster und Sattelmacher Fred Nesshauer.

»Oder eine Hakennase wie unser Bäcker oder ein grünes und ein braunes Auge wie der Michi.«

Das Murmeltier legte seine Stirn in Falten. »Alle hier?«

Der Doktor lächelte böse. »Sie kannten unsere Mathilde nicht.«

»Nein, nur flüchtig. Ein paar Tage nach meiner Ankunft fuhr sie ja schon mit dem Schweizer davon.« Das Murmeltier besah sich die jugendliche Mathilde, die, eine schwarze Katze im Arm wiegend, über ihm hing. »Und Sie? Sie haben der Versuchung widerstanden?«

»Natürlich«, sagte Grievenhast ernst.

»Gut für Sie … Oder auch nicht gut für Sie. Wer weiß, was Ihnen entgangen ist.«

»Was wiegt vergangenes Entgangenes gegen einen gegenwärtigen ruhigen Pulsschlag? Wenigstens muss ich mir jetzt nicht die Hosen vollmachen wie alle anderen hier. Außer Ihnen, Murmelstein.«

»Vergessen Sie den Pfarrer nicht … Mit ihm dürften wir immerhin drei furchtlose Männer sein.«

»Sie kannten unsere Mathilde nicht«, wiederholte der Doktor.

»Ich fürchte mich auch nicht«, sagte Lorenz. »Warum soll ich vor einem Mädchen Schiss haben?«

Der Doktor lachte. »Natürlich, und dein Bruder sicher auch nicht.«

Ich schwieg. Ich war mir da nicht so sicher, wenn selbst der Schuster und der Bäcker Angst hatten.

Frau Wiesinger kam mit unseren Getränken. »Seit zehn Jahren habe ich Mathilde und meine Enkeltochter nicht gesehen, und jetzt kommen sie auch noch zu spät. Sie sollten schon längst hier sein.« Die Wirtin knallte die Gläser auf den Tisch. Meine Cola schwappte über.

Dann ging die Tür auf. Gustav Gröhler stand im Raum. Den linken Arm in die Höhe gereckt, ein blutgetränktes Taschentuch um die Hand gewickelt. Schlagartig verstummten alle Gespräche.

»Grievenhast«, rief Gustav und steuerte auf unseren Tisch zu.

Zwei Blutperlen tropften in die Cola-Pfütze.

»Was ist denn passiert? Versuchen Sie, Wölfe zu zähmen?«, fragte der Doktor und besah sich die Fleischwunde.

»Wölfe? Nein. Das war Elsa.«

Ein Schauer durchfuhr meinen Körper. Elsa. Man fürchtete sie also zu Recht. Ich sah Lorenz an, auch er schien beeindruckt zu sein.

Gustav Gröhler, der Bruder unseres Schuldirektors Hubertus Gröhler, war nicht irgendein Mann, er war Sportlehrer am städtischen Gymnasium und Marathonläufer. Muskulös und verdammt schnell.

»Und wo ist meine Tochter?«, fragte die alte Wiesinger aufgebracht.

»Mathilde und Hubertus versuchen, das Ungeheuer aus dem Badezimmer zu locken. Sie hat die Tür verriegelt.«

Während sich immer mehr Menschen um unseren Tisch drängten, entstand vor meinen Augen das Bild des Mädchens, das Gustav Gröhlers Hand zerfetzt hatte: Ihre Eckzähne waren spitz, in den Mundwinkeln klebte Blut. Sie war noch schöner als ihre Mutter. Eine Mischung aus Catwoman, Poison Ivy und ein paar namenlosen Vampirinnen. Sie schlief in Baumkronen und ernährte sich von Hühnern, denen sie bei lebendigem Leibe die Köpfe abriss. Elsa, das Ungeheuer. Lorenz und mich ernannte sie zu ihren Gefährten, und wir drei lebten glücklich zusammen bis ans Ende unserer Tage.

»Dann werde ich jetzt hingehen«, sagte die Wirtin und zitierte ihren Mann aus der Küche. Er nahm den Befehl – kochen und servieren, bis sie wieder da sei – mit einem Kopfnicken entgegen.

Wir alle warteten vergeblich. Weder die alte Wiesinger noch Mathilde noch Elsa tauchten auf. Kurz vor Mitternacht läutete der Wirt die letzte Runde und machte dicht.

Es war die erste Nacht seit Hannas Sprung, in der Lorenz und ich nicht um unsere tote Mutter weinten.

Elsa beherrschte unsere Gedanken.

Es war das erste Mal überhaupt, dass wir das Murmeltier nicht anbettelten, uns eine Weibergeschichte zum Einschlafen zu erzählen. Wir liebten seine Ausführungen über die Schnallen und Büchsen aus aller Herren Länder.

Hanna hatte zum Entsetzen unserer Haushälterin niemals Einwände gegen seine speziellen Gutenachtgeschichten geäußert. Nur bei einem bestimmten Wort, »Fotze«, sollten wir uns die Ohren zuhalten.

Mama bezeichnete das Murmeltier immer als einen Philosophen, Frau Kratzler nannte ihn einen Schmarotzer. Er wohnte und speiste umsonst bei uns, und unser Vater versorgte ihn mit Zigarren und zahlte seinen Deckel im Jagdhof. Als einzige Gegenleistung kümmerte er sich um die Ponys und brachte den Ferienkindern das Reiten bei. Zu wenig in den Augen der Kratzlerin.

»Was tun Sie denn bitte den Rest des Tages?«, schnauzte sie bei jeder Gelegenheit.

»Ich ringe um Erkenntnis. Ich ringe um Erkenntnis.«

Das Murmeltier hatte Lorenz und mir geschworen, dass er uns seine Erkenntnis, sollte er sie jemals erlangen, als Ersten mitteilen würde. Ständig fragten wir ihn, ob es endlich so weit sei.

Nicht in dieser Nacht. Elsa beherrschte unsere Gedanken.

»Ich wette, sie kann gut schwimmen«, sagte ich.

»Wahrscheinlich, aber nicht so schnell wie ich.«

»Meinst du, sie wird uns mögen?«

»Warum soll sie uns nicht mögen?«

»Dich schon, aber mich?«

»Dich auch.«

»Lorenz?«

»Ja?«

»Ich hab ein bisschen Angst vor ihr.«

»Ich nicht.«

Am nächsten Morgen weckten uns das Gekeife der Kratzlerin und das Brummen des Murmeltiers. In Schlafanzügen stürmten wir aus dem Zimmer und rannten die Treppe hinunter. Nicht nur uns hatte das Geschrei aus dem Bett geholt. Im Halbkreis versammelt standen sämtliche Feriengäste und sahen dem Schauspiel zu. In den Hauptrollen: Frau Kratzler und Herr Murmelstein. In der Nebenrolle, stumm und ahnungslos, der Esel.

»Er bleibt hier«, sagte das Murmeltier. »Sie werden nicht das Andenken einer Toten schänden.«

Unsere Haushälterin schüttelte verächtlich ihr Haupt und wollte samt Esel zur Tür hinaus.

»Kratzler, einen Schritt weiter, und ich bringe Sie um.«

»Herr im Himmel, heiliges Herzjesulein, was sind das denn für Reden? Was erlauben Sie sich!«

»Lassen Sie den Esel los. Ich zähle bis drei. Eins …«

»Warum kann das Viech nicht in den Stall zurück, da wo es hingehört …«

»Zwei …«

»Herr Murmelstein, ich arbeite schon mein ganzes Leben lang für diese Familie …«

»Drei.«

Zwischen dem ›e‹ und dem ›i‹ ließ Frau Kratzler die Longier-Leine fallen und betrog das Publikum um einen spektakulären letzten Akt.

Nachdem der Esel wieder sein Zimmer bezogen und das ganze Haus gefrühstückt hatte, packten mein Bruder und ich das erste Mal seit Hannas Tod unsere Schwimmbeutel, um den Tag am Stausee zu verbringen. In der Koppel zeigte das Murmeltier den Ferienkindern, wie man den Ponys das Zaumzeug anlegte, während wir Richtung Hauptstraße schlenderten. »Vielleicht bleiben wir doch hier«, sagte Lorenz, als wir auf der Brücke standen.

»Ja, wir können auch im Mühlbach schwimmen.«

»Genau.«

Man konnte im Mühlbach nicht schwimmen. Nur Hanna hatte es irgendwie fertiggebracht, in dem seichten Wasserlauf ihre Bahnen zu ziehen.

»Wenn sie zum See will oder zur alten Wiesinger, muss sie hier vorbeikommen«, sagte Lorenz.

Elsa beherrschte unsere Gedanken.

Wir hockten uns auf das wacklige Geländer und starrten auf die Straße.

Es geschah nichts.

»Sie wird doch auch mal rausgehen?« Mein Bruder klang genervt.

Eine Weile vertrieben wir uns die Zeit mit Weitspucken und Steinchenschmeißen.

Es geschah nichts.

Allmählich bekam ich Angst, dass Lorenz die Lust verlieren könnte, an diesem strahlenden Sommertag eine leere Straße und den verwaisten Parkplatz des Jagdhofs zu observieren.

Mein Bruder war sprunghaft, man wusste nie genau, wann und warum er einer Sache überdrüssig wurde. Es geschah abrupt, ohne Vorwarnung. Manchmal war es eine Erleichterung. Beim Fußball mit den Nesshauer-Kindern. Drei rothaarige, bösartige Geschöpfe, die mich auf dem Platz foulten, selbst wenn ich in ihrer Mannschaft spielte.

Bei anderen Gelegenheiten stimmte es mich traurig. Im Frühling hatte Lorenz eine Flotte gezeichnet, die selbst die spanische Armada das Fürchten gelehrt hätte. Stolz präsentierte er mir seine Bleistift-Phantasien: »Unsere Fregatten werden niemals untergehen.«

Wir nagelten und hämmerten fünf volle Tage lang. Doch schon unser Prototyp – mehr Floß als Schiff – überlebte seine Jungfernfahrt auf dem Stausee nicht.

»Wir werden den Fehler finden«, sagte ich, als unsere Konstruktion in Einzelteile zerfiel. Aber Lorenz hatte bereits einen Schlussstrich unter unsere Seemachtsträume gezogen. Er nahm meine Hand, und ich folgte ihm widerstandslos.

Natürlich wäre ich ihm auch heute gefolgt, aber sie wog jetzt schon schwerer als alle nie gebauten Schiffe. Elsa beherrschte meine Gedanken.

»Lorenz, schau«, schrie ich. Hubertus Gröhlers grauer Audi steuerte direkt auf den Parkplatz des Jagdhofs zu.

Als Erster stieg Elsas Vater aus dem Wagen. In der Julisonne sah sein dunkler Anzug einfach nur verkehrt aus. Viktor, der Schweizer, präsentierte sich in hellem Leinen.

Ein Lachen, das bis zu uns herüberhallte. Schimmernde Satinsandalen. Makellose nackte Beine. Mathilde. Blassrosa und transparent der Stoff ihres Kleides. Goldblond die Haare, die bis zum Kinn reichten. Die vierte Tür öffnete sich nicht.

Der Jagdhof hatte noch geschlossen. Auf zwei perfekten Fingern ließ Mathilde einen fast perfekten Pfiff ertönen. Oben am Fenster streckte die alte Wiesinger den Kopf heraus.

»Komm.« Lorenz nahm meine Hand.

Während das Trio im Wirtshaus Einlass fand, überquerten wir die Straße.

Nicht einmal mehr fünf Schritte trennten uns von dem grauen Audi, dessen Scheiben die Sonnenstrahlen reflektierten. Ich glaubte einen Kopf und Schultern zu erkennen. Drei Schritte. Lorenz ging voran. Ein Schritt. Er presste sein Gesicht gegen das Autofenster. Ein Knall und noch einer. Elsas flache Hand malträtierte von innen die Scheibe. Lorenz wich zurück. »Blöde Kuh«, rief er so laut, dass sie es durch Blech und Glas hören musste. »Das zahl ich dir heim.« Er reckte seine Faust und spuckte auf den Asphalt. »Komm raus, wenn du dich traust.«

Aber Elsa kam nicht.

»Lorenz?«

»Ja?«

»Wie sieht sie aus?«

»Keine Ahnung.«

»Nehmen sie Elsa wieder mit?«

»Keine Ahnung. Lass uns reingehen.«

Auf dem kurzen Weg bis zum Eingang drehte ich mich mehrmals um, in der Hoffnung, dass sie sich doch noch zeigen würde.

Aber Elsa zeigte sich nicht.

Gelächter und Rauch strömten uns entgegen. Am Stammtisch saßen die Wiesingers und das Trio. Auf halber Strecke zwischen Tür und Tisch blieben Lorenz und ich stehen. Keiner hatte unser Erscheinen registriert.

Neben den früh gealterten Wirtsleuten und dem Schuldirektor mit seiner leidenden Miene, eingehüllt in den ewigen Fett-Schweiß-Bier-Geruch der Gaststube, wirkten Mathilde und Viktor wie eine doppelte, menschgewordene Verheißung. Ein Versprechen, dass das ganze Leben nicht mehr sei als ein riesengroßer Spaß.

»Die Brauer-Kinder. Ja, was macht ihr denn hier? Es ist noch zu.« Die alte Wiesinger hatte uns entdeckt.

Mathilde sprang von ihrem Stuhl auf. »Das sind Randolphs Kinder? Kommt her, ihr zwei.«

Sie umarmte uns, streichelte unsere Wangen und machte uns verlegen. Unter ihrem transparenten Kleid trug sie transparente Spitze. Zweimal nichts. Ich spürte die Wärme ihrer Haut und konnte ihr Parfum riechen.

»Setzt euch, Jungs«, sagte Viktor.

Cola für die armen Halbwaisen. Wermut für die Erwachsenen.

Zwischen den Namen von Weltmeeren und einer Yacht erklang immer wieder Mathildes mitreißendes Lachen.

»Und nach Madagaskar segeln wir auch«, rief sie und leerte ihr Glas in einem Zug. »Wie heißen die Äffchen noch mal, Vicky?«

»Lemuren.«

»Genau. Lemuren. Sie können sich nur im Seitgalopp vorwärtsbewegen. Könnt ihr euch das vorstellen? Das ist doch verrückt.« Mathilde stand auf, zog ihre Schuhe aus und stemmte ihre Arme in die Hüften. »Musik!«, verlangte sie. »Musik!«

Herr Wiesinger schaltete das Radio an. Der Klassiksender spielte gerade Rimski-Korsakows *Hummelflug*.

Schneller und immer schneller bewegten sich Mathildes Beine. Hubertus betrachtete ihre tanzende Gestalt voller Verwunderung. Als könnte er nicht fassen, dass dies einst seine Frau gewesen war. Und es hatte auch etwas Unvorstellbares: Mathilde und der Schuldirektor, dessen wulstige Lippen das einzig Überschwengliche an ihm waren, während sie nur aus Überschwang zu bestehen schien.

Mathilde verbeugte sich, und wir applaudierten. »Frag, ob sie Elsa mitnehmen, ja?«, flüsterte ich Lorenz zu. Ich hatte das Mädchen draußen im Auto nicht vergessen.

»Ist doch egal«, antwortete er und klatschte weiter.

Cola für die armen Halbwaisen. Wermut für die Erwachsenen. Nur Hubertus verlangte nach Kaffee, schließlich musste er den Schweizer und Mathilde noch zum Bahnhof fahren.

Von dreißig Koffern und einer sechsköpfigen Mannschaft, die in Lissabon bereits die Weltreisenden erwarteten, war die Rede. Von Elsa nicht.

»Mutti, was gibst du mir da eigentlich Schreckliches zu trinken? Mir ist schon ganz schwindelig«, sagte Mathilde mit gespielter Empörung. Die alte Wiesinger verstand das Spielchen nicht und verteidigte – halb verschämt, halb gekränkt – ihren Wermut.

Von Tapiren, Kängurus und Sultanen war die Rede. Von Elsa nicht. Meine Zunge nahm Anlauf, ihr Name kam nicht heraus. Ein gestammelter Halbsatz, den zwei Vulkane, die verbotene Stadt und ein Stern im Norden einfach abwürgten.

Als Mathilde auf die Toilette musste, witterte ich meine Chance. Unter vier Augen würde ich zustande bringen, was mir am Stammtisch misslungen war.

Ich begleitete die vom Wermut leicht wankende Mathilde treppab. Unten auf dem Flur, der eine Tür für Frauen und eine für Männer bereithielt, berührte ich ihren Arm.

»Ja?« Sie beugte sich zu mir herunter.

Mein Mund stand offen. Elsa klemmte in meiner Kehle. Kein Laut drang heraus. Mathilde ergriff das Wort.

»Randolph Brauers Sohn«, sagte sie und strich mir über den Kopf, »das sind ja deine Haare! Ich dachte, es wäre eine Mütze.«

»Meine Mama … Sie … sie hat mich immer gekämmt und jetzt …«

»Ach, du armes Ding.« Mathilde seufzte. »Und dein Vater? Ist er sehr traurig?«

»Er ist in Holland.«

»Ich kannte ihn gut. Ich mochte ihn sehr gerne. Randolph ist einer der wenigen Männer, die ihren Pimmel nie in mich hineingesteckt haben. Du weißt doch, was ein Pimmel ist?«

Ich nickte.

»Der Doktor, weil er nicht konnte, Gustav Gröhler, weil ich nicht wollte, und dein Vater, weil ... weil er nicht wollte.«

»Das Murmeltier kann auch nicht mehr.« Elsa zerquetschte meine Stimmbänder.

»Was kann das Murmeltier nicht mehr?«

»Seinen Pimmel wo reinstecken. Die Weiber haben alles aus ihm rausgesaugt.«

»So? Und wer ist das Murmeltier?«

»Das Murmeltier ... Herr Murmelstein.«

»Natürlich ... Der Unfall. Herr Murmelstein. Er wohnt noch immer bei euch, nicht wahr? Ihm fehlt ein Zahn.«

»Drei Zähne.« Ich holte tief Luft. Jetzt. Jetzt. Jetzt. »Nehmt ihr Elsa wieder mit?«

Mathilde konnte diesen Übergang von versagenden Pimmeln über Zahnlücken hin zu ihrer Tochter offenbar nicht nachvollziehen. »Was meinst du?«

»Elsa ... Sie sitzt im Auto, und da dachte ich, dass sie mit euch geht. Mit ... Mit aufs Schiff ...«

»Oh, nein. Nein. Sie bekommt nur neue Schuhe in der Stadt. Denn meine liebe Tochter hat ihre gestern aus dem fahrenden Zug geschmissen. Alle. Auch die, die sie anhatte.«

Mathildes blaue Augen musterten meinen speckigen Körper und das wuchernde Haarnest. »Elsa kann grausam sein.«

Die Türen des grauen Audis wurden geöffnet. Elsa hatte sich von Kopf bis Fuß in eine braune Decke eingehüllt. Nicht eine Haarsträhne, nicht ein Quadratzentimeter Haut lugten hervor.

»Willst du deinen Großeltern nicht guten Tag sagen?«, fragte Viktor das braune Wollpaket.

»Elsa, du wirst unter der Decke ersticken.«

Schweigen.

»Außerdem stehen hier zwei großartige Jungs. Möchtest du sie dir nicht anschauen?«

»Wir müssen los«, mahnte Hubertus.

Ein letzter Hauch von Mathildes Parfum vermischte sich mit der Sommerluft.

»Gehen wir zum See«, sagte mein Bruder, und ich folgte.

»Elsa, sie …«

»Elsa ist eine blöde Kuh«, unterbrach er meinen Versuch, ihm von der Unterhaltung mit Mathilde zu erzählen.

Ungewöhnlich still verlief der Nachmittag. Lorenz schwamm weit hinaus, während ich auf dem Rücken lag, mich einfach vom Wasser tragen ließ und mir vorstellte, wie Elsa aussah. Auch als wir klitschnass nebeneinander am Ufer saßen, herrschte Schweigen.

Aber auf dem Heimweg konnte ich nicht länger an mich halten. »Elsa bleibt hier. Sie kaufen ihr nur neue Schuhe in der Stadt. Sie hat keine mehr«, platzte ich heraus.

»Ich würde Elsa auch nicht mitnehmen«, war alles, was er antwortete. Die Kälte in seiner Stimme verwirrte mich. Mir war, als ginge ein Fremder und nicht mein Bruder neben mir.

Am Abend erzählte uns das Murmeltier eine Gutenachtgeschichte. Er lehnte am Fensterbrett, und wir hockten aufrecht in unseren Betten. Das Vertraute, das Normale dieser Situation beruhigte mein aufgewühltes Herz wieder.

Das Murmeltier zündete sich eine Zigarre an. »Sechs Tage Pisa. Sechs Tage Concetta.«

»War Concetta die mit dem größten Arsch Italiens?«, fragte ich.

»Genau. Concettas riesiger Hintern. Was hat mir dieser Arsch für Vergnügen bereitet. Und ich wäre auch noch länger als sechs Tage bei ihr geblieben, aber der werte Ehemann kehrte früher als geplant von seiner Geschäftsreise zurück. Merkt euch das: Sie kommen immer früher als geplant zurück. Regen prasselte sanft gegen die Fensterscheiben, und Concetta saß auf meinem Gesicht ...«

»Warum saß sie denn auf deinem Gesicht?«, wollte Lorenz wissen.

»Oh, das tun die Weiber gerne. Die meisten trauen sich nicht, aber Concetta ...«

»War sie nackt?«, hakte ich nach.

»Natürlich!«

Mein Bruder und ich fanden diese Vorstellung gleichermaßen eklig wie lustig und prusteten los.

»Also, sie saß auf meinem Gesicht«, fuhr das Murmeltier fort, als wir uns wieder eingekriegt hatten, »und man hört nicht viel, eingeklemmt zwischen zwei Schenkeln. Gedämpft drangen ihr Stöhnen und das Trommeln der Regentropfen an mein Ohr. Ein Lied, zu dem meine Zunge tanzte. Und was für ein Tanz, liebe Kinder. Was für ein Tanz! Das Krachen der ins Schloss fallenden Haustür zerstörte die perfekte

Harmonie. Ich wollte aufspringen und davonlaufen, aber Concetta gab mich nicht frei. ›Mach weiter … Hör nicht auf. Hör nicht auf‹, flehte sie. Erst als ihr Ehemann im Schlafzimmer stand, ließ sie von mir ab. Er begriff nicht sofort, was er da sah. Ich nutzte sein Zögern, nahm meine Sachen und rannte los. Nackt stolperte ich die Treppen hinunter und glaubte, noch einmal davongekommen zu sein. Zu früh. Concettas winziger Mann – er maß gerade mal einen Meter sechzig – war schneller und stärker, als er aussah. Auf der Straße, genau vor der Haustür, packte er mich und schlug mir ohne Vorwarnung ins Gesicht.« Das Murmeltier deutete auf die Lücke in seinem Mund. »Der Schneidezahn geht auf sein Konto. Wieder holte er aus. Ich duckte mich rechtzeitig und haute ihm mit voller Wucht den Schuh, den ich in meiner Rechten hielt, auf den Kopf. Der kleine Mann sank auf den nassen Asphalt. Ich kontrollierte seinen Pulsschlag. Am Fenster zeigte sich Concetta, das Teufelsweib. ›Ist er tot?‹, rief sie.

›Nein. Nur bewusstlos.‹

›Dann lass ihn liegen und komm wieder hoch, Amore. Nur zwei Minuten. Zwei Minuten.‹

Der Tumult hatte sämtliche Nachbarn herbeigelockt. Und die Herrschaften machten sich ihren eigenen Reim auf das Bild, das sich ihnen darbot. Für sie gab es nur einen Übeltäter – den nackten Fremden auf der Straße. Concetta schloss das Fenster und überließ mich meinem Schicksal. Ich rannte. Ich rannte um mein Leben. Zu Fuß lief ich bis nach Florenz. Ohhh, Florenz …« Das Murmeltier betrachtete die erloschene Zigarre in seiner Hand, zündete sie wieder an und pustete eine Rauchwolke in die Luft. »Kinder, Ohren zuhalten.«

Wir stopften nachlässig unsere Finger in die Ohren.

»Könnt ihr mich noch hören?«

»Nein«, antworteten wir im Chor.

»Wirklich nicht?«

»Wirklich nicht.«

Er zog kräftig an seiner Zigarre, bevor er loswetterte. »Verfluchte Schnallen! Verdammte Fotzen! Sie haben mir alles genommen. Alles.«

Lautlos formten unsere Lippen seine Worte. Wir kannten sie auswendig, es handelte sich um den immer gleichbleibenden Schlusssatz einer jeden Murmeltier-Geschichte.

»Und jetzt Finger aus den Ohren, das war's für heute.«

»Und was war in Ohhh-Florenz …«, drängten wir.

»Giovanna – aber davon das nächste Mal.« Er küsste zuerst mich und dann Lorenz auf die Stirn. »Gute Nacht und schlaft schön, ihr herrlichen Kinder. Morgen Abend kommt euer Vater nach Hause.« Er knipste das Licht aus und verließ das Zimmer.

Unsere Betten standen im rechten Winkel zueinander. Auf dem Rücken liegend, konnten wir uns nicht sehen und doch die Nähe des anderen spüren.

Hannas Sprung, Mathildes Lachen und Concettas riesiges Hinterteil wirbelten in meinem Kopf umher. Aber jeder Gedanke zerbarst, bevor ich ihn erfassen konnte, jedes Bild verschwamm, bevor es Konturen gewann.

»Lorenz?«

»Ja?«

»Ach nichts.«

Wir atmeten im Gleichklang. Es roch nach Zigarrenrauch und Kinderschweiß.

»Lorenz?«

»Was ist denn?«

»Elsa«, sagte ich, mehr nicht. Dann stand ich auf und legte mich zu meinem Bruder. Kurz darauf schliefen wir ein.

Am nächsten Tag stieg das Thermometer auf 34 Grad. Sämtliche Feriengäste flüchteten, beladen mit Luftmatratzen und Limonadenflaschen, an den See.

Ich hatte nicht damit gerechnet, dass Lorenz mir meinen schüchtern vorgetragenen Wunsch erfüllen würde, doch er hockte neben mir auf dem Brückengeländer. Wir schwitzten fürchterlich. Das Rauschen des Baches klang verlockend, ich wollte hinabsteigen und wenigstens eine Minute meine Füße in das kühle Nass halten. Aber dort unten verlor man die Straße aus den Augen, und auf der Straße lag meine ganze Sehnsucht.

Vielleicht war es die Hitze, vielleicht meine angespannten Nerven oder tatsächlich ihre Holzclogs, die den Asphalt zum Vibrieren brachten.

Elsa, ein näher kommender Punkt am Horizont.

Sie ähnelte weder Poison Ivy noch Catwoman, und nichts erinnerte an die goldene Schönheit ihrer Mutter.

Ein kleines Mädchen mit Streichholzarmen. Lange, gelockte braune Haare, glanzlos wie angelaufene Bronze.

Ihr magerer Oberkörper steckte in einer viel zu großen, durchsichtigen Taftbluse. Nachtblau. Dort, wo ein Frauenbusen hingehörte, labberte ein leeres Bikini-Oberteil. Die kurze Baumwollhose, grün mit weißen Herzchen, und die hölzernen Kinderclogs ließen die elegante Bluse noch grotesker erscheinen.

Um ihre Waden und Fesseln, die kräftiger wirkten als der Rest des Körpers, waren gleich den Gamaschen eines Pferdes bunte Bänder gewickelt.

Ich hätte enttäuscht sein müssen. Aber mitnichten. In meinen Augen war Elsa vollkommen, und sollte sie jemals auf meinem Gesicht sitzen wollen, ich würde sie lassen.

Mit fest zusammengepressten Lippen marschierte sie an uns vorbei. So nah, dass mir der Duft von Mathildes Parfum in die Nase stieg. Elsa würdigte uns keines Blickes. Wir sahen ihr hinterher. Nach wenigen Metern drehte sie um, überquerte die Straße und lief nun auf der anderen Seite auf und ab, auf und ab.

»Sollen wir zu ihr gehen?«, fragte ich Lorenz hoffnungsvoll.

»Nee, wenn sie was will, kann sie ja kommen.«

Schon bald verlor er die Geduld und griff nach seinem Schwimmbeutel, der am Brückenpfeiler hing. Reglos verharrte ich auf meinem Platz.

»Karl, was ist?«

Aber ich konnte ihm nicht folgen. Nicht dieses Mal. Schwer zu sagen, wen von uns beiden das mehr überraschte.

Allein, ohne Lorenz, traute ich mich nicht einmal, zu ihr hinüberzusehen. Mit gesenktem Kopf lauschte ich dem gleichmäßigen Klackern ihrer Schuhe. Holz auf Asphalt. Einen Moment setzte das *Klonk* aus. Stille. Dann kehrte es zurück, wurde lauter und lauter. Änderte seine Farbe: Holz auf Holz. Die Brücke erzitterte. Noch immer wagte ich es nicht, mich aufzurichten, sah nur ihre Clogs, die bunten Bänder und ein Paar verschrammte Knie. Sie musste in Mathildes Parfum gebadet haben, der Geruch verschlug einem fast den Atem.

»Wie heißt du?« Elsas Stimme war tief und der Tonfall fordernd. Langsam blickte ich zu ihr hoch. »Ka … Karl.«

Zwei braune Augen verengten sich zu Schlitzen. »Karl … Ich glaube, ich werde dich Fetti nennen. Du bist nämlich ziemlich fett, Fetti.«

Ich protestierte nicht, nein, ich lächelte. Dankbar, dass sie mir überhaupt einen Namen gab, dass sie mich nennen wollte.

»Und was ist mit deinen Haaren los? Sieht ganz schön eklig aus.«

»Ich … Ich muss sie kämmen.«

»Ja, das musst du wohl. Wie alt bist du, Fetti?«

»Acht.«

»Pfff«, machte Elsa. »Dann bist du ja noch ein ganz kleines Kind.«

»Und du?«

»Ich bin schon elf.«

Elsa setzte sich neben mich, lehnte sich weit zurück und ließ sekundenweise die Hände los. Ihre Knie bebten vor Anstrengung.

»Wenn du fällst und mit dem Hinterkopf aufschlägst, bist du tot«, gab ich zu bedenken.

»Ach ja, Fetti, und glaubst du etwa, ich hab Angst?«

»Nein. Ich wollte nur …«

»Wo ist der andere Junge hingegangen?«

»Zum See … Er heißt Lorenz, er ist mein großer Bruder.«

»Weiß ich. Ich weiß sogar noch viel mehr. Deine Mutter war verrückt und ist vom Balkon gesprungen.«

»Sie war nicht verrückt.«

»Nein? Hört man hier aber so.«

Elsa hüpfte vom Geländer, baute sich vor mir auf und bohrte einen ihrer unordentlich rotlackierten Finger in meinen Bauch.

»Hast du Geld, Fetti?«

»Nein.«

»Ich brauche aber Geld.«

»Wofür?«

»Geht dich eigentlich gar nichts an. Aber wenn du es unbedingt wissen willst. Stiefel.«

»Stiefel?«

»Ja, Stiefel. Sie kosten 160 Mark.«

»So viel?«

Sie nickte. »Also, Fetti, überleg dir, wo du 160 Mark herkriegst. Oder willst du mir nicht helfen?«

»Doch!«, schrie ich unangemessen laut, um sie von meiner Aufrichtigkeit zu überzeugen. Sie lächelte, kurz, aber sie lächelte.

Wir hatten sein Kommen beide nicht bemerkt. Lautlos die weichen Sohlen seiner Laufschuhe. Auf Gustav Gröhlers Stirn pochte eine dunkle Ader, halb verdeckt von einem Schweißband. »Das darf doch nicht wahr sein!«, stieß er aus. »Du gibst mir jetzt sofort die Krawatten, Fräulein!«

Elsa wich ein Stück vor ihrem Onkel zurück.

»Vielleicht konntest du dich bei deiner Mutter so aufführen, aber nicht bei uns. Ich warne dich!«

Sie sagte nichts, schüttelte nur heftig den Kopf.

Seine rechte Hand packte einen ihrer dünnen Mädchenarme. Vergeblich versuchte sie sich aus seinem Griff zu befreien, wand sich wie ein gefangenes Tier.

»Lass sie los. Du tust ihr weh. Du tust ihr doch weh.«

Er hörte mich nicht oder wollte mich nicht hören. Seine linke, versehrte Hand machte sich an Elsas Bandagen zu schaffen. Wütende Tränen liefen über ihre Wangen. »Nein, nein, nein«, flehte sie, aber er fuhr ungerührt fort. Riss und zerrte an dem bunten Stoff. Und dann zog er von dannen mit Elsas Bändern, die sich als sechs Krawatten entpuppt hatten.

Entsetzt starrte sie auf ihre nackten Waden, als ob sie voller Blut und Eiter wären. Ich wusste nicht, was ich tun sollte, nur dass ich irgendetwas tun musste. Für Elsa, die wie ein Schlachtfeld aussah.

»Komm«, sagte ich. Sie fragte nicht, wohin.

Um diese Uhrzeit hielt Frau Kratzler ihren Mittagsschlaf.

Es war totenstill im Haus, bis Elsas Holzclogs die Treppe zum Leben erweckten.

Ganz oben angekommen, klopfte ich an die vorletzte Tür auf der linken Seite. Das Murmeltier wippte in seinem Schaukelstuhl, den Hanna ihm vor einigen Jahren geschenkt hatte.

»Das ist Elsa. Elsa Gröhler«, sagte ich. »Sie braucht Krawatten.«

Das Murmeltier lächelte. »Krawatten?«

»Ja. Für ihre Beine. Gustav hat ihr seine weggenommen. Und …«

»Ich schnüre sie mir um die Fesseln und Waden, damit sie dünn werden. Wie bei Adligen«, unterbrach Elsa mich.

»Verstehe. Schauen wir mal, was wir da tun können.« Das Murmeltier durchforstete den Kleiderschrank, und als er fertig war, lag ein ganzer Stoffberg auf dem Boden. Ich wurde nach unten geschickt, um Nähzeug zu holen.

Elsa hatte ihre Wahl getroffen: viel Grün, ein wenig Blau und ein Hauch von Rot. Mit Nadel und Faden flickte das Murmeltier jeweils drei Krawatten zu einem langen Band zusammen. »Zufrieden?« Er überreichte Elsa ihre neuen Gamaschen.

Für einen Moment wich alle Härte aus ihrem Gesicht, und die Mundwinkel schnellten nach oben.

»Kannst du sie mir richtig fest drumwickeln, Murmeltier?«

Sie setzte sich in den Schaukelstuhl, er kniete vor ihr, und auch ich durfte helfen. Niemals habe ich etwas Schöneres in meinen Händen gehalten als Elsas eiskalte Füße.

Ich begleitete sie nach Hause. Die Gröhlers wohnten im Kranz-Weg. Die Hauptstraße runter und an der ersten Ecke rechts rein.

Der weiße, bungalowartige Bau, dessen Garten an zwei Maisfelder grenzte, stand auf einer Anhöhe.

Hubertus und Gustav waren immer so etwas wie Vorbilder für mich gewesen. Zwei Brüder, die zusammenlebten.

Gustav war zweifelsohne der schillerndere Part des Gespanns, zumindest in den Augen eines achtjährigen Jungen. Er war sportlicher, stärker und größer als Hubertus, er hatte schöneres Haar und trug niemals dunkle Anzüge – die Standarduniform seines älteren Bruders. Gustav war Sportlehrer am städtischen Gymnasium, was mir irgendwie weltmännisch erschien. Und Hubertus nur Schuldirektor unserer Grundschule, die vor fünfzig Jahren noch als Kuhstall gedient hatte.

Nachdem Mathilde samt Elsa mit dem Schweizer davongefahren war, hatte Gustav seine Wohnung in der Stadt aufgegeben und war zu seinem Bruder gezogen.

Elsa kannte ihren Vater und ihren Onkel bereits aus einigen Sommerurlauben, die die Gröhler-Brüder gemeinsam mit ihr, Mathilde und Viktor am Gardasee verbracht hatten.

Auf wessen Betreiben diese Patchwork-Ferien zustande gekommen waren, wusste Elsa nicht.

Als wir vor dem grüngestrichenen Zaun standen, der die Vorderseite des Grundstücks umgab, packte sie mich am Arm.

»Denk an das Geld, Fetti, ja?«

»Mach ich.«

Sie drückte meinen Arm so fest, dass es weh tat. »Und … danke für …«

»Ist schon gut.«

Sie ließ mich los und stapfte den Hügel hoch.

»Elsa! Kommst du morgen mit uns schwimmen? Ich warte auf dich, auf der Brücke. Ja? Ich werde dort warten«, rief ich ihr nach.

Sie drehte sich um und streckte mir die Zunge heraus.

Das ganze Haus roch nach Pisse. Frau Kratzler kochte Nierchen, die Leibspeise meines Vaters, den wir am Abend zurückerwarteten. Der Gestank trieb mich sofort wieder nach draußen, und ich machte mich zum See auf.

Lorenz und ich hatten unsere eigene, geheime Badestelle, abseits der ausgewiesenen Liegewiesen. Eine kleine Lichtung inmitten eines Fichtenhains. Um ins Wasser zu gelangen, musste man sich einen Weg durch das wuchernde Schilf bahnen. Lorenz' Handtuch und seine Anziehsachen lagen auf dem Sonnenfleck zwischen den Bäumen. Ich lief zum Ufer, stellte mich auf Zehenspitzen, nur so konnte ich den See überblicken. Ich entdeckte ihn sofort. Von einer plötzlichen Sehnsucht übermannt, schrie ich seinen Namen. Vielleicht muss man Menschen manchmal aus der Ferne betrachten, um zu wissen, wie sehr man sie liebt.

Als wir nebeneinander auf seinem Handtuch lagen, erzählte ich ihm von Elsa. Lückenhaft. Weder ›Fetti‹ noch die 160 Mark fanden Einlass in meinen Bericht. Ich wollte, dass mein Bruder Elsa mochte und Elsa meinen Bruder. Sie durften nicht zu oft in verschiedene Richtungen gehen, denn wem von beiden sollte ich dann folgen?

Der Tisch im Wohnzimmer, zu dem nur die Familie und nicht die Feriengäste Zutritt hatten, war gedeckt.

Unser Vater hätte schon vor zwei Stunden zu Hause sein sollen. Das Murmeltier, die Kratzlerin, Lorenz und ich saßen schweigend vor den unbenutzten Tellern. Die Stille und der Gestank der Nierchen, die in der Küche ebenso wie wir auf Randolph Brauer warteten, drückten auf die Atemwege.

»Nicht, dass ihm etwas passiert ist. Herzjesulein im Himmel. Die armen Kinder.«

»Frau Kratzler, bitte! Was soll ihm denn passiert sein? Der Zug wird Verspätung haben.« Sein Tonfall ließ keine Widerworte zu. Doch seit Hannas Sprung wussten wir alle, wie schnell jemandem etwas passieren konnte.

Das Telefon erlöste uns. »Zug verpasst«, sagte das Murmeltier, als er aufgelegt hatte. »Er wird erst sehr spät hier sein. Also Frau Kratzler, wie wäre es mit einer Runde Nieren?«

Meinem Vater zuliebe hätte ich seine Leibspeise sogar mit einem Lächeln verzehrt. Aber ohne ihn am Tisch ergab es überhaupt keinen Sinn, die widerlichen Fleischbröckchen in mich hineinzustopfen. Lorenz dachte nicht anders. Wir jammerten so lange, bis unsere Haushälterin sich erbarmte. »Das arme Herzjesulein, was hätte es gegeben für eine letzte warme Mahlzeit«, seufzte sie, während mein Bruder und ich zufrieden Marmeladenbrote aßen.

»Ach Frau Kratzler, so einen Unfug habe ich lange nicht mehr gehört. Niemanden, der am Kreuz hängt, gelüstet es nach Innereien. Ein kühles Bier, eine kubanische Zigarre, eine Fellatio, das sind letzte Wünsche, aber sicher nicht ein Teller Nierchen.«

»Herr Murmelstein, da sprechen Sie wohl für sich, aber ganz bestimmt nicht für den Sohn Gottes.«

»Er war auch nur ein Mann, meine Liebe.«

Eigentlich wollten wir wach bleiben, um unseren Vater willkommen zu heißen, aber nach der Gutenachtgeschichte – Giovanna, Studentin aus Ohhh-Florenz, blankrasiert wie eine Muschel – schliefen Lorenz und ich ein.

Um drei Uhr nachts stieß Randolph die Zimmertür auf, wankte über die Schwelle und knipste das Licht an. Er sah verstört aus, die Sanftmut seiner Züge hatte Risse bekommen. Er war Fast-Hotelier und Saisonarbeiter, aber mehr als alles andere war Randolph Brauer Hannas Mann.

Er kniete sich zwischen unsere Betten, nahm unsere Hände und küsste sie. Aus seinem Mund, aus seinen Poren strömte der Geruch von Alkohol. Die Augen waren geschwollen – zu viele Tränen, zu wenig Schlaf.

Ich konnte seinen wirren Sätzen kaum folgen. Von Hannas Cousin Jaap war die Rede, einem Gärtner. Eine alte Frau, um deren Rasen sich Jaap kümmerte, und ein deutsches Ehepaar tauchten in dem zusammenhanglosen Bericht meines Vaters auf. Damals wusste ich nicht, dass es sich um die Kunstsammlerin Irina Graham und die Mirbergs handelte. Damals ahnte ich nicht, dass diese drei Menschen Lorenz' und mein Leben prägen würden.

Immer wieder riss Randolphs niederländische Erzählung ab. »Hanna«, sagte er. »Hanna.« Als ob er sie zurückholen könnte, wenn er ihren Namen nur oft genug aussprach.

Auch Lorenz und ich vermissten unsere Mutter, aber nicht mit dieser Verzweiflung. Zwar gaben wir der verschwundenen grünen Mütze und indirekt der Kratzlerin die Schuld für ihren Sprung, doch eigentlich hatte Hanna uns zeitlebens auf ihren Abgang vorbereitet.

»Lorenz, du wirst niemals alleine sein«, hatte sie immer wieder gesagt. »Warum?«

»Weil ich Karl habe.«

»Karl, du wirst niemals alleine sein. Warum?«

»Weil ich Lorenz habe.«

Und das war die Wahrheit. Wir hatten einander, wir waren nicht allein.

Unser Vater versuchte sich aufzurichten, doch seine Füße wollten ihn nicht tragen, und so sank er wieder auf die Knie.

»Was mach ich jetzt? Was mach ich jetzt nur?«

Ich wusste nicht, ob er seine momentane Verlegenheit oder das große Ganze beklagte. Das Murmeltier eilte zu Hilfe und hievte unseren Vater auf die Beine.

»Komm, Randolph, lassen wir die Kinder träumen.«

»Luft, ich brauch Luft.«

»Dann gehen wir an die Luft. Komm jetzt.«

Lorenz und ich stürmten zum Fenster. Wenig später tauchten die beiden unten auf. Randolph löste sich aus den Armen, die ihn stützten, und rannte im Zickzack auf die Koppel zu. Er kletterte über die Balken, fiel zu Boden, rappelte sich hoch und lief weiter. Vor dem Stall, am äußeren Ende der Koppel, blieb er stehen und brüllte: »Ihr habt sie umgebracht. Ihr habt Hanna auf dem Gewissen! Das werdet ihr mir büßen! Hört ihr mich, ihr verdammten Ponys?«

Auch unser Vater hatte einen, oder besser gesagt, drei Schuldige gefunden. Aber im Gegensatz zu uns hatte Hanna ihn nicht auf ihr viel zu frühes Verschwinden vorbereitet. Randolph Brauer war allein, und das war die Wahrheit.

Wir erwachten spät am nächsten Morgen. Mein Bruder wischte sich den Schlaf aus den Augen. Während ich nach dem Aufstehen sofort hellwach war, brauchte er immer einige Minuten, um anzukommen.

»Lorenz?«

»Was?«

»Kannst du mir die Haare kämmen?«

»Kämmen?« Verwunderung klang in seiner Stimme.

Ich nickte. Die Haare waren erst der Anfang. 160 Mark mussten her.

Die Feriengäste beendeten gerade das Frühstück, als Lorenz und ich hereinkamen. Keinem war Randolphs nächtlicher Auftritt entgangen. Satzfetzen drangen an unsere Ohren. ›Verrückt‹, das Wort, mit dem man immer Hanna bedacht hatte, galt nun auch unserem Vater. Frau Kratzler schlich um die Tische und räumte das benutzte Geschirr ab.

»Karl, deine Haare! Das arme Herzjesulein wird sich freuen … Du willst deinem Vater nicht noch mehr Sorgen machen, du braver Junge.«

Zur Belohnung, oder um uns vor dem Getuschel der Gäste zu schützen, durften wir in der Küche essen. Dieser Raum war das Refugium der Kratzlerin und wir dort meist unerwünscht. Die Holzbank in der Nische gehörte zu unseren Lieblingsplätzen. Nebeneinander, im Schneidersitz, verschlangen wir unsere Brötchen.

»Wo ist Papa?«, fragte Lorenz Frau Kratzler, die uns ohne zu murren eine zweite Tasse Kakao zubereitete.

»Spazieren mit dem Esel und Herrn Murmelstein. Ihr müsst besonders artig sein … bis … bis er sich daran gewöhnt hat, dass sie nicht mehr da ist.«

Wir schulterten die Schwimmbeutel und überließen der Kratzlerin unsere dreckigen Teller.

Draußen schweifte mein Blick sofort Richtung Brücke. Elsa war noch nicht da. Von der anderen Seite näherten sich Randolph und seine zwei ungleichen Begleiter. Unser Vater sah elender aus als gestern Nacht. Er umarmte uns fest, dennoch breitete sich ein Gefühl der Fremdheit aus. Randolph wich einen Schritt zurück und betrachtete Lorenz und mich, als hätte er vergessen, wer wir eigentlich waren. Da standen wir, Hannas Mann und Hannas Kinder, aus dem Zusammenhang herausgerissen.

»Ein heißer Tag heute«, sagte Randolph. Seine Standarderöffnung, wenn er mit den Feriengästen sprach.

Lorenz und ich nickten. Im Gegensatz zu den Urlaubern

wussten wir nicht, wie man die Wetterfloskel angemessen parierte.

Das Murmeltier griff ein. »Kommt nicht zu spät nach Hause. Wir gehen heute Abend in den Jagdhof. Und jetzt lauft los, Kinder.«

»Wann wollte sie denn hier sein?«, fragte Lorenz, als wir an der Brücke angelangt waren.

»Jetzt gleich irgendwann.« Ich traute mich nicht zu sagen, dass sie mir keine Uhrzeit genannt, sondern lediglich die Zunge herausgestreckt hatte.

Doch nur wenige Minuten später erschien sie. Ein ärmelloses rotes Kleid, oben mit Spitze besetzt. An einer Frau wäre es wohl kurz gewesen, aber dem Mädchen reichte es bis zu den Fesseln. Unter dem Saum lugten die Krawatten hervor. Das Knallen der Holzclogs erinnerte mich an die Stiefel, die Elsa so sehr wollte. Wie einen Hund an der Leine zog sie ihr weißes Badetuch hinter sich her. Der Staub der Hauptstraße hatte es bereits an einigen Stellen grau gefärbt.

Lorenz und Elsa standen sich feindselig gegenüber. Ihre Augen musterten den Körper des anderen. Ich war nicht mehr als ein Zaungast, verdammt, zu beobachten. Unfähig, einzugreifen, sollte etwas Schreckliches geschehen.

»Elsa«, sagte sie schließlich und reichte Lorenz die Hand.

»Lorenz«, antwortete er und ergriff ihre Rechte.

Elsas schlampig lackierte Scharlach-Nägel krallten sich in Lorenz' Fleisch. Seine Finger konterten, drückten mit aller Kraft zu. Ihren Gesichtern waren die Schmerzen, die sie sich zufügten, nicht abzulesen. »Kannst du überhaupt schwimmen?«, fragte Lorenz, ohne ihre Hand loszulassen.

»Ja.«

»Sollen wir gehen?«

»Ja.«

Lorenz marschierte voran, hinter ihm Elsa, ich bildete die Nachhut. Immer wieder beschleunigten zuerst Lorenz und dann sie ihren Schritt. Ich hatte Mühe mitzuhalten. Ab und zu drehte Elsa sich um und rief: »Schneller, Karl.« Zu meiner Erleichterung nannte sie mich in seiner Gegenwart nicht Fetti. Und zu meiner Enttäuschung hatte sie die gekämmten Haare, das erste Opfer, das ich ihr darbrachte, nicht bemerkt.

Stolz präsentierten wir ihr die Lichtung. Ein Lächeln, das sie nie ganz freiwillig zu schenken schien, huschte über ihr Antlitz. Während Lorenz in Windeseile seine Anziehsachen ablegte, zögerten sowohl Elsa als auch ich. Und wie so oft verließ meinen Bruder die Geduld, und er rannte ins Wasser. Sobald er außer Hörweite war, packte Elsa mein Handgelenk.

»Und, Fetti, hast du das Geld?«

»Noch nicht.«

»Du wirst es nicht vergessen, oder?«

»Nein, nein.«

»Gut«, sagte sie und streifte sich die rote Spitze über den Kopf. Der schwarze Bikini schlackerte an ihrem Körper. Nur die Krawatten saßen richtig.

»Mach schon, Fetti«, drängte sie.

Schuhe, Socken, Shorts, T-Shirt, und dann bedeckte nur noch die lächerliche, mit Delphinen bedruckte Badehose meinen Leib. Im Sonnenschein, unter Elsas Blick, spürte ich zum ersten Mal das ganze Ausmaß meiner Unzulänglichkeit.

Lorenz sprang zwischen dem Schilf hervor.

»Willst du so ins Wasser?«, fragte er Elsa und deutete auf ihre Gamaschen.

»Ja.«

»Du wirst nicht besonders schnell sein. Der Stoff wird schwer, wenn er nass ist.«

»Werden wir ja sehen, wie schnell ich bin.«

Elsas Bewegungen erinnerten an ein ertrinkendes Tier. Ungelenk und hektisch – keine Technik, aber ein Wille, der sie mit Lorenz gleichauf ziehen ließ. Ich planschte dort, wo ich noch stehen konnte, versuchte erst gar nicht, an ihrem Wettkampf teilzunehmen. Mal war der eine vorne, dann wieder der andere, und mein Herz wusste nicht, wen es anfeuern sollte. Als sie das dritte Mal den See durchquerten, lief ich zurück zu unseren Handtüchern. Ich wollte den Sieger nicht beglückwünschen müssen.

Ich wartete und wartete. Würden sie weitermachen, bis einer ertrank? Irgendwann hielt ich es nicht mehr aus und ging zum Ufer. Auf Zehenspitzen stehend, suchte ich den See ab. Entdeckte nur eine Handvoll Urlauber. Kein Bruder, kein Mädchen. Panik ergriff mich. Sollte ich schreien? Hilfe holen? Ins Wasser springen?

Es raschelte im Schilf. Die Halme bewegten sich.

»Lorenz, Elsa? Seid ihr das?«

Stille.

»Lorenz? Elsa?«

»Wir kommen.« Die Stimme meines Bruders. Welch eine Erleichterung.

Elsas Bikini und auch die Krawatten waren verrutscht, ihre nassen Locken reichten fast bis zur Hüfte. Sie atmete schnell. Hinter ihr kam Lorenz zum Vorschein.

›Von der Sonne geküsst‹ heißt es manchmal in kitschigen Gedichten. ›Von der Sonne geküsst‹, es gibt keinen Ausdruck, der meinen Bruder besser beschreiben würde. Sommer wie Winter schien seine Haut zu leuchten.

Ich lag zwischen Lorenz und Elsa. Sie hatte die Bänder zum Trocknen ausgezogen und das rote Kleid schützend über die Waden drapiert. Ihre Hände betasteten den Waldboden, sammelten, was sie zu fassen bekamen. Kleine Stöckchen, Grasbüschel und Steine wanderten in ihr Bikini-Oberteil. Ich half mit, reichte Elsa Moos und einen besonders großen Tannenzapfen. Als der Busen fertig war, richtete sie sich auf.

»In drei oder vier Jahren werde ich so aussehen … Und dann hau ich hier ab.«

»Und wohin?«, fragte Lorenz nicht ohne Hohn.

»Keine Ahnung.«

»Aber deine Mutter und Viktor kommen doch irgendwann zurück und holen dich«, sagte ich.

»Glaubst auch nur du.«

»Du nicht?«

Sie zuckte mit den Schultern. »Ich hasse es hier.«

»Und warum haust du dann nicht jetzt gleich ab?«, wollte Lorenz wissen.

»Weil sie Kinder sofort wieder einfangen.«

Frau Kratzler lehnte es entschieden ab, uns in den Jagdhof zu begleiten. Die alte Wirtin war laut unserer Haushälterin

›ein korruptes Frauenzimmer‹, der Mann ›ein Taugenichts‹ und Mathilde ›eine Gefallene‹.

»Sie sieht jedenfalls entzückend aus«, sagte das Murmeltier, als die Kratzlerin sich über die Wiesinger-Tochter echauffierte.

»Entzückend?! Sie kannten sie ja nicht richtig.«

»Aber Mathilde ist doch gar nicht mehr da.«

»Trotzdem.«

»Dann müssen wir heute Abend auf Ihre Gesellschaft verzichten?«

»Sonst werde ich doch auch nie gefragt.«

Wir saßen zu viert in dem verwaisten Frühstücksraum und warteten auf Randolph, der sich oben im Badezimmer fertig machte.

»Wahrscheinlich haben Sie recht, Frau Kratzler, wir sollten alle an unseren alten Gewohnheiten festhalten. Weitermachen wie bisher.«

»Herzjesulein, was Sie wieder reden«, schnauzte sie.

Im Jagdhof herrschte reger Betrieb. Frau Wiesinger begrüßte uns überschwenglich. »Herr Brauer, Herr Brauer, das sind traurige Zeiten«, seufzte sie und nahm die Bestellung auf. Noch ehe die Wirtin mit unseren Getränken zurückkam, tauchte Doktor Grievenhast mit drei Gläsern Marillenschnaps auf. Eins reichte er meinem Vater, eins dem Murmeltier, das letzte erhob er. »Brauer, Sie wissen, ich bin immer für Sie da. Lassen Sie uns anstoßen.«

Zwei Minuten später erschien Pfarrer Lübbe und sagte ungefähr das Gleiche wie der Doktor. Anstatt Marillenschnaps gab es Wermut. Es folgten Fred Nesshauer mit gebrannter

Birne, dann der Bäcker – wieder Wermut –, und so ging es weiter. Randolph nahm die tröstenden Worte und Schnäpse mit einem abwesenden Lächeln entgegen. Mein Vater war kein gefestigter Trinker. Hanna hatte den Rausch immer gefürchtet, und um ihr stets nahe zu sein, hatte auch er auf Hochprozentiges verzichtet.

Die Tür ging auf, und augenblicklich verlagerte sich die Aufmerksamkeit von Randolph Brauer Richtung Eingang.

Elsa, eskortiert von Hubertus und Gustav Gröhler, betrat die Gaststätte. Die meisten hatten Mathildes Tochter noch nicht gesehen. Unverhohlen musterte man sie, suchte in ihrem Gesicht sich selbst oder den Ehemann. Undankbar, wie Menschen nun einmal sind, löste Enttäuschung die eben noch empfundene Beruhigung ab, zumindest bei den Männern. Denn auch die schöne Mathilde – die Erinnerung an einen fiebrigen Nachmittag oder eine hitzige Nacht – konnten sie in diesem mürrisch dreinblickenden Kind nicht wiederfinden.

Hubertus und Gustav hatten Elsa in ein schlichtes Kleid gezwängt und die langen, wilden Haare zu einem Zopf geflochten. Die Krawattenbänder hatten sie ihr gelassen und eine kleine Krokodillederhandtasche. Der Schuldirektor wirkte in seinem dunklen Anzug und mit der fahlen Haut fast wie eine Wachsfigur, wären da nicht die wulstigen, leicht bebenden Lippen gewesen. Gustav ging voran und lenkte die Gruppe zu unserem Tisch. Während die Gröhler-Brüder Randolph ein paar aufmunternde Worte spendeten, starrte Elsa zu Boden.

»Guten Abend, junge Dame«, sagte das Murmeltier und deutete eine Verneigung an. Elsa wehrte sich mit aller Kraft, aber dann hob sie den Kopf und lächelte.

»Möchten Sie sich zu uns gesellen? Wenn wir zusammenrutschen, wird es gehen.«

»Danke, Herr Murmelstein, aber wir sitzen da hinten«, antwortete Gustav.

Die Gröhlers entfernten sich, und mein Vater erzählte wieder von Den Haag, ähnlich konfus wie in der Nacht zuvor. Das Murmeltier versuchte durch gezielte Fragen ein wenig Klarheit in Randolphs Ausführungen zu bringen. Ich war voll und ganz damit beschäftigt, mich möglichst weit nach hinten zu lehnen, um Elsa im Auge zu behalten.

Sie sah aus wie eine Gefangene zwischen den beiden Männern und weigerte sich offensichtlich, an deren Unterhaltung teilzunehmen. Vater, Onkel und ihren Apfelsaft ignorierend, zog Elsa eine Fliegersonnenbrille aus der Handtasche und setzte sie auf. Ich konnte den Protest von Gustavs Lippen ablesen, aber das Mädchen reagierte nicht.

Die alte Wiesinger brachte uns das Essen. »Was für eine ungezogene Göre«, sagte sie und stellte die Teller ab. »Mathilde war ganz anders. Immer fröhlich, immer höflich.«

Als wir aufgegessen hatten, kamen die Nesshauer-Kinder angerannt, um Lorenz und gezwungenermaßen auch mich zu einer Partie Billard einzuladen. Keiner von uns beherrschte das Spiel richtig, die Regeln änderten wir jedes Mal aufs Neue, und am Ende gewann immer die Mannschaft meines Bruders. Nicht nur ich, auch die Nesshauers bewunderten ihn. Selbst die unlogischsten Dinge klangen aus Lorenz' Mund wie unumstößliche Wahrheiten und wurden widerspruchslos akzeptiert.

Der Billardtisch befand sich in einem separaten Raum. An

der Theke vorbei, an der Treppe vorbei, die zu den Toiletten führte, einen schmalen Gang entlang und die letzte Tür auf der rechten Seite.

Ich wollte Elsa zu verstehen geben, dass sie mit uns kommen sollte, aber die dunklen Brillengläser verunmöglichten jede stumme Kontaktaufnahme.

Die Wirtin blockierte den Weg. Unser kleiner Konvoi – vorneweg mein Bruder, dann die Nesshauers, dann ich, das Schlusslicht – bremste ab.

»Kinder, passt ein bisschen auf, und macht mir nicht wieder das Billardtuch kaputt. Wisst ihr, wie teuer es ist, den Tisch neu bespannen zu lassen? Ihr müsst …« Während sie sprach, bemerkte ich etwas. Ich hatte es schon oft gesehen, doch nie beachtet. Auf dem Tresen lag das prallgefüllte Portemonnaie der Wirtin. Dort lag es Abend für Abend wie ein faules Kätzchen. Erst wenn Frau Wiesinger abkassierte, verließ es seinen Platz. So war das in unserem Dorf: Die Haustüren standen Tag und Nacht offen, in den Autos steckten die Zündschlüssel, und die Geldbörse der Wirtin wartete unbeaufsichtigt auf ihren Einsatz.

Der Abend war noch jung, keiner würde in der nächsten halben Stunde die Rechnung verlangen. Ich musste nur meine Hand ausstrecken, das Portemonnaie unter mein T-Shirt schieben, auf die Toilette laufen, 160 Mark herausholen und es wieder zurücklegen.

Noch predigte die alte Wiesinger. Lange würde es nicht mehr dauern, sie war schon bei der Kreide – die wir am besten gar nicht anrühren sollten – angelangt. Herr Wiesinger und die Aushilfe hantierten in der Küche, an den Tischen wurde getrunken und gelacht, niemand achtete auf uns.

»Sonst schließ ich das Zimmer ab, verstanden?!«, beendete die Wirtin ihre Litanei. Ich griff nach dem Portemonnaie. Mit einer Gelassenheit, die ich mir niemals zugetraut hätte, steckte ich es unter mein T-Shirt. Angeführt von meinem Bruder, setzten wir uns in Bewegung. Vor der Treppe löste ich mich aus der Kolonne und rannte hinunter.

Das Herrenklo – drei Pissoirs und eine Kabine – war leer. Noch immer agierte ich eiskalt wie ein Profidieb, erst als ich die Kabinentür hinter mir zugeschlossen hatte, verwandelte ich mich zurück in einen nicht besonders geschickten, dicken Jungen. Das Portemonnaie fiel zu Boden. Mit zitternden Händen hob ich es auf. ›Schneller‹, ermahnte ich mich und betete, dass der Ganove, der seine Beute so kühn hierhergeschleppt hatte, ein zweites Mal von mir Besitz ergreifen würde. Vergeblich. Zwar hörte das Zittern auf, aber jetzt saß ich wie versteinert auf dem Klodeckel, unfähig, auch nur einen Finger zu rühren.

Schritte auf dem Gang. Die Tür ging auf. Es klopfte an der Kabine. Mir war schlecht.

»Karl, komm sofort da raus«, ertönte Gustav Gröhlers Stimme.

Ich suchte nach einem Fenster, einem Schlupfloch, obwohl ich wusste, dass es in der grau gekachelten Zelle nichts dergleichen gab. In ausweglosen Situationen hofft man eben auf Wunder.

»Karl, mach auf.«

Ich antwortete nicht.

»Karl, ich habe alles gesehen. Willst du, dass ich Frau Wiesinger hole?«

»Nein. Bitte …«

»Dann öffne jetzt.«

Ich gehorchte. Vielleicht war es die Enge der Kabine, die Gustav riesenhaft wirken ließ. Sein beiges Polohemd roch nach Waschmittel und frischem Schweiß. Seit dem Krawattenvorfall hatte sich meine einstige Sympathie für den Marathonläufer verflüchtigt. Er riss mir das Portemonnaie aus der Hand, packte mich am Kragen und zog mich näher.

»Und jetzt überleg dir genau, was du sagst, und untersteh dich, mich anzulügen. Hast du schon etwas rausgenommen?«

»Nein.«

»Aber du wolltest?«

»Ja.«

»Wofür?«

Ich fing an zu weinen, was sollte ich denn tun?

»Wofür, Karl?«

Meine Tränen rührten ihn nicht. Gustav schüttelte mich.

»Wofür?«

»Stiefel ... Für Elsa ... Elsa braucht Stiefel.«

Was hatte ich nur getan? Ich war kein Held, aber musste ich mich denn gleich wie der erbärmlichste aller Feiglinge gebärden?

»Hat sie dich dazu angestiftet?«

»Nein. Sie ... Nein.«

»Und warum braucht Elsa Stiefel? Mitten im Sommer?«

»Weil ... Weil es wichtig ist.«

»Und wie viel kosten die Stiefel?«

»160 Mark.«

»160 Mark? Das sind teure Stiefel.«

Ich nickte.

»Und Elsa muss genau diese Stiefel haben?«

»Ja.«

Endlich ließ Gustav mein T-Shirt los. Er fuhr sich durch die vollen braunen Haare. Seine Gedanken schienen die Herrentoilette verlassen zu haben. Ich vermutete, dass er sich gerade eine Strafe für mich ausdachte. Dann gewann sein Blick wieder an Schärfe. »Gut«, sagte er und legte das Portemonnaie auf den Wasserkasten. Wollte er seine Hände frei haben, um mir eine runterzuhauen?

Gustav zog seine eigene Geldbörse aus der Hosentasche, öffnete sie und reichte mir ein Bündel Scheine.

»Sag Elsa nicht, dass ich dir das Geld gegeben habe.«

Ich schüttelte den Kopf.

»Und jetzt verschwinde.«

»Ich muss Frau Wiesinger das …«

»Das mach ich. Geh schon.«

In dieser Nacht schlief ich nicht.

Wir hatten den Jagdhof zeitgleich mit den Gröhlers verlassen, und ich konnte Elsa zuflüstern, dass ich das Geld hatte und dass sie morgen früh zur Brücke kommen sollte. Daraufhin hatte sie sanft meinen Ellbogen berührt und ganz leise »Danke« gesagt.

Mehr noch als der Lärm, den Randolph Brauer unten in der Koppel mit einem weiteren Verbalangriff auf die Ponys veranstaltete, hielt mich die Erinnerung an Elsas Berührung wach.

Im Morgengrauen schaffte das Murmeltier es mit Hilfe der Kratzlerin, meinen Vater ins Haus zu bugsieren. Das Fußgetrampel auf der Treppe riss Lorenz aus seinen Träumen.

»War Papa die ganze Zeit draußen?«

»Ja.«

»Hast du gar nicht geschlafen?«

»Nein.«

Lorenz stand auf und setzte sich zu mir aufs Bett. Er legte seinen Arm um meine Schultern. »Das wird wieder besser werden«, sagte er. »Bald.«

Ich wollte vergehen vor Scham, denn unser trauriger Vater war nur ein Teil von dem, was mich hatte wachen lassen. Und dann konnte ich nicht anders, als Lorenz von Elsa und den Stiefeln zu berichten.

»Das hast du für sie getan? Du wolltest für sie stehlen?«, fragte er ungläubig.

»Ja.«

»Warum?«

Ich blieb ihm eine Antwort schuldig. »Bitte sag ihr nichts«, flehte ich.

Elsa wartete schon auf der Brücke. Die goldene Seidenbluse mit den viel zu weiten Ärmeln ließ sie wie eine glänzende Fledermaus aussehen. Eine große Version der kleinen Krokodillederhandtasche baumelte an ihrer Schulter.

»Du hast es wirklich, ja? Hundertsechzig? Ja?« Ihre Stimme klang noch tiefer als sonst.

Ich nickte.

»Dann komm.« Elsa nahm meine Hand und zog mich hinter sich her.

»Wohin?«

»In die Stadt.«

»Zu Fuß?«

»Quatsch, Fetti. Mit dem Bus.«

Sollten doch alle Superhelden die Welt retten oder Drachen töten. Was waren ihre Taten gegen mein eigenes Abenteuer: in der Hosentasche ein Bündel Scheine. Neben mir Elsa. Und der Bus brauste mit 60 km/h über die Landstraße.

Eine knappe Stunde später waren wir an unserem Ziel angelangt: die Stadt. Natürlich gab es mehrere Städte in der Oberpfalz, aber wenn man in unserem Dorf von *der Stadt* sprach, war eben genau diese gemeint. Die anderen nannte man beim Namen.

Schwarzer Lack, acht Zentimeter hohe Absätze. Elsas Augen leuchteten, als die Verkäuferin die Stiefel aus dem Regal holte.

»Hat der Papi es doch erlaubt?« Die Dame hatte Elsa wiedererkannt.

»Ja. Kann ich sie noch mal anprobieren?«

»Da hast du aber einen lieben Papi.«

Elsa zog vier Paar Wollsocken aus der Krokodillederhandtasche. Die Lackstiefel gab es nur in Schuhgröße 37, und sie trug eine 33.

»Was hast du denn da um deine Beine gewickelt?«, wollte die Verkäuferin wissen.

»Krawatten, wie Adlige«, antwortete ich, weil Elsa voll und ganz mit dem Schuhwerk beschäftigt war.

»So etwas habe ich ja noch nie gehört.«

Erstaunlich sicher schritt Elsa auf den hohen Absätzen durch den Laden.

»Eigentlich ist das nichts für kleine Mädchen«, sagte die Verkäuferin, »der Schaft sollte unter den Knien enden.«

Elsa reichte er bis zur Mitte der Oberschenkel.

»Ich will sie trotzdem. Karl, bezahlst du?«

Ich drückte der Dame das Geld in die Hand, während Elsa ihre Clogs in der Tasche verstaute.

»Du willst sie gleich anbehalten? Aber Mädchen, es ist doch viel zu heiß draußen.« Die Verkäuferin verabschiedete uns mit einem Kopfschütteln.

Elsa lief vor mir her. Ihr Gang hatte etwas Gefährliches, die Hüften schwangen von einer Seite zur anderen.

»Du siehst wunderschön aus«, sagte ich so laut, dass sie mich hören konnte.

Elsa blieb stehen, drehte sich zu mir um. »Wirklich?«

»Ja.«

»Wirklich?«, hakte sie nach.

»Ja.«

Mit den Absätzen überragte sie mich um einen ganzen Kopf, sie sah zu mir herab. »Fetti, woher hast du eigentlich das Geld?«

»Geklaut.«

Ein Lächeln. Ich habe bereits erwähnt, wie ungern, wie selten sie es hergab.

»Für mich. Du hast es für mich getan.«

Ich nickte und versuchte, nicht an die Episode in der Herrentoilette zu denken.

Die große Krokodillederhandtasche wurde Elsas ständiger Begleiter. Abwechselnd lagerten dort die Stiefel oder die Clogs. Je nachdem, wo sie gerade war. Elsa hatte panische Angst, dass Hubertus und Gustav die Lackteile entdecken und ihr wegnehmen könnten. Sie wusste ja nicht, dass Gustav selbst die Schuhe bezahlt hatte. Zugegeben, der Onkel hatte keine Ahnung gehabt, wie sie aussahen.

Seitdem unser Vater wieder da war, aßen wir allabendlich im Jagdhof. Randolph Brauer hatte seine Vorliebe für Schnaps entdeckt, der dort in rauhen Mengen ausgeschenkt wurde.

An diesem Abend forderten uns die Nesshauer-Kinder wieder zum Billardspielen auf. Zum ersten Mal war auch Elsa mit von der Partie. Wir bildeten zwei Gruppen: Lukas und Bernd, der älteste und der jüngste Nesshauer, zusammen mit Lorenz, gegen Christoph, den mittleren Nesshauer, Elsa und mich.

Unter großem Geschrei wurden die Regeln festgelegt. »Man darf die schwarze Kugel nicht berühren«, bemerkte Elsa mehrere Male.

»Wir haben die Vollen«, sagte mein Bruder, als es endlich still war.

»Das kannst du doch nicht einfach so bestimmen«, beschwerte sich Elsa.

»Wieso?«

»Das entscheidet sich nach dem ersten Stoß.«

Ich glaube nicht, dass auch nur einer von uns Elsas Erklärung verstand.

»Aber so spielen wir nicht. Wir haben die Vollen, und ihr dürft dafür anfangen.«

Elsa zuckte mit den Schultern. »Na gut.« Sie versenkte eine Halbe, dann eine Halbe und eine Volle.

Lorenz war der Nächste. Fünf Kugeln verschwanden in den Löchern. Drei Volle, zwei Halbe. Er wollte weitermachen.

»Du bist nicht mehr dran«, sagte Elsa.

»Wieso? Ich habe mehr als vier Kugeln reingemacht, und da darf man noch mal.«

»Das ist Quatsch.«

»Ist es nicht.«

Jetzt brüllten wieder alle durcheinander. Doch selbst Christoph, der in unserer Gruppe war, gab meinem Bruder recht. Nur ich sagte nichts. Schließlich beugte sich Elsa der Mehrheit.

Eine Weile verlief das Spiel friedlich. Vier Halbe, zwei Volle und die Schwarze befanden sich noch auf dem grünen Tuch.

Lorenz war an der Reihe. Mit zusammengekniffenen Augen umrundete er den Tisch, entschied sich schließlich für eine Position und stieß zu. Er versenkte eine einzige Kugel: die Schwarze.

»Wir haben gewonnen«, rief Elsa zufrieden.

»Habt ihr nicht«, gab Lorenz zurück. Und erklärte, dass wir vier und sie nur zwei übrig hätten.

»Aber du hast die Schwarze reingemacht. Man darf sie nicht mal berühren.«

»Sagt wer?«

»Die Regeln.«

»Aber unsere Regeln sind anders als deine.«

Elsa schmiss den Queue auf den Boden. »Weißt du, was du bist, Lorenz Brauer? Ein Aufschneider. Aber wahrscheinlich weißt du nicht mal, was ein Aufschneider ist. Vielleicht bist du nicht mal ein Aufschneider, sondern nur ein dummer Junge. Ein dummer, dummer Junge, der von nichts eine Ahnung hat.«

Jetzt ließ auch Lorenz seinen Queue fallen, stürzte sich auf Elsa und drängte sie gegen die Wand. Mit der linken Hand packte er sie an der Gurgel, mit der rechten Faust schlug er dicht neben Elsas Kopf auf das Gemäuer ein. Sein Körper zitterte. So hatte ich ihn noch nie gesehen. Ich kannte seine Ungeduld, die Wut war neu.

Den Nesshauern wurde unbehaglich zumute. Sie hatten keine Lust auf Ärger. Und wenn zwei Kinder sich im Billardraum halb umbrachten, würde man auf jeden Fall ›eins drauf bekommen‹, egal ob man mitgemacht oder nur danebengestanden hatte. Schließlich nahmen sie Reißaus.

Lorenz' Linke drückte immer fester zu. »Nimm das zurück, nimm das sofort zurück«, schrie er Elsa ins Gesicht und schien gar nicht zu bemerken, dass sie fast erstickte.

Erst als sie anfing zu röcheln, lockerte er seinen Griff.

»Du sollst es zurücknehmen.« Lorenz' Faust verfehlte Elsa nur knapp.

»Ich nehme überhaupt gar nichts zurück.« Man musste schon genau hinhören, um die Angst in ihrer Stimme wahrzunehmen, und Lorenz hörte genau hin. Ihre Unsicherheit gab ihm neuen Auftrieb.

»Niemand mag dich, Elsa Gröhler, nicht einmal deine eigene Mutter. Sie hat dich einfach hier abgesetzt. Sie wollte dich nicht dabeihaben.«

Tränen schossen in ihre Augen, und Lorenz fühlte sich schon als Sieger, aber es war noch nicht vorbei. Elsa nutzte seine Unaufmerksamkeit und boxte ihm in den Magen. Fünf feste Hiebe. »Und das nimmst du jetzt zurück«, brüllte sie.

»Werde ich nicht, werde ich verdammt noch mal nicht. Erst nimmst du es zurück.« Er packte ihre Hände. Sie bäumte sich auf, die Holzclogs malträtierten Lorenz' Schienbeine. Er riss sie an den Haaren. Elsas Lippen bebten vor Schmerz, und ich stand einfach daneben.

Sie holte aus und kratzte mit ihren Scharlach-Nägeln über Lorenz' Gesicht. Vorsichtig betastete er die Schürfwunde auf seiner Wange. Es blutete. Nur ganz leicht. Aber die roten Tröpfchen ließen beide erstarren. Es war totenstill.

»Ich nehme es zurück«, flüsterte Elsa.

»Ich auch«, antwortete Lorenz. Dann sah er mich an. »Kannst du mir Klopapier holen?«

Ich rannte los. Als ich zurückkam, sah alles aus wie zuvor. Sie schienen sich keinen Millimeter bewegt zu haben, und trotzdem hatte sich etwas verändert. Aber ich konnte nicht ausmachen, was es war.

Es lagen noch die letzten Tage des Julis und der ganze August vor uns, bis die Schule wieder anfangen würde.

Oft waren wir zu dritt unterwegs, aber es gab auch viele Stunden, die ich mit Elsa allein verbrachte. Sie saß gern in der Scheune zwischen den Autowracks, die seit dem Jahr des Unfalls dort vermoderten.

»Vielleicht kommt irgendwann ein Wagen und nimmt mich mit«, sagte sie oft.

Schon bald gewöhnte Elsa sich an, abends auszubüxen, um mit Lorenz und mir den Geschichten des Murmeltiers zu lauschen. Auf Zehenspitzen, die Stiefel in der Hand, schlich sie unsere Treppen hinauf. Leise, um die Kratzlerin nicht zu wecken.

Das Murmeltier schleppte für Elsa seinen Schaukelstuhl und eine dritte Decke in das Kinderzimmer. Aber manchmal zog sie es vor, neben meinem Bruder oder mir im Bett zu sitzen. Hinterher brachte das Murmeltier sie nach Hause. Ab und zu durften Lorenz und ich mitgehen, je nachdem, wie spät es war. Wir begleiteten Elsa bis zu dem grüngestrichenen Zaun, sahen zu, wie sie den Hügel hochlief und durch das angelehnte Erkerfenster verschwand.

Mittlerweile fragte auch Elsa das Murmeltier täglich, ob er Erkenntnis erlangt habe, und ließ ihn versprechen, sie nicht zu übergehen, wenn es so weit wäre.

»Wo sind deine Stiefel?«, fragte das Murmeltier, als Elsa barfuß und mit leeren Händen in unserem Zimmer stand.

»Vergessen. Ich bin gerannt.« Sie zupfte an den verrutschten Krawatten, warf einen kurzen Blick zu Lorenz, dann zu mir, entschied sich aber für den Schaukelstuhl.

»Es war mein erster Tag in Paris«, begann das Murmeltier und zündete sich eine Zigarre an. »Ich saß draußen in einem Restaurant, die Abendsonne tauchte alles in ein unwirkliches Licht. Feierlich erhob ich mein Glas und schwor mir, dass ich mich zukünftig vor den Weibern in Acht nehmen würde. Paris sollte ein Neuanfang werden.

›Sie haben doch nichts dagegen, wenn ich Ihnen Gesellschaft leiste?‹, ertönte eine Stimme dicht neben meinem Ohr. Julie. Rote Haare. Riesiger Busen. Ehefrau eines erfolgreichen Anwalts und Mutter zweier Kinder. Wenig später fand ich mich auf dem Dachboden ihrer Stadtvilla wieder. Zwischen ausrangierten Möbeln und Koffern richtete Julie uns ein Lager her und riss mir die Kleider vom Leib. Ihre Brüste hingen über meinem Gesicht. Wie eine Furie ritt sie auf mir.«

»Was ist eine Furie?«, fragte Lorenz.

»Eine Furie ist eine Rachegöttin.«

»Und wofür wollte sich Julie rächen?«

»Ach Kinder, die Weiber wollen sich immer rächen. Nur

meistens versäumen sie es, sich an demjenigen zu rächen, der ihnen etwas angetan hat. Und der Nächste, der daherkommt, muss seinen Kopf hinhalten.« Das Murmeltier lächelte. »Ausgerechnet Julie, dieses tollwütige Biest, roch nach Mimosen.«

»Wie riechen Mimosen?«, wollte Elsa wissen.

»Eine schwierige Frage… Sie riechen wie… nach… Oh, Elsa, kleine Elsa, ich muss dir mal einen Strauß Mimosen schenken.

Zwei Monate hauste ich auf dem Dachboden. Mindestens zehnmal täglich kam Julie hoch. Kam auf mir, unter mir, neben mir und bekam doch nie genug. Wenn der Ehemann und die Kinder aus dem Haus waren, nahm ich ein Bad. Aber schon das Treppensteigen erschöpfte mich, Julies Unersättlichkeit zehrte an meinen Kräften.«

»Bist du nie rausgegangen?«

»Nein. Julies Riesenbrüste waren meine ganze Welt.«

»Wo hast du hingemacht, wenn du pinkeln musstest?«

»In einen Nachttopf.«

»Und wenn du Hunger hattest?«

»Sie gab mir zu essen.«

»Und dir war nicht langweilig?«

»Nein, es hätte ewig so weitergehen können. Aber Julie wurde unvorsichtig. Eines Abends, als sie mich zum dritten Mal hintereinander bestieg, tauchte der Ehemann auf. Er schrie nicht, er tobte nicht. Sehr höflich bat er Julie aufzustehen. Sie zog ihr Kleid an, stellte sich neben ihren Gatten und deutete auf mich: ›Chéri, er muss hier eingebrochen sein, ich kenne ihn gar nicht.‹

›Julie, lass uns einen Moment allein.‹

Mit leichtem Schritt eilte sie davon.

›Und jetzt zu Ihnen‹, fuhr Julies Mann fort. ›Sie haben zehn Minuten Zeit, um mein Haus zu verlassen, und zwölf Stunden, um die Stadt zu verlassen. Wenn Ihnen irgendetwas an Ihrem Leben liegt, dann befolgen Sie besser meinen Rat.‹«

Das Murmeltier zog an seiner Zigarre. »Das war Paris. Nicht einmal Mona Lisa habe ich lächeln sehen. Und jetzt Ohren zu!«

Wir gehorchten.

»Könnt ihr mich noch hören?«

»Nein«, antworteten wir.

»Wirklich nicht?«

»Wirklich nicht.«

Das Murmeltier sprach seinen Schlusssatz, begleitet von dem Flüstern dreier Kinderstimmen: »Verfluchte Schnallen! Verdammte Fotzen! Sie haben mir alles genommen. Alles.«

Elsa stand auf und stellte sich vor ihn.

»Murmeltier, kann ich dich was fragen?«

»Ja.«

»Und du sagst mir die Wahrheit?«

»Natürlich.«

Elsa trat von einem Bein auf das andere. »Sind... Sind alle Frauen verfluchte Schnallen und verdammte Fotzen? Bin ich auch eine... eine verdammte Fotze?«

Das Murmeltier strich ihr übers Haar. »O nein, Elsa. Unter all den Schnallen und Fotzen gibt es ab und zu so etwas wie eine Königin. Ein außergewöhnliches Wesen. Selten wie eine Auster mit zwei Perlen. Und du, Elsa, bist so eine Königin. Du bist weit, weit über uns erhaben. Und jetzt, kleine Königin, bringe ich dich nach Hause. Lorenz, Karl, wollt ihr mit?«

Das Murmeltier hob die stiefellose Elsa auf seine Schultern. Flankiert von Lorenz und mir, hoch über unseren Köpfen, sah sie wirklich majestätisch aus. Ihr Lächeln – nicht wie sonst nur ein kurzes Aufblitzen – begleitete uns durch die Nacht. Vor dem grünen Zaun setzte das Murmeltier sie ab.

»Gute Nacht, kleine Königin«, sagte er und verbeugte sich.

Auf dem Rückweg kam uns die Kratzlerin im Morgenmantel entgegengelaufen. »Herr Murmelstein, schnell, kommen Sie. Herzjesulein, Gott im Himmel. Schnell!«, keuchte sie.

Das Haus war hell erleuchtet. Einige Feriengäste schauten aus den Fenstern, doch die meisten tummelten sich im Hof und blickten zur Koppel. Niemand sprach ein Wort, nur das ängstliche Quietschen der Tiere zerriss die Stille. Randolph Brauer stand mit einer Fackel in der Hand vor dem Stall, dessen Dach bereits brannte.

»Frau Kratzler, löschen«, rief das Murmeltier und rannte Richtung Koppel.

»Wasser!«, brüllte sie. »Eimer! Gartenschlauch!«

Die Menge setzte sich in Bewegung.

Das Murmeltier hatte den Stall erreicht, öffnete die Tür, und drei Ponys stürmten in die eingezäunte Freiheit. Sie galoppierten durch die Koppel, sprangen und reckten ihre Hälse. Jede ihrer Bewegungen schien zu sagen: Schaut her, wir sind noch einmal davongekommen.

Während die Feriengäste unter dem Kommando der Kratzlerin das Feuer löschten, jagte mein Vater, die Fackel hoch erhoben, den Tieren hinterher.

»Randolph, es ist vorbei.« Das Murmeltier schnitt ihm den Weg ab und packte ihn an der Schulter. Aber Randolph Brauer gab sich noch nicht geschlagen. Rannte weiter, schleifte das Murmeltier einfach mit sich.

Ich musste an die Furien denken. Die Rachegöttinnen. Gab es auch Rachegötter?

Ein Schrei. Das Murmeltier krümmte sich auf der Erde.

Wir saßen in der hintersten Reihe im Bus. Elsa wechselte die Schuhe, ihre Clogs verschwanden in der Handtasche.

Seit drei Tagen lag das Murmeltier im Krankenhaus. Bänderriss. Die Kratzlerin hatte uns Geld für die Fahrkarten und für einen Blumenstrauß gegeben.

»Warum hast du ein Nachthemd an?«, fragte Lorenz Elsa in herablassendem Ton.

»Das ist kein Nachthemd, Arschloch«, antwortete sie und strich über das weiße, kurze Trägerkleid.

»Selber Arschloch, und ich kann deine Unterhose sehen.«

Sie blickte an sich herunter. »Kannst du gar nicht!«

»Kann ich doch!«

Ihr gestriger Streit schien noch nicht vergessen: Wir hatten im See geplanscht. Mein Bruder hatte von *unserem Hotel* gesprochen, woraufhin Elsa ihm erklärte, es sei kein Hotel, sondern nur ein Haus mit ein paar ollen Zimmern. Das Wortgefecht führte zuerst zu einer harmlosen Rangelei und endete im Versuch, sich gegenseitig zu ertränken.

Erst als Elsa, die Lorenz körperlich unterlegen war, einräumte, dass unser Haus fast so etwas wie ein Hotel sei, ließen sie voneinander ab. Ein vorläufiger Waffenstillstand. Elsa konnte die Wut in meinem Bruder wecken.

»Haben Sie Mimosen?«, fragte Elsa die Blumenverkäuferin.

»Nein.« Sie musterte das Mädchen kritisch, wie fast jeder Erwachsene, der Elsa zum ersten Mal sah.

Lorenz zeigte auf einen Eimer gelber Rosen. »Was ist mit denen? Oder die da hinten, die roten?«

Wir drei streunten durch den Laden und konnten uns nicht entscheiden.

»Für wen sollen die Blumen denn sein? Einen Mann? Eine Frau? Ein Geburtstagskind?« Die Dame war offensichtlich genervt von unserer Unentschlossenheit.

»Für das Murmeltier. Und er mag Mimosen«, sagte Elsa.

Zwei der drei Betten waren nicht belegt. Es roch nach Desinfektionsmittel, Sauerbraten und Zigarrenrauch.

»Oh, ihr herrlichen Kinder«, rief er, als wir das Zimmer betraten. Lorenz und ich setzten uns auf eines der freien Betten. Elsa hockte sich zum Murmeltier und überreichte ihm die Blumen.

»Dann rufen wir mal die Schwester, damit diese wunderbaren Rosen Wasser bekommen. Jetzt wird es spannend. Aufgepasst! Man drückt auf den Knopf«, er betätigte die Klingel, »und entweder schwebt gleich ein Engel herein oder ein Wesen, das selbst die Kratzlerin wie ein Lämmchen erscheinen lässt.«

Wir starrten gebannt zur Tür.

»Es ist der Engel!«, verkündete das Murmeltier.

Die junge Frau lächelte. »Was kann ich für Sie tun?« Sie sah uns an. »Sind das Ihre Enkel?«

»O nein, das hier ist Königin Elsa und ihr Gefolge. Schwester, wären Sie wohl so freundlich, eine Vase für die Blumen zu bringen.«

Wenig später kam der Engel zurück. »Ich stelle sie hier auf den Tisch. Und Herr Murmelstein, es riecht nach Rauch.«

»Schimpfen Sie nicht mit mir. Ich bin an dieses verfluchte Bett gefesselt.«

»Ich schimpfe doch nicht. Aber lüften Sie. Schwester Roswitha hat nachher Dienst.« Sie entschwand mit einem Zwinkern.

»Wann darfst du wieder nach Hause?«, fragte ich.

»In zwei Wochen.«

Lorenz öffnete das Fenster. »Und was machst du hier den ganzen Tag?«

»Ich ringe um Erkenntnis, ich ringe um Erkenntnis … Ach Kinder, am liebsten würde ich aufstehen und weglaufen. In so einem Gefängnis fängt man an, sich nach der Freiheit zu sehnen.«

»Und wo ist das, die Freiheit?«, fragte Elsa.

»Dort, wo ein Mann nach Belieben seine Zigarre rauchen darf. Dort, wo einem niemand vorschreibt, wann man zu essen oder zu schlafen hat.«

»Kann man da mit dem Auto hin?«

Er lächelte. »Ja.«

Elsa nahm seine Hand und drückte sie. »Murmeltier, dann lass uns das tun, lass uns weglaufen … Wir reparieren deinen Wagen und fahren fort.«

Er betrachtete ihre zierliche Pfote, die seine Pranke mit den hervorstehenden blauen Adern umklammerte.

»Meine kleine Königin, du kommst vierzig Jahre zu spät.«

Lorenz hatte keine Lust, Elsa nach Hause zu begleiten, und so liefen wir zu zweit die Hauptstraße entlang.

Ein paar Meter vor dem Ziel wechselte sie die Schuhe.

»Willst du noch mit rein, Fetti?«, sagte sie, als wir den grünen Zaun erreicht hatten. »Du kannst mir die Nägel lackieren.«

Zum ersten Mal sah ich das Haus der Gröhlers von innen.

Die Küche, das Wohnzimmer und das Esszimmer waren miteinander verbunden. Große, lichtdurchflutete Räume. Die Schlafzimmer der Gröhler-Brüder lagen auf der Rückseite, mit Blick auf den Garten und die Maisfelder. Elsa wohnte unten im Souterrain.

Gustav kam uns entgegen, einen Tennisschläger in der Hand. Er erkundigte sich nach dem Gesundheitszustand des Murmeltiers. Da Elsa eisern schwieg, übernahm ich das Reden. Während ich sprach, haftete Gustavs Blick an Elsas Kleidchen. »Fräulein, wenn die Schule anfängt, kannst du all die Sachen nicht mehr anziehen. Was hat sich deine Mutter nur dabei gedacht?«

»Es ist ein Sommerkleid«, verteidigte sie sich.

»Nein, Elsa. Es ist ein Negligé! Und jetzt sag deinem Vater, dass du wieder zu Hause bist. Ich fahre in den Klub. Tschüss, Karl.«

Elsa führte mich in den Garten. Dort stand, versteckt hinter vier Apfelbäumen, eine Laube.

»Die hat er gebaut, als meine Mutter abgehauen ist. Er hockt den ganzen Tag da drinnen und manchmal auch die ganze Nacht. Er schreibt Gedichte. Ich habe sie heimlich gelesen. Totaler Quatsch.« Sie riss die Tür auf. »Ich soll dir sagen, dass ich wieder da bin«, rief sie lauter als nötig.

Hubertus zuckte zusammen, seine dicken Lippen vibrierten, und drei Blätter Papier segelten zu Boden.

»Kannst du nicht anklopfen … Oh, Karl, hallo. Was … was gibt es denn, Elsa?«

»Nichts, ich soll dir nur sagen, dass ich wieder da bin.«

»Gut, gut … Ja«, antwortete er und hob seine Notizen auf.

Elsa schloss die Tür.

Obwohl es draußen noch hell war, musste man unten im Souterrain Licht anmachen. Die Fliesen waren fast vollständig von einem grünen Teppich mit blau-goldenen Ornamenten bedeckt. Wo man auch hinsah, türmten sich unzählige Kleidungsstücke. Das Doppelbett und vier massive Holzstühle waren fast gänzlich begraben unter der Stoffflut.

Auf der weißen Kommode stand eine Ansammlung angebrochener Parfumflakons und Nagellacke in verschiedenen Rottönen.

Nichts in diesem düsteren Raum erzählte, dass hier ein Kind lebte.

»Welche Farbe gefällt dir am besten?«, fragte sie und deutete auf die Lackfläschchen.

»Weiß nicht.« Für mich sahen sie alle gleich aus.

»Ach Mann, Fetti, du musst auch mitspielen. Also, welche Farbe gefällt dir am besten?«

Ich tippte wahllos auf ein Fläschchen. »Die hier.«

»Gute Wahl.« Elsa räumte einen Stuhl frei, kniete sich davor und legte ihre Hände auf die Sitzfläche. »Nicht verschmieren. Verstanden? Gib dir Mühe.«

»Aber du hast noch Lack drauf«, sagte ich und hockte mich neben sie.

»Drüberpinseln, einfach drüberpinseln.«

Zitternd machte ich mich ans Werk, während Elsa mich von der Seite anstarrte. »Fetti, deine Haare sind ja gekämmt.«

Endlich hatte sie es bemerkt.

»Ich bürste sie jeden Tag, aber schon lange, seit … Na ja, schon 'ne ganze Weile.«

Als ich fertig war, betrachtete Elsa ihre Hände. »Ganz gut«, urteilte sie, obwohl nicht nur die Nägel, sondern stellenweise auch ihre Finger rot waren.

»Und jetzt die Füße.« Elsa setzte sich auf den Stuhl und streckte mir ihre Beine entgegen.

Die Krawatten sahen mitgenommen aus. Flecken säumten den bunten Stoff, und die Stiefel hatten ihn aufgerauht.

»Magst du mein Kleid?«, fragte Elsa.

»Du musst stillhalten.«

»Ich beweg mich doch gar nicht. Also, magst du mein Kleid?«

»Ja.«

»Es ist doch ein Kleid, oder?«

Ich nickte.

»Ist von meiner Mutter. Als wir gepackt haben, hat sie mir alle Sachen geschenkt, die sie nicht mitnehmen wollte. Nur das Parfum habe ich geklaut. Eine Flasche, die anderen wollte sie auch nicht mehr …« Dann brach Elsas Stimme. Sie biss sich auf die Unterlippe. Ihr Körper bebte. Ein paar Tränen rannen über ihre Wangen, schnell wischte sie sie weg.

»Es ist ein Kleid, oder? Ich hab doch ein Kleid an?«

»Ja, Elsa. Du hast ein Kleid an.«

Zwei Tage bevor das Murmeltier aus der Klinik zurückkam, weckte uns Randolph mitten in der Nacht. Mittlerweile hatten Wermut und Marillenschnaps auch Einzug in unser Haus gehalten. Manchmal trank Randolph schon morgens vor dem Frühstück. Er bemühte sich um Heimlichkeit, stellte sich aber so ungeschickt an, dass die Kratzlerin ihn ständig beim Saufen erwischte. »Es tut zu weh«, war seine ganze Verteidigung.

Jetzt stand er neben meinem Bett. »Lorenz, Karl. Aufstehen. Ich brauche euch. Und leise.«

»Papa, was ist …«

»Schhh … Lorenz, du auch, komm.«

Erst jetzt sah ich, dass mein Vater sein Gewehr über der Schulter trug.

Vor Hannas Zeit hatten die Ponys und der Esel Namen. Aber Hanna zog es vor, die Ponys Ponys und den Esel Esel zu rufen. Und so hielten wir es auch.

»Macht nicht so einen Krach«, mahnte unser Vater, als wir den Hof verließen. Aber nicht wir, sondern die Hufe der Tiere veranstalteten den Lärm.

Lorenz und ich führten die braunen Ponys und unser Vater das schwarze. Nur der Strahl einer Taschenlampe erhellte den Bayerischen Wald. Obwohl wir Randolphs genauen Plan nicht kannten, erahnten Lorenz und ich seine Tragweite. Das Gewehr sprach Bände. Wir marschierten und marschierten. Schweigend. Vielleicht gab es doch kein Ziel? Vielleicht würden wir einfach immer weiterlaufen? Gerade als ich zu glauben begann, dass sich sechs Geschöpfe tatsächlich aufgemacht hatten, um das Ende der Welt zu erreichen, und ich Teil dieser unglückseligen Mission war, ertönte Randolphs Stimme: »Anhalten!«

Wir befanden uns am Rand einer Schlucht. Direkt am Abhang hatte eine einzige Lärche ihre Wurzeln geschlagen. Im Gegensatz zu ihren Artverwandten, die dichtgedrängt beisammenstanden, schien jener einsame Baum eine Aufgabe zu haben – er bewachte den Abgrund.

Ich leuchtete mit der Taschenlampe, während mein Vater und Lorenz die Tiere am Stamm der Lärche festbanden.

Als drei Menschen einige Meter zurückwichen, verstanden drei Ponys, dass man ihnen nach dem Leben trachtete.

Das Gewehr war gespannt, der Lauf auf die Tiere gerichtet, die ebenso vehement wie vergeblich an ihren ledernen Stricken zerrten. Randolph zitterte. »Haltet still«, sagte er, aber weder seine Hände noch die Ponys gehorchten.

Wollte ich meinen Vater erlösen? Wollte ich einfach, dass es aufhörte? Oder wollte ich ein Held sein? Ich weiß es nicht.

Ich ließ die Taschenlampe fallen – geräuschlos glitt sie zu Boden –, und trat zu Randolph. Er erhob keinen Einspruch. Es war mehr ein Geben als ein Nehmen. Und da stand ich, Karl Brauer, ein kleiner, fetter Junge, Herr über Leben und Tod. Das Gewehr war schwerer als gedacht, und nur das überraschende Gewicht ließ mich einen Moment zögern.

Es geschah nicht nacheinander, sondern zeitgleich. Er rannte zu den Ponys, stellte sich schützend vor sie. Die Lärche und Lorenz sahen aus wie Brüder, beide Hüter des Abgrunds. »Nein, Karl«, rief er. »Nein!« Der Schuss löste sich. Eine Kugel flog durch die Nacht, an allem Lebenden vorbei.

Sechs Geschöpfe traten den Heimweg an, und mindestens eines von ihnen hatte mitten im Bayerischen Wald das Ende der Welt erreicht.

Elsa, Lorenz und ich saßen vor der Haustür, während Randolph im Wohnzimmer zehn Zigarren einzeln in Geschenkpapier wickelte. Die Kratzlerin stand in der Küche. Sie tat so, als ob wir sie gezwungen hätten, aber der Kuchen war ganz allein ihre Idee gewesen.

Auf graue Krücken gestützt, den linken Fuß eingegipst, stieg er aus dem Taxi.

Elsa schlang ihre Arme um das Murmeltier, Lorenz holte seine Tasche aus dem Kofferraum, und ich drückte dem Fahrer das Geld, das mir mein Vater gegeben hatte, in die Hand.

»Ihr herrlichen Kinder, ich bin wieder da!«, rief er und ließ sich von uns ins Wohnzimmer führen.

Er packte die Zigarren aus, auch noch die letzte entlockte ihm einen überraschten Freudenschrei. Gleichzeitig aß er den Bienenstich und rauchte, was die Kratzlerin mit empörtem Kopfschütteln quittierte.

»Meine Lieben«, sagte das Murmeltier, »nie wieder werde ich ein Krankenhaus betreten. Die erste Woche war unangenehm, aber die letzte war die Hölle. Dieser schmierige Arzt hat versucht, mir Zähne zu verkaufen. Was für eine Krämerseele!

›Doktor, wofür brauche ich gottverdammte Zähne?‹, habe ich gefragt.

›Ihnen fehlen drei. Aus ästhetischen Gründen sollten Sie darüber nachdenken, auch wenn Sie nicht mehr der Jüngste sind.‹

›Mit Verlaub, werter Herr, jeder anständige Mensch verliert beizeiten ein paar Zähne. An unseren Lücken erkennen wir einander.‹

Als er endlich aufgab mit den Zähnen, hat er sich auf mein Herz gestürzt. Ich bin als gesunder Mann in diese verfluchte Klinik eingeliefert worden, und jetzt habe ich angeblich ein krankes Herz. Es schlägt nicht richtig. Was für ein Unfug! Jedes Herz tanzt nach seinem eigenen Rhythmus. Und meines hat sich für eine Habanera entschieden. Die Betonung auf dem ersten Vierteltakt irritiert engstirnige Gemüter. Und dieser Arzt, meine Lieben, war an Borniertheit kaum zu übertreffen. Er wollte mich dabehalten, aber ich habe mich selbst entlassen, auf eigene Verantwortung.« Das Murmeltier zog an seiner Zigarre und lächelte.

»Selbst entlassen? Herzjesulein im Himmel«, krächzte die Kratzlerin und ließ die Gabel fallen. »Das geht doch nicht, Herr Murmelstein. So ein Leichtsinn.«

»Sorgen Sie sich etwa um mich?«, fragte er amüsiert.

»Ich denke nur an die Kinder«, schnappte sie zurück.

»Vielleicht lässt du dich einmal von Grievenhast untersuchen«, wandte mein Vater ein.

»Eine sehr gute Idee, Randolph. Grievenhast wird eine Habanera erkennen.«

Noch am selben Abend kam unser Dorfarzt. Nachdem er das Murmeltier abgehorcht hatte, meinte er, dass er nicht wirklich etwas dazu sagen könne, er sei schließlich kein Herzspezialist. Außerdem – und das im Vertrauen – höre er auf dem rechten Ohr nicht mehr allzu gut. Er empfahl dem Murmeltier, weniger zu rauchen, und viel frische Luft, das würde jedenfalls nicht schaden. Die Theorie mit der Habanera gefiel Grievenhast. »Meines tanzt seit Jahren einen langsamen Walzer. Es ist zum Kotzen.« Er zwinkerte dem Murmeltier zu, und damit war die Sache erledigt. Nur Frau Kratzler versuchte noch lange – unter Anrufung des Gottessohnes – das Murmeltier zu einer weiteren Kontrolle im Krankenhaus zu bewegen. Aber er weigerte sich strikt, sogar den Gips entfernte er eigenhändig mit einer Laubsäge.

Es war das Wochenende, bevor die Schule wieder anfing. Die letzten Tage, die wir am See verbringen konnten. Lorenz' Geduld war wie üblich schon nach kurzer Zeit erschöpft. Also wartete ich allein auf Elsa. Einfach zum Haus der Gröhlers zu gehen, traute ich mich nicht. Zu groß war meine Angst, von Elsa zurückgewiesen zu werden.

Ich lehnte am Brückengeländer, die Augen auf die Straße gerichtet. Der Mühlbach rauschte leise. Grillen zirpten. Ein Radio spielte *Das alte Lied*, und zwei Hunde bellten.

Dann kam der graue Audi der Gröhlers angefahren und hielt auf dem Parkplatz des Jagdhofs. Hubertus stieg aus. Er öffnete die hintere Tür. Zuerst dachte ich, es wäre Elsa, aber er zerrte nicht an einem Mädchenarm, sondern am Griff eines riesigen Koffers.

Die alte Wiesinger eilte herbei und dirigierte ihren beladenen Ex-Schwiegersohn in das geschlossene Wirtshaus. Ehe ich auch nur eine Vermutung über den Inhalt des Koffers anstellen konnte, wurde meine Aufmerksamkeit zum anderen Ende der Straße gelenkt. Schreie, nein, ein einziger langer Schrei übertönte alle Geräusche dieses Spätsommernachmittags, übertönte das Klappern ihrer Holzclogs. Elsa rannte. Elsa schrie. Wenige Meter hinter ihr tauchte Gustav auf. Auch er rannte. Nacheinander erreichten sie den Jagdhof. Und dann rannte ich.

Die Stühle waren hochgestellt, der Boden frisch gewischt. Hubertus saß auf einem Barhocker am Tresen und sah einfach sehr müde aus. In der Mitte des Raumes stand der Koffer. Elsa kniete davor und umklammerte ihn, während die alte Wiesinger und Gustav versuchten, das Mädchen und das lederne Ungetüm voneinander zu trennen.

»Es sind meine Sachen. Sie hat sie mir geschenkt. Sie hat sie mir geschenkt!«

»Elsa, sei vernünftig. In den Ferien kannst du meinetwegen in den Kleidern deiner Mutter durch die Gegend laufen, aber so gehst du mir nicht in die Schule, und jetzt lass los. Lass los, habe ich gesagt.«

Doch sie ließ nicht los, sondern fing wieder an zu schreien.

Die Ader auf Gustavs Stirn pulsierte. Er riss so fest an dem Griff, dass der Koffer samt Elsa über den Boden schlitterte. Ich konnte sehen, wie sich ihre nackten Knie rot färbten. Die Vorstellung, dass Elsa Schmerzen empfand, war unerträglich. Ich stürzte zu ihr hin, warf mich mit meinem ganzen Gewicht auf den Koffer und schrie.

Gustav und die alte Wiesinger wichen einen Schritt zurück und starrten uns fassungslos an.

Die erste Schlacht war geschlagen, ja gewonnen, aber weder Elsa noch ich wussten, was als Nächstes zu tun war, und so schrien wir einfach weiter.

Wenn der eine Luft holen musste, brüllte der andere umso lauter. Doch wie lange würden wir durchhalten? Wann würden unsere Kehlen zeitgleich versagen?

Das Murmeltier erlöste uns. Elsa und ich hatten ihn nicht

kommen hören. Wie auch? Erst als er mit seinen Krücken gegen den Koffer trommelte, bemerkten wir ihn. Die Spannung wich aus unseren verkrampften Körpern.

Es war still.

»Danke«, seufzte Hubertus und legte seinen Kopf auf den Tresen.

»Sie wollen mir meine Sachen wegnehmen«, sagte Elsa mit heiserer Stimme.

Sogleich erläuterte Gustav, sekundiert von der alten Wiesinger, den Sachverhalt aus seiner Perspektive.

»Aber es sind Elsas Sachen. Ihre Mutter hat sie ihr geschenkt«, unterbrach ich die Ausführungen von Onkel und Oma.

Die alte Wiesinger stöhnte. »Das ist ja wie bei den Kommunisten!« Wenn etwas wie bei den Kommunisten war, dann war es schlimmer als schlimm. »Herr Murmelstein, was soll man da machen? Sagen Sie doch was! Na? Was soll man machen?«

Frau Wiesinger hatte das Murmeltier in die Rolle des Schlichters gedrängt. Der Koffer wurde geöffnet und jedes einzelne Kleidungsstück auf seine Schultauglichkeit überprüft. Geschickt argumentierte das Murmeltier einmal für uns, dann wieder für die Gegenseite.

»Aber Herr Gröhler, in Paris tragen schon sechsjährige Mädchen solche Blusen.«

»Sie waren in Paris?«, fragte Gustav interessiert.

»Viele Jahre.«

Nur Elsa und ich wussten, dass das Murmeltier flunkerte. Alles, was er während seines kurzen Aufenthalts in Paris gesehen hatte, waren Julies Riesenbrüste.

»Pariser Mode… Mathilde hat halt einen erlesenen Geschmack«, mischte sich die alte Wiesinger ein. Und so durfte Elsa die nachtblaue Taftbluse behalten.

Am Ende hatten wir den Inhalt auf drei Stapel verteilt:

Sachen, über die Elsa frei verfügen konnte.

Kleider, die Elsa nur am Wochenende anziehen durfte – es sei denn, die Gröhlers führten sie zum Essen aus.

Und Klamotten, die ausschließlich in den Ferien erlaubt waren – es sei denn, die Gröhlers führten sie zum Essen aus. Hier lag auch das weiße Trägerkleid, das laut Gustav gar kein Kleid war.

Elsa bestand darauf, dass das Murmeltier den dritten Haufen in Verwahrung nahm.

»Meinetwegen«, sagte Gustav. »Aber Herr Murmelstein, lassen Sie sich von dem Fräulein nicht an der Nase herumführen.«

In der Schweiz hatte Mathilde es versäumt, Elsa rechtzeitig einzuschulen, deshalb kam sie in dieselbe Klasse wie Lorenz, obwohl sie ein Jahr älter war.

Beide besuchten das städtische Gymnasium, an dem Gustav Gröhler Sport und Erdkunde unterrichtete. Während Elsa und mein Bruder jeden Morgen gemeinsam in den Bus stiegen, lief ich allein zur Dorfschule.

Zum ersten Mal musste ich den Pausenhof ohne Lorenz überstehen, und tatsächlich schienen einige Kinder nur darauf gewartet zu haben, mich schutzlos in die Hände zu bekommen.

Hubertus Gröhlers Unterricht war ein Witz. Oft sangen wir stundenlang stumpfsinnige Lieder oder lernten Gedichte auswendig, deren Inhalt uns ein Rätsel blieb. Vielleicht gab er sich keine Mühe, weil er wusste, dass die Mehrzahl seiner Schützlinge ohnehin in der Kartoffelchips-Fabrik enden würde. Für die wenigen, die aufs Gymnasium geschickt wurden, gab es ein böses Erwachen. Bald schon merkten sie, wie schlecht der Direktor sie auf die höhere Schullaufbahn vorbereitet hatte.

So erging es auch Lorenz. Versagen war eine neue Erfahrung für ihn. Er begann die Schule zu hassen. Auch Elsa verabscheute die Anstalt, doch aus einem ganz anderen Grund: Gustav Gröhler. Nicht einmal am Vormittag konnte sie sich seiner Kontrolle entziehen. Außerdem sorgten die Krawatten und die Kleider ihrer Mutter bei vielen Mitschülern, besonders den männlichen, für Spott und Häme. Diese dämlichen Kinder kannten Elsa nicht. Das Mädchen schreckte vor keiner Schlägerei zurück, sondern verteidigte sich bis zum Letzten.

Lorenz, der während der Ferien bei sämtlichen Handgemengen als Elsas Gegner aufgetreten war, kämpfte nun an ihrer Seite. Es war wohl seine Art, den anderen, denen Latein und Rechnen so leichtfiel, seine Überlegenheit zu demonstrieren. Wie auf allen Schulhöfen galt auch am städtischen Gymnasium die eiserne Regel: Petzen ist verboten. Eine Todsünde. Die Nase blutet, das Bein lahmt, trotzdem hält man den Mund. Der Ehrenkodex bewahrte vor allem Elsa – die Nichte des Sportlehrers – vor größeren Schwierigkeiten.

Außerhalb der Schule gerieten Lorenz und sie immer noch aneinander, doch im Grunde waren die beiden jetzt Verbündete. Obwohl sie mir von ihren Siegen und Niederlagen berichteten, mir jede neue Blessur präsentierten, fühlte ich mich außen vor. Etwas, an dem ich nicht teilhatte, verband das Mädchen und meinen Bruder.

Mit den Ferien endeten auch die freien Sonntage. Jeden Sommer schloss Pfarrer Lübbe die Pforten seiner Kirche. Als Vorwand dienten Umbauarbeiten oder Reparaturen, die niemals ausgeführt wurden, geschweige denn vonnöten waren.

Umso qualvoller gestalteten sich die ersten Gottesdienste nach der Sommerpause. Als ob er etwas nachholen müsste, predigte Lübbe extralang, und als ob er etwas wiedergutmachen müsste, predigte er extraernst.

Selbst Frau Kratzler, Herzjesuleins treueste Anhängerin, schluckte vor dem Kirchgang zwei Aspirin.

Die verwaisten Fremdenzimmer, die eingekehrte Stille ließen uns Hannas Abwesenheit deutlicher als zuvor spüren. Lorenz und ich stellten wieder Vermutungen über den Verbleib der grünen Mütze an, und Randolph Brauer verdoppelte seine Wermut- und Marillenschnapsrationen. Immerhin war er so vernünftig, morgens mit dem Fahrrad und nicht mit dem Auto zur Kartoffelchips-Fabrik zu fahren. Seit unserem Ausflug in den Bayerischen Wald ließ er auch die Ponys in Frieden. Über die Ereignisse jener Nacht hatten wir nie wieder gesprochen.

Unter der Woche kam Elsa abends nicht mehr zu uns. Die Gröhlers hatten sie erwischt, als sie aus dem Fenster steigen wollte, und drohten ihr bei einer Wiederholungstat mit drakonischen Strafen.

Trotzdem blieb der Schaukelstuhl nur selten leer, Randolph nahm Elsas Platz ein.

Wenn er sehr viel getrunken hatte, fiel er sofort in Tiefschlaf, und seinem halbgeöffneten Mund entwich ein nervtötendes Grunzen.

Wenn er viel getrunken hatte, lachte er an den falschen Stellen.

Wenn er relativ nüchtern war, unterbrach er das Murmeltier mit saudoofen Fragen.

Wenn er nicht hinsah, rollten Lorenz und ich die Augen.

Randolph war wahrlich kein adäquater Ersatz für Elsa.

Der nächste Sommer war meilenweit entfernt, doch die Tage bis zu den Herbstferien konnte man bereits zählen.

Elsas Stimme hallte über den Flur. »Murmeltier, wo sind meine Sachen?« Eine Tür knallte, und dann erfüllte ihr Lachen das gesamte obere Stockwerk. Einen Moment später platzte Elsa ganz in pinke Spitze gehüllt in unser Zimmer.

Es war der erste Ferientag, und wir warteten auf die Ankunft von Schweine-Willi.

Schweine-Willi kam, um die Schweine zu töten. Er war der Sohn von Schweine-Tilman. Die beiden galten als die besten Hausschlachter der Umgebung. Vor fünf Jahren hatte Tilman aus Versehen die Hälfte seines rechten Arms abgesägt. Ein Missgeschick bei der Gartenarbeit. Seither fuhr Willi jeden Herbst alleine durch den Landkreis, um die Tiere zu schlachten.

In unserem Dorf gab es nicht viel für ihn zu tun. Nur die Gerstelmeyers und die Jondrals besaßen Schweine.

Zum Ärgernis der beiden Familien nächtigte Willi nicht bei ihnen, sondern bei uns, obwohl auch sie Fremdenzimmer vermieteten.

Als wir das Motorendröhnen des weißen Mercedes hörten, rannten wir nach draußen.

Schweine-Willi war jung. Sein Körper bestand ausschließlich aus Muskeln. Ihre Härte bildete einen hübschen Kontrast zu seinem engelsgleichen Gesicht. Getrocknete Blutflecken auf seinen weißen Feinrippunterhemden verliehen ihm etwas Verwegenes.

Wir Kinder verehrten Schweine-Willi wie einen Rockstar und buhlten um seine Zuneigung. Unsere Huldigungen nahm er mit einem gleichmütigen Lächeln entgegen. Nur Lorenz, der ihn aus irgendwelchen Gründen an sein kindliches Selbst erinnerte, bedachte er mit besonderer Aufmerksamkeit. Das wiederum steigerte das Ansehen meines Bruders ins Unermessliche. Die Nesshauers zitterten vor Neid, wenn Schweine-Willi Lorenz auf die Schulter klopfte und sagte: »Ich war genau wie du! Du hast deinen eigenen Kopf. Dir kommt keiner blöd.«

Mit einer gottgegebenen Lässigkeit stieg Willi aus dem Auto und beugte sich über die geöffnete Fahrertür.

»Lorenz, Karl und ein Flamingo.« Er lachte laut los und zeigte mit dem Finger auf das pink gekleidete Mädchen. »Ein Flamingo.«

»Das ist Elsa«, sagte ich. »Elsa Gröhler.«

Abrupt erstarb sein Gelächter. »Elsa Gröhler? Die Tochter von Mathilde?«

Wir drei nickten.

»Verdammt… Elsa Gröhler, ich hab dich das letzte Mal gesehen, als du ein Baby warst und ich… ich war vierzehn.«

Da war er wieder, dieser Blick: aufkeimende Erinnerung, die Suche nach Mathilde.

Am Abend marschierten wir alle gemeinsam zum Jagdhof. Es war der einzige Tag im Jahr, an dem die Kratzlerin mit ihren Prinzipien haderte und nur knapp der Versuchung widerstand, uns zu begleiten. Auch die Erwachsenen freuten sich auf Schweine-Willi, schließlich brachte er den Tratsch aus den umliegenden Dörfern mit.

Gustav und Hubertus Gröhler konnten ihr Entsetzen über Elsas Flamingo-Gefieder kaum verbergen, aber es waren Ferien und nicht sie, sondern wir führten Elsa zum Essen aus. Lorenz durfte neben Schweine-Willi sitzen, der sein Publikum – den gesamten Jagdhof – mit Neuigkeiten versorgte: Ein Schützenkönig hatte seine Frau verprügelt. Ein Lokalpolitiker musste sich bald wegen Steuerhinterziehung vor Gericht verantworten. Eine Scheune war abgebrannt, und Joachim Ottner plante eine Großdemonstration in Wackersdorf.

»Als ob unser Franzl nicht wüsste, was er tut. Wenn das mit dem Atomzeug wirklich gefährlich wäre, dann würde unser Franzl das nicht zulassen«, sagte Frau Wiesinger und schüttelte den Kopf. Mit ›unser Franzl‹ war der bayerische Ministerpräsident Franz-Josef Strauß gemeint, den die Wirtin geradezu hündisch verehrte. »Demonstrieren? Das ist ja wie bei den Kommunisten. Ich meine …«

»Willi, was ist mit Texas?«, unterbrach Fred Nesshauer ihr Geschwätz.

Ein kinderloser Großonkel von Schweine-Willi besaß eine Rinderfarm in Throckmorton, Texas, und wollte Willi zum Teilhaber und späteren Erben der Ranch machen. Doch dieser brachte es nicht übers Herz, seinen einarmigen Vater, der sich partout weigerte, die Oberpfalz gegen Amerika einzutauschen, allein zurückzulassen.

»Hat Tilman seine Meinung geändert?«, fragte der Bäcker.

»Nein, noch nicht.«

»Mensch, Junge, dein Vater wird schon ohne dich zurechtkommen«, sagte ein anderer. »Eine Rinderfarm in Texas, da musst du zugreifen.«

Dann brachte die alte Wiesinger das Essen, und alle redeten durcheinander.

Elsa stocherte in dem Gulasch herum, während sie die Fotografien ihrer Mutter betrachtete. »Wo sie jetzt wohl ist?«, flüsterte sie mir zu.

»Afrika? Oder am Südpol?«, mutmaßte ich.

Bisher hatten Mathilde und Viktor weder geschrieben noch angerufen. Auch wenn Elsa es nicht aussprach, ich spürte, dass sie sehnsüchtig auf ein Lebenszeichen der beiden wartete.

Je weiter der Abend voranschritt, desto nervöser wurden wir Kinder. Bald würde Willi die eine, entscheidende Frage stellen. In der Nacht vor dem Schweineschlachten wurden Helden gemacht. Lorenz genoss auch so genug Ansehen, er musste niemandem etwas beweisen. Er hatte keine Heldentaufe nötig. Letztes Jahr hatte Christoph Nesshauer seine Hand gehoben, aber später kläglich versagt.

Nach und nach verstummten wir und starrten Schweine-Willi an.

»Kommt mal alle her«, rief er endlich, und sämtliche Kinder versammelten sich um den Stammtisch.

»Wer von euch hilft mir morgen?«

Unsere Blicke schweiften unruhig umher. Keiner wollte dem anderen direkt in die Augen schauen.

»Na, wer hilft mir morgen?«, hakte Willi nach.

Betretenes Schweigen.

»Keiner? Wirklich keiner?«

Eine Hand schnellte nach oben. »Ich mach es.«

»Flamingo, du?« Willi lachte.

Es war Elsas erster Herbst in der Oberpfalz. Sie wusste doch gar nicht, wie schrecklich das Quieken der sterbenden Schweine selbst aus der Ferne klang.

»Ich auch. Ich helfe auch.« Meine Stimme erfüllte den Raum.

Elsa rüttelte an meiner Schulter. »Fetti, los, aufstehen.«

Angezogen und ungewaschen folgte ich ihr nach unten. Die Kratzlerin brachte uns Kakao und einen Hefezopf in den Frühstücksraum.

»Willi duscht noch«, sagte sie. »Und wenn euch nachher schlecht wird, dann geht ihr einfach. Habt ihr das verstanden? Herzjesulein im Himmel!« Unbeholfen streichelte sie über Elsas Kopf. Obwohl Frau Kratzler Elsas Kleider und Stiefel, Elsas Mutter und Großeltern missbilligte, behandelte sie das Mädchen stets freundlich.

»Flamingo, wo ist denn dein Kostüm?« Willi lehnte am Türrahmen und betrachtete Elsas Fellweste.

»Geht dich gar nichts an«, schnappte sie zurück.

Er lachte. »Na dann … Seid ihr so weit?«

Elsa saß vorn, und ich teilte die Rückbank mit verschiedenen Metallgeräten, die man wohl zum Schweinetöten benötigte. Langsam ging die Sonne auf. Die Fahrt zum Hof der Gerstelmeyers dauerte nicht mal drei Minuten.

Der Stallgeruch schlug mir augenblicklich auf den Magen.

Zehn Schweine. Zwei mit einem roten Kreuz markiert. Ein riesiges Schwein und ein wesentlich kleineres, schlankeres.

Willi stieg in die Box, band dem dünnen Kreuzschwein ein Seil um den Bauch und führte es nach draußen. Bereitwillig trabte es neben ihm her, Elsa und ich folgten.

Ein leerer Stall, eine verwaiste Box, Stroh, ein bisschen Futter, eine Schiene mit Haken, Eisenketten und eine Zinnwanne.

»Ich hol jetzt noch ein paar Sachen aus dem Auto, und ihr bleibt hier bei dem Schwein.«

Wir knieten uns neben das Tier, das sich sofort auf das Futter gestürzt hatte. Behutsam berührte Elsa seine borstige Haut. »Ob es wohl weiß, dass es gleich sterben wird?«, fragte sie. Ich schüttelte den Kopf.

»Würdest du es wissen wollen ... also, wenn es möglich wäre, dass dir jemand einen Tag oder eine Stunde vorher Bescheid sagt. Irgendeine Stimme aus dem Himmel oder so.«

»Ich weiß nicht.«

»Ich weiß nicht gilt nicht. Also, ja oder nein, Fetti?«

»Würdest du es denn wissen wollen?«

»Ja«, antwortete sie, ohne zu zögern.

»Ich ... Ich auch.«

»Also zweimal ja. Und jetzt sei ruhig.«

Elsa kraulte das fressende Schwein und flüsterte in sein Ohr: »Schweinchen, du wirst bald sterben, in einer Viertelstunde bist du tot. Hab keine Angst, mein Schwein. Fetti und ich werden dir ein schönes Grab schaufeln und dich auf Blumen betten, Mimosen …«

»Elsa«, sagte ich leise. »Sie werden gegessen, sie bekommen kein Grab.«

»Na toll, Fetti, würdest du das etwa wissen wollen?«, blaffte sie mich an.

»Nein.«

»Dann halt gefälligst den Mund … Mimosen, mein liebes Schwein, und viele Kerzen, und wir werden dich oft besuchen, ich, Fetti, Lorenz und das Murmeltier, er wird dir Geschichten erzählen …«

Die Stalltür ging auf. Willi betätigte einen Schalter. Vier Neonröhren tauchten den Raum in grelles Licht.

»Das Kleine hier schaffen wir drei alleine«, sagte er und erklärte uns den Ablauf. Ich versuchte zuzuhören, konnte mich aber nicht konzentrieren. Schweiß rann meinen Rücken runter. »Und ja nicht heulen, Flamingo. Hier drinnen gibt es keinen Unterschied zwischen Mädchen und Jungs. Wer flennt, fliegt raus. Und wer kotzt, auch.«

Elsa schenkte ihm einen finsteren Blick.

»Also los, bringt es nach hinten.«

Wie der treueste aller Hunde ließ sich das Schwein von Elsa an dem Seil führen. Willi klemmte das Tier zwischen seine Beine, Elsa und ich hielten es an den Hinterläufen fest. Erst jetzt schien es die Ausweglosigkeit, die Endgültigkeit seiner Situation zu begreifen und fing an zu zappeln und zu quieken.

Elsa starrte an die Decke, während ihre Hand sanft über den borstigen Rücken streichelte.

»Gleich knallt's«, warnte Willi uns. Er setzte das Bolzenschussgerät fest auf die Stirn des Tieres. Und dann knallte es. Das Schwein brach zusammen. Ein Schrei und der Hefezopf wollten aus mir heraus, ich schluckte beides herunter.

»Legt es auf die Seite, und drückt die Vorderbeine nach oben.«

Wir taten wie geheißen. Willi nahm das Messer, die Klinge versank bis zum Anschlag im Schweinehals. Blut sprudelte aus der Einstichstelle. Die Eisenketten kamen zum Einsatz. Gemeinsam zogen wir das Tier hoch.

»Jetzt den Schlauch. Füllt die Wanne«, befahl Willi. »Und dann das Rad drehen. Verbrennt euch nicht, das wird heiß.«

Das Wasser begann zu dampfen. Das Tier hörte auf zu bluten. Willi zog den leblosen Körper an der Schiene entlang. Ein fliegendes Schwein. Wir lockerten die Ketten. Ein schwimmendes Schwein. Bertram Gerstelmeyer, beladen mit mehreren Plastikeimern, betrat den Stall. Während die beiden Männer das Schwein häuteten und die Eingeweide entnahmen, spritzten Elsa und ich den Boden sauber.

»Macht es anständig, damit das Nächste nicht durchdreht. Sie riechen Blut.«

Auf den Knien schrubbte Elsa mit einer Faust voll Stroh den Beton.

»Bringt das zum Misthaufen.« Willi drückte uns zwei Eimer voller blutigem Glibber in die Hand. Die frische Luft tat gut. In der Nähe des Hofes lungerten schon ein paar Kinder herum, die meisten würden erst später kommen. So war das am Schlachttag. Man wollte zusehen, aber nur aus der Ferne.

Ich spürte ihre Blicke. Elsa und ich waren Helden. Im Gegensatz zu Christoph Nesshauer, der letztes Jahr schon nach fünf Minuten kotzen musste und nicht mehr damit aufhörte, schlugen wir uns tapfer.

Das Riesenkreuzschwein wehrte sich von Anfang an. Willi zerrte an dem Seil, während Bertram dem Tier einen Tritt nach dem anderen verpasste.

Im leeren Stall hing sein Verwandter, aufgeschlitzt und entweidet, was nützte da der geputzte Boden?

»Gebt ihm ein bisschen Futter«, sagte Willi. »Und lasst euch nicht totquetschen, das Viech wiegt mehr als zehn Flamingos.« In das Gelächter der beiden Männer mischte sich Elsas Flüstern. Wieder war von Mimosen und Gräbern die Rede, doch es klang zu verzweifelt, um glaubwürdig zu sein.

Zu viert trieben wir das Schwein in die hintere Ecke. Elsas Schritte wirkten ebenso unsicher wie meine, wir taumelten.

Der Knall. Wieder brach ein Schwein zusammen, aber anders als sein Artgenosse stand es gleich wieder auf. Ohrenbetäubendes Quieken. Willi holte aus und schlug mit dem Bolzen auf den Schweineschädel ein, bis das Tier wegsackte, aber noch war Leben in ihm. Der Kopf wackelte, und die winzigen Augen blinzelten.

Willi zog sein Messer. »Haltet die Beine hoch.«

»Es kriegt doch alles mit«, brüllte Elsa und warf sich schützend auf das Schwein.

Bertram stieß sie zur Seite. »Runter da, Mädchen. Verdammt. Sofort runter.«

Ein letztes Grunzen entwich dem Kreuzschwein, als Willi zustach. Jemand schluchzte, es dauerte einen Moment, bis ich begriff, dass ich es war, der da heulte. Elsas Hand, rettend und warm, griff nach meiner, und dann rannten wir los. Rannten ins Freie, rannten an den Kindern vorbei. Sie lachten, wir rannten weiter, rannten durch den Wald Richtung See. An der Lichtung angelangt, ließen wir uns einfach auf den feuchten Boden fallen. Wir hielten uns noch immer an den Händen und sagten kein Wort.

Irgendwann schliefen wir ein. Es dämmerte bereits, als mir ein vertrauter Geruch in die Nase stieg. Ich öffnete meine Augen, kurz darauf erwachte auch Elsa. Zu unseren Füßen saß das Murmeltier, einen qualmenden Zigarrenstumpen im Mund.

»Kommt, ihr herrlichen Kinder, ich bringe euch nach Hause.«

Elsa und Lorenz hatten nun einen neuen Grund, so manches Gefecht auszutragen: Schweine-Willi.

»Niemand hat dich gezwungen, Elsa. Du hast dich freiwillig gemeldet.«

»Na und? Trotzdem ist er dumm.«

»Ist er nicht, ich kenne ihn schon viel länger als du. Er ist mutig und hat verdammt viel Ahnung von allen möglichen Dingen.«

»Wehrlose Schweine abschlachten ist also mutig, ja? Und was kann er sonst noch, he? Wovon hat er so tolle Ahnung?«

Lorenz überlegte.

»Na, fällt dir nichts ein? Vielleicht, weil du genauso dumm bist wie er?«

»Das nimmst du sofort zurück.«

»Nehm ich nicht.«

»Doch.«

»Nein.«

So ging es bis zum Ende der Herbstferien. Und dann sprachen sie nie mehr davon.

Weihnachten musste Elsa mit den Gröhlers an die Nordsee fahren. Dort lebten die Eltern von Hubertus und Gustav. Noch vor Hubertus' Hochzeit mit Mathilde waren die Alt-Gröhlers, die beide schwache Lungen und eine Menge Krankheiten hatten, an die See gezogen.

Elsa kam, um sich zu verabschieden.

Am Abend zuvor hatte ich meinen Vater überredet, ihr eine Kette von Hanna schenken zu dürfen. Gemeinsam hatten wir die Schmuckschatulle meiner toten Mutter geöffnet. Ich wusste genau, welche ich wollte. Sie war aus Silber, und an dem Kettchen hing ein ebenfalls silberner Tierkopf. Niemals hatten wir herausgefunden, ob es sich um einen Wolf oder einen Hund handelte. Je nach Lichtverhältnissen und Blickwinkel schien der Kopf sein Wesen zu ändern. Randolph war mit meiner Wahl einverstanden gewesen.

»Ich will da nicht hin«, sagte Elsa.

»Vielleicht sind sie ja nett.«

Sie zuckte mit den Schultern.

»Warum bleibst du nicht hier?«, fragte Lorenz. Im Moment herrschte Frieden zwischen den beiden. »Du kannst bei uns wohnen.«

»Darf ich nicht … Ich hasse sie.«

Und dann fuhr auch schon der Audi auf unseren Hof und die Hupe ertönte. Elsa sprang auf, ich geleitete sie nach unten.

Wir standen vor der Haustür. »Das ist für dich. Zu Weihnachten.«

Elsa betrachtete die Kette. »Ein Wolf oder ein Hund«, sagte sie und lächelte.

Mit zitternden Fingern band ich die Kette um ihren Hals.

Die rechte Hand schützend über den Tierkopf gelegt, sah Elsa mich an. »Danke, Fetti.«

Sie umarmte mich. Flüchtig, vielleicht nicht einmal mit Absicht, streiften ihre Lippen meine Wangen. Eine Berührung, von der ich mich nie wieder erholen sollte.

2

Ein Hieb gegen die Schulter. Der Geruch von Erde. Elsa saß auf meinem Bett. Seit Tschernobyl trug sie immer ein paar Pilze bei sich, die sie wie Waffen einzusetzen pflegte. Einmal hatte sie mit einem einzigen Pfifferling sämtliche Nesshauers in die Flucht geschlagen.

So richtig begriffen hatten wir Kinder das Unglück in der Ukraine nicht. Nur, dass etwas Schreckliches geschehen war, dass man sterben oder schmelzen würde, sollte man das Falsche essen oder in einem Sandkasten übernachten.

Gerüchte kursierten, dass es bald Kühe mit drei Köpfen geben könnte und Menschen mit vier bis sechs Armen. Wir hielten Ausschau nach diesen Mutationen, aber die Wochen vergingen, ohne dass wir ein solches Lebewesen entdeckt hätten.

Tschernobyl war unsichtbar. Pilze und Blaubeeren, die Elsa so leichtfertig in die Hände nahm, die größte Gefahr.

Eine Rotkappe baumelte direkt über meinem Kopf und steigerte die Panik, die mich seit Lorenz' Umzug ohnehin allmorgendlich überfiel. Vor einem Monat, an seinem elften Geburtstag, hatte mein Bruder beschlossen, dass es Zeit für ein eigenes Zimmer sei. Er wohnte jetzt eine Etage tiefer. Ich gewöhnte mich nur schwer daran, nach dem Erwachen das Nichts zu erblicken anstatt Lorenz.

»Elsa, mach das weg.«

Sie sah mich an, sah den Pilz an und leckte mit ihrer Zungenspitze über die Rotkappe.

»Wenn du verstrahlst, bist du tot.«

»Und, glaubst du etwa, ich hab Angst, Fetti?«

»Nein … Ich …«

»Rate mal, was?«

»Was?«

»Du sollst raten.«

»Was denn?«

»Ich darf mit.« Sie boxte mir vor Freude auf die Brust. »Ich darf mit.«

»Wirklich? Sie haben's erlaubt?«

»Ja.«

»Warst du schon bei Lorenz?«

»Nein.«

Seit Elsas Lippen im Winter meine Wange gestreift hatten, zählte ich: Wie oft schenkte sie meinem Bruder eines dieser seltenen Lächeln, wie oft mir?

Wie oft setzte sie sich bei der Gutenachtgeschichte neben mich, wie oft neben Lorenz?

Wie oft erzählte sie zuerst mir ihre Neuigkeiten, wie oft ihm?

Noch immer wollte ich, dass Lorenz und sie die gleichen Wege einschlugen, aber seit jener Berührung sehnte ich mich danach, an Elsas Seite zu gehen und nicht hinter den beiden.

Vor einem Jahr hatte Randolph Brauer seine tote Frau in einem Sarg nach Den Haag gebracht. Nun hatte ihr Cousin Jaap meinen Vater und uns Kinder eingeladen, zwei Augustwochen dort zu verbringen, damit wir Hannas Grab besuchen konnten. So wie letzten Sommer würden das Murmeltier und Frau Kratzler die Betreuung der Feriengäste übernehmen. Aufgrund der verstrahlten Pilze erwarteten wir nur wenige Urlauber. Außerdem war Randolph, seit er sich vom Wermut trösten ließ, ohnehin keine große Hilfe.

»Mach, dass ich mitdarf, Fetti«, flehte Elsa, als unsere Reisepläne feststanden.

Das Murmeltier unterstützte mich. Es brauchte nicht viel, um Randolph zu überreden, und auch unser holländischer Gastgeber hatte keine Einwände. Nur die Gröhlers stellten sich quer. Auf ein striktes *Nein* folgte nach einer Unterredung mit Herrn Murmelstein ein skeptisches *Vielleicht*. Jeden Tag brachten sie neue Argumente vor, warum sie Elsa beim besten Willen nicht fahren lassen konnten. Die Reise wäre für meinen Vater auch ohne das anstrengende Mädchen Strapaze genug. Außerdem hatten Hubertus und Gustav geplant, die Alt-Gröhlers an der Nordsee zu besuchen, und wie sähe das denn bitte schön aus, wenn die eigene Enkelin einer fremden Familie den Vorzug gäbe.

Das Murmeltier schaffte es immer wieder, die Bedenken der Gröhlers zu zerstreuen, und allmählich wandelte sich das *Vielleicht* in ein vielversprechendes *Wir werden sehen*.

Und jetzt, eine knappe Woche bevor es losgehen sollte, hatten wir gewonnen. Dass ich der Erste war, dem sie die frohe Botschaft verkündete, verdoppelte das Siegesgefühl.

Die Rotkappe, die meinem Gesicht eben noch unangenehm nah gewesen war, flog auf den Boden.

»Heute ist es ein Hund«, sagte Elsa und deutete auf den Anhänger ihrer Kette. »Komm, Fetti, lass uns runter zu Lorenz gehen.«

Einen Koffer packte Elsa zu Hause unter Aufsicht ihres Onkels. Fügsam verzichtete sie auf den Großteil der Kleidungsstücke, die sie eigentlich am Wochenende anziehen durfte. Sie nickte artig bei Gustavs Erklärung, dass es sein Recht sei, die Regeln unter bestimmten Umständen zu ändern, und der Aufenthalt in Den Haag sei eben so ein bestimmter Umstand.

Einen zweiten Koffer – mit Elsas wirklichen Schätzen – füllte sie bei uns, schließlich war das Murmeltier noch immer der Hüter des Stapels ›nur in den Ferien erlaubt‹. Auch die Stiefel, die sie sonst in ihrer Krokodilledertasche verwahrte, wanderten zusammen mit drei Paar neuen Bandagen in das Geheimgepäck.

Weder Lorenz noch ich hatten jemals die Oberpfalz verlassen.

Am frühen Morgen lieferten die Gröhlers Elsa bei uns ab und drängten Randolph die Telefonnummer der Nordsee-Großeltern auf, mit dem Hinweis, dass man das Mädchen, sollte es sich danebenbenehmen, sofort dort hinschicken könne.

Ein Taxi brachte uns zum Bahnhof. Es ging weiter mit dem Regionalexpress. In Regensburg stiegen wir in den Zug nach Köln. Von Köln fuhren wir nach Eindhoven. Von Eindhoven nach Den Haag.

Randolph Brauer war so nüchtern wie lange nicht mehr, nur einen ganz kleinen Wermut hatte er zum Frühstück getrunken. Trotzdem wirkte er benebelt, seltsam euphorisch. Er sprach von Hannas Grab, und es klang so, als hätte ihm jemand die Auferstehung seiner Frau wenn nicht garantiert, so doch zumindest in Aussicht gestellt. Ob es sich bei diesem Jemand um Gottvater selbst, das arme Herzjesulein der Kratzlerin oder einen zweitrangigen Heiligen handelte, war seiner Rede nicht zu entnehmen. Vielleicht war ich auch nicht aufmerksam genug. Zu sehr nahm mich der Gedanke in Anspruch, dass ich gerade meine erste große Reise antrat. Lorenz erging es nicht anders, und so war Elsa Randolphs einzige Zuhörerin.

Sie hatte schon oft in einem Zug, ein paarmal sogar in einem Flugzeug gesessen.

Jaap, der darauf bestand, dass wir ihn Onkel Jaap nannten, holte uns am Bahnhof ab. Seine Gesichtszüge erinnerten an Hanna, was erst auf den zweiten Blick auffiel, denn er war groß und dick, unsere Mutter hingegen klein und schlank gewesen. Jaap sprach fließend Deutsch, grammatikalisch perfekt, nur an der Betonung erkannte man den Holländer.

Früher hatte er ein Restaurant besessen und von einem Hotel geträumt. Ende der Siebziger musste er Konkurs anmelden und hielt sich danach als Kellner über Wasser. Ein Job, den er hasste, wurde ihm doch allabendlich seine eigene Niederlage vor Augen geführt.

Vor fünf Jahren beendete eine zufällige Begegnung mit Irina Graham sein unglückliches Kellnerdasein. Sie saß mit ihrem Berater Sebastian Mirberg in dem Restaurant, in dem Jaap servierte. Unüberhörbar und auf Deutsch echauffierte sich die alte Dame über ihre frustrierende Suche nach Personal. Sie brauchte einen Gärtner, der den paradiesischen Park der Vorbesitzer ihrer Villa dem Erdboden gleichmachen und durch einen englischen Rasen ersetzen würde. Und zwar sofort.

»Sofort heißt sofort, und nicht erst in vier Wochen.«

Onkel Jaap ergriff seine Chance und bot der Dame seine Dienste an.

»Wann können Sie anfangen?«, fragte sie.

»Sofort«, antwortete er, stellte das Lachsfilet auf den Tisch und zog seine weiße Schürze aus.

»Sie gefallen mir«, sagte Irina Graham.

Jaap wohnte mietfrei in dem Häuschen, das auf Mrs. Grahams Grundstück stand. Innerhalb kürzester Zeit zerstörte er die Teichlandschaften, die wilden Hecken, fällte Apfel- und Kirschbäume, stampfte Blumenbeete ein und beauftragte eine Firma, den gewünschten englischen Rasen anzulegen. Irina war zufrieden mit ihrem Amateurgärtner. Mehr noch, sie mochte ihn, denn Jaap beherrschte Deutsch, die Sprache ihrer Mutter, die Sprache, in der sie erzogen wurde. Und so blieb Jaap, obwohl sein eigentlicher Auftrag erfüllt war, bei ihr in Lohn und Brot.

Onkel Jaap gehörte zu den Menschen, für die Worte wie ›vertraulich‹ oder ›geheim‹ keinerlei Bedeutung hatten.

Aus ungefilterten Gedanken wurden augenblicklich Sätze. Ohne Unterlass ertönte seine Stimme, als könne er Stille nicht ertragen. Trotz der bisweilen nervenaufreibenden Dauerbeschallung musste man ihn einfach gernhaben. Er war hilfsbereit, gütig und höflich.

Noch bevor wir die Grahamsche Villa erreicht hatten, kannten wir den Lebenslauf ihrer Besitzerin. Es begann mit der harmlosen Information: »Frau Graham hat gesagt, dass die Kinder bei ihr schlafen können, dann müssen wir uns nicht alle in mein Häuschen quetschen«, und endete mit Rembrandts *Andromeda an den Felsen gekettet*, Exponat 707 des Mauritshuis-Museums. Manchmal unterbrach er seinen Monolog, sah zu Randolph und fragte ein wenig verunsichert: »Habe ich dir das alles schon letztes Jahr erzählt?«

Jedes Mal verneinte unser Vater, worauf Onkel Jaap selig lächelte.

Irinas Mutter Elfriede Schuller wurde in dem Jahr geboren, als Kaiser Wilhelm II. seinen Reichskanzler Bismarck entließ. Ihr Vater war ein Berliner Industrieller, ihre Mutter starb bei der Geburt ihres ersten und einzigen Kindes.

Obwohl Herr Schuller Elfie über alles liebte, ja sie für das bezauberndste Geschöpf auf Gottes Erden hielt, glaubte er nicht daran, dass sie ihr Leben selbst in die Hand nehmen könnte. So galt es, den besten Ehemann für das Mädchen zu finden. Wer der Beste war, entschied natürlich Schuller selbst. Hätte man die junge Elfriede gefragt, wie sie sich ihre Zukunft vorstellte, so hätte sie vom Zirkus geschwärmt, von einer Karriere als Seiltänzerin mit einem Schirmchen und einem Ballettröckchen. Niemals hatte sie versucht, diesen Traum zu verwirklichen, denn Elfriede war vor allem eines: bequem. Selbstverständlich, wäre ein Zirkusdirektor vorbeigekommen und hätte sie aus dem Haus geführt, sie wäre ihm freudestrahlend gefolgt. Doch kein Zirkusdirektor klopfte jemals an ihre Tür.

Vier potentielle Ehemänner lehnte Elfriede mit einer solchen Vehemenz ab, dass Herr Schuller sich geschlagen gab. Aber als ein Arzt bei dem Industriellen Leberkrebs diagnostizierte, war seine Geduld mit seiner Tochter am Ende. Schließlich ging es nicht nur um ihr Glück, sondern auch um ihr Erbe. Ein hart erarbeitetes, beachtliches Vermögen.

Was hätte das Leben für einen Sinn gehabt, wenn nach seinem Tod alles verlorenginge? Und er hatte keinen Zweifel daran, dass seine Tochter einem Betrüger aufsitzen oder sein Imperium sonstwie innerhalb kürzester Zeit vernichten würde und am Ende mittellos dastünde.

Also ließ er bei Kandidat Nr. 5 keine Widerworte gelten. Aus Faulheit, aus Mangel an Energie beugte sich Elfie ihrem Schicksal.

Eigentlich hätte es einfach sein müssen, Harry Graham zu lieben. Ein gebildeter, gutaussehender junger Amerikaner. Die Grahams besaßen Stahlwerke und Anteile an zwei Reedereien. Harrys Vater und Herr Schuller unterhielten geschäftliche Verbindungen.

Während Harry sich schon bei der ersten Begegnung mit seiner zukünftigen Frau für ihre verträumte, etwas lethargische Art begeistern konnte, beschloss Elfie, den jungen Mann auf ewig zu verabscheuen. Und nicht nur ihn, auch ihre neue Heimat, New York. Obwohl sie die Sprache schnell lernte, weigerte sie sich, Englisch zu reden, zumindest mit Harry.

Je mehr sich Elfie entzog, desto verzweifelter suchte Harry nach einer Möglichkeit, zu seiner Frau durchzudringen. Seine Bemühungen reichten von einem Wochenendhaus in den Hamptons über diamantbesetzte Colliers und drei Dalmatiner bis hin zur Suche nach gemeinsamen Interessen. Aber Elfie mochte weder das Haus noch den Schmuck noch die Hunde. Ihr missfielen die Konzerte und Theaterstücke, die ihn entzückten, und jede Sportart, die ihrem Mann Vergnügen bereitete, langweilte sie tödlich.

Nach vier Jahren Ehe, kurz bevor Harry kapitulieren wollte, ereignete sich das Wunder.

Im Februar 1913 fand in New York die ›Armory Show‹ statt, eine gigantische Ausstellung moderner Kunst. Gezeigt wurden über 1200 Werke. Picasso, Matisse, Kandinsky und Duchamp waren vertreten, ebenso die Wegbereiter der Moderne: Cézanne, van Gogh, Gauguin. Jüngste kubistische Werke aus den Pariser Ateliers und Skulpturen von Lehmbruck und Brancusi waren zu sehen.

Was Harry so lange zu erzwingen versucht hatte, geschah nun von selbst. Ein verbindendes Element brachte Mr. und Mrs. Graham zusammen: die Kunst.

Ihre Gefühle für die modernen Meisterwerke als Leidenschaft zu bezeichnen, wäre untertrieben. Liebe ist hier das einzig richtige Wort.

Als Elfie vor Duchamps *Akt, eine Treppe herabsteigend* stand, das in der Presse verspottet und verhöhnt wurde, nahm sie die Hand ihres Mannes und küsste seine Finger, ohne zu ahnen, dass Harry genauso empfand wie sie. Sie wanderten durch die Ausstellung, ihre Hände ineinander verschlungen, denn nicht nur Duchamps Bild überwältigte das Ehepaar, auch Dutzende andere Werke.

Es war eine menschliche Liebe, die Elfie und Harry ergriffen hatte. Eine Liebe, die den Wunsch nach Besitz implizierte.

Die Grahams kauften nicht als Kunstkenner, denn das waren sie weiß Gott nicht, sie sammelten, was ihre Herzen berührte. Und so hing in dem Haus in den Hamptons ein Gottlieb Zander, dessen Name in der Kunstgeschichte niemals Bedeutung erlangen sollte, zwischen einem Klee und einem Matisse. Elfie wohnte jetzt durchgehend in dem mit Kunst vollgestopften Wochenendhaus. Ihren Mann bekam sie meist nur sonntags zu sehen. Doch die wenigen gemeinsamen Stunden waren von Freundschaft und Glück erleuchtet.

1914 kam Irina zur Welt, und 1916 starb Harry Graham an einer Blutvergiftung.

Elfriede bemühte sich, eine gute Mutter zu sein, und versuchte in ihrer Tochter die Willensstärke und Kraft zu wecken, an der es ihr selbst zeitlebens gemangelt hatte.

»Irina, wenn du zum Zirkus willst, dann tu es.«

»Ich will nicht zum Zirkus, Mama.«

»Bist du dir sicher?«

»Ganz sicher.«

»Irina, du musst nicht heiraten.«

»Ich weiß, Mama.«

»Ich werde dir keinen Mann aufdrängen.«

»Ich weiß, Mama.«

»Und wenn ich es doch tue, dann musst du dich mir widersetzen.«

»Das werde ich.«

»Mit all deiner Kraft?«

»Mit all meiner Kraft, Mama.«

Aber das Wichtigste in den Hamptons war und blieb die Kunst.

»Irina«, sagte Elfriede gerne, »eigentlich sind diese Bilder und Skulpturen deine Eltern.«

Oft saß das Mädchen stundenlang vor einem Gemälde und betrachtete es. Zu bestimmten Künstlern hatte sie eine größere Affinität als zu anderen. Einige Werke fand sie berauschend schön oder verwirrend, aber keines löste diese tiefe Liebe aus, die Elfriede für jedes einzelne Stück in ihrem Haus empfand.

Sobald Mrs. Graham etwas Neues erstanden hatte, zeigte sie es Irina.

»Kannst du es fühlen?«

»Nein, Mama, nur sehen.«

Wie ihrem Mann war Elfriede kein langes Leben beschieden. Im Alter von 41 Jahren stürzte sie mit einer Skulptur von Aristide Maillol die Treppe hinunter und brach sich und der marmornen Frau das Genick.

Irina war siebzehn, Vollwaise, Erbin zahlreicher Kunstwerke und so vermögend, dass sie niemals würde arbeiten müssen.

Im Gedenken an ihre Eltern verwaltete und erweiterte sie die Sammlung. Da ihr Herz schwieg, musste sie auf ihren Verstand und ihre Augen vertrauen, die sich als treffsicher erwiesen. Geradezu prophetisch wirkten manche Entscheidungen. Lange vor allen anderen kaufte sie Werke von Jackson Pollock, Mark Rothko und Clyfford Still, später von Rosenquist, Rauschenberg und Warhol.

Bald schon gehörte Irina Graham zu den einflussreichsten Kunstsammlern Europas und Amerikas.

Was genau zwischen ihrem siebzehnten Lebensjahr und dem Hier und Jetzt geschehen war, erfuhren wir nicht.

Jaap seufzte. »Und dann hat Frau Graham Rembrandts *Andromeda an den Felsen gekettet* gesehen.«

»Und? Was dann?«, fragte Lorenz.

»Dann ist sie nach Den Haag gezogen. Und seitdem verwaltet Sebastian Mirberg, ihr Berater und Assistent, die Sammlung.«

»Wer ist Andromeda?«, wollte Elsa wissen.

»Ihr könnt sie euch selber anschauen.«

»Wo?«

»Im Mauritshuis. Morgen … So, wir sind da.«

Irina Grahams Domizil in Wassenaar, einer vornehmen Wohngegend etwas außerhalb von Den Haag, hätte es mit jedem Grandhotel aufnehmen können. Der englische Rasen wirkte wie ein endloser grüner See, auf dessen stiller Oberfläche Jaaps Häuschen die einzige Unregelmäßigkeit bildete. Wie schön musste es hier ausgesehen haben, als noch Teiche, Hecken und Bäume den Garten schmückten. Lorenz und ich drückten unsere Nasen gegen die Autoscheibe, als wir die Zufahrt entlangfuhren. Elsa war nicht beeindruckt, sie kannte solche Villen. Ich vergaß immer wieder, dass sie ein anderes Dasein geführt hatte, bevor Mathilde und Viktor sie bei den Gröhlers abgesetzt hatten. Macht man das nicht ständig? Außer Acht lassen, dass die Menschen, die in unser Leben treten, bereits ihre Geschichten, Wunden und Geheimnisse besitzen, die rein gar nichts mit uns zu tun haben?

Die Hausherrin begrüßte uns in der Eingangshalle. Warum hatte Jaap die Jugendjahre ihrer Mutter geschildert, aber nicht erwähnt, dass Irina Graham im Rollstuhl saß? Vielleicht ist so etwas nebensächlich, aber es schürt doch die Neugier. Und man kann eine alte Frau bei der ersten Begegnung kaum fragen, ob sie einen Unfall hatte oder unter einer tödlichen Krankheit leidet.

Mrs. Grahams zierlicher Körper steckte in einem schwarzen, knielangen Kaschmirkleid, die Beine in schwarzen Nylonstrümpfen und die Füße in Stiefeln, die Elsas Lackteilen zum Verwechseln ähnlich sahen. Ihre grauen Haare waren zu einem strengen Dutt frisiert, was ausgezeichnet zu Irinas angsteinflößendem Gesichtsausdruck passte. Sie saß kerzengerade in dem motorisierten Rollstuhl.

Jaap stellte uns vor. »Herrn Brauer kennen Sie ja bereits, und das sind seine Söhne Lorenz und Karl und ihre Freundin Elsa.«

»Kinder …«, sagte sie in akzentfreiem Deutsch und musterte uns. »Ich habe nie welche gewollt. Herr Brauer, glauben Sie, dass eine Frau ohne Kinderwunsch überhaupt eine Frau ist?«

Randolph zuckte zusammen. »Ich? Also … Ich meine, Sie … Sie sind eine Frau … Also …«

»Genug«, unterbrach sie ihn. »Jaap, suchen Sie das Hausmädchen, damit es den Kindern ihre Zimmer zeigt. Und Sie und Herrn Brauer erwarte ich dann in einer Stunde zum Essen zurück.«

Das Hausmädchen, eine stämmige junge Person mit weizenblonden Haaren, führte uns die Treppe hinauf. Sie trug einen von Elsas Koffern, ich den anderen, und Lorenz schleppte die Reisetasche, in der auch meine Klamotten steckten.

Während die Blonde auf Holländisch vor sich hinplapperte, stupste Elsa mich an. »Wo sind die Bilder?«

Erst jetzt fiel mir auf, dass die Wände nackt waren.

»Vielleicht in den anderen Räumen, wir haben ja noch nicht alle gesehen.«

Unsere drei Zimmer lagen nebeneinander im zweiten Stock.

Beim Anblick des dicken weißen Teppichs, der den gesamten Fußboden bedeckte, überkam mich eine Art Schwindelgefühl. Wie um alles in der Welt sollte ich ihn überqueren, ohne ihn zu beschmutzen? Ich zog meine Schuhe aus, rannte auf Socken bis zum Bett und warf mich auf die Matratze, nur um festzustellen, dass ich in einem Meer aus hellem Satin gelandet war. Noch nie hatte ich mich so dreckig gefühlt wie in jenem Den Haager Schlafgemach.

Dann ging die Tür auf: Lorenz samt halbleerer Reisetasche. Mit Schuhen und der größten Selbstverständlichkeit durchschritt er mein Zimmer, ließ die Tasche fallen und setzte sich neben mich.

»Hast du auch so einen?« Ich deutete mit dem Fuß auf den Teppich.

»So einen was?«, fragte Lorenz und ließ seinen Blick suchend über den Boden gleiten.

Weder in der ersten noch in der zweiten Etage, weder in den Gängen noch in den Räumen im Erdgeschoss hing auch nur ein einziges Bild. Weiß die Wände, wie der ominöse Teppich.

Während des Essens bestritt Onkel Jaap fast die gesamte Konversation allein.

»Ich brauche Sie morgen«, unterbrach die Hausherrin ihn mitten im Satz. »Mirberg kommt erst abends zurück.«

Er nickte. »Ist Vera auch in Düsseldorf?«

»Was kümmert's mich«, zischte Irina.

Onkel Jaap lächelte verlegen und wechselte das Thema. »Die Kinder möchten Andromeda sehen. Haben Sie etwas dagegen, wenn wir sie mitnehmen?«

»Nein.« Es klang wenig begeistert.

Dann meldete sich Elsa zu Wort. »Wo sind die Bilder, Mrs. Graham?«

»Welche Bilder?«

»Na, Ihre Bilder.«

»Wo sollen sie sein, Mädchen? Eingelagert.«

»Ich dachte immer, Bilder hängt man auf.«

»Nicht in meinem Haus.«

Die Weizenblonde brachte das Dessert, und Jaap übernahm wieder die Rolle des Alleinunterhalters.

Noch bevor wir das Schokoladensoufflé verzehrt hatten, sah Irina auf ihre goldene Armbanduhr. »Ihr entschuldigt mich bitte. Ich bin müde. Gute Nacht.« Ihre Hand schloss sich um den Joystick, und mit einem leisen Surren fuhr sie davon.

»Warum sitzt sie im Rollstuhl?«, fragte ich Jaap, als unsere Gastgeberin außer Sicht- und Hörweite war.

»Das weiß niemand so genau. Kurz nachdem sie das Haus hier bezogen hat, sagte sie: ›Ich bin müde.‹ Und dann kam der Rollstuhl. So hat es mir Mirberg erzählt.«

»Also kann sie laufen?«

Jaap zuckte mit den Schultern. »Sie tut es jedenfalls nicht.«

Am nächsten Morgen fuhren wir in aller Herrgottsfrühe zum St.-Petrus-Banden-Friedhof. Sieben van Dohls hatten bisher Unterschlupf in der Familiengruft gefunden, die rechts und links von grauen Engeln bewacht wurde.

»Am Ende kehren sie alle nach Hause zurück«, sagte Jaap.

»Wirst du da auch mal drinnen liegen?«

»Ja, Elsa, eines Tages.«

Unser Vater bewegte die Lippen, lautlos. In seinen Augen standen Tränen und Erwartungen.

Sosehr ich mich auch bemühte, so intensiv ich die Gravur betrachtete, ich konnte die rötliche Marmorplatte nicht mit meiner Mutter in Verbindung bringen. Ich starrte einen Stein an – mehr war es nicht –, während die Minuten unerträglich langsam verrannen.

»Wir müssen jetzt Mrs. Graham abholen. Was ist mit dir, Randolph?«, setzte Jaap der Qual ein Ende.

»Ich bleibe bei Hanna.«

Irina Graham hatte ihren motorisierten Rollstuhl gegen ein einfaches, zusammenklappbares Modell getauscht. Das Gefährt kam in den Kofferraum, und Jaap hob die alte Dame auf den Beifahrersitz.

Das Mauritshuis, früher das Stadtschloss eines Grafen, lag an einem kleinen See mitten in Den Haag und beherbergte zahlreiche berühmte Werke der Malerei des 17. und 18. Jahrhunderts. Das einzige Museum, das ich zuvor betreten hatte, war das Heimatkundemuseum in unserer Nachbarstadt. Zwei ausgestopfte Uhus galten dort als Hauptattraktion.

Obwohl das Mauritshuis über einen Aufzug verfügte, ließ sich Irina von Jaap die Treppen hochtragen, während Lorenz, Elsa und ich samt Rollstuhl zum Lift gingen. Es dauerte ein paar Minuten, bis er kam und wir einsteigen konnten.

Oben schritten wir durch Räume mit hohen Decken. Bilder an den Wänden und in Vitrinen, grüne Samtpolster zum Ausruhen. Elsas Stiefel knallten auf dem dunklen Parkettboden.

»Wo sind sie denn? Sie müssen doch schon hier oben sein.« Erschreckend laut hallte ihre Stimme, obwohl sie leise sprach.

Es war früh und noch relativ leer, nur vor wenigen Bildern drängten sich bereits Leute.

»Da, versuchen wir es da einmal.« Elsa deutete auf eine Menschentraube in der Nähe.

Flankiert von Elsa und Lorenz schob ich den leeren Rollstuhl so nah wie möglich an das Gemälde heran und stellte mich auf die Zehenspitzen, um etwas zu erkennen.

Eine Frau mit Perlenohrringen und einem blau-gelben Tuch auf dem Kopf sah mich direkt an. Das Schildchen neben dem Bild konnte ich aus der Entfernung nicht lesen.

»Ist sie das?«, wollte Lorenz wissen.

»Keine Ahnung, aber wo ist Mrs. Graham?«

»Lass uns den da fragen«, sagte Elsa, und wir folgten ihr zu einem uniformierten Aufseher.

»Sprechen Sie Deutsch?«

Er nickte.

»Ist das Andromeda?« Elsa zeigte auf die eingerahmte Frau.

»Das ist *Das Mädchen mit dem Perlenohrgehänge*. Was sucht ihr denn?«

»Andromeda.«

»Auch ein Vermeer?«

»Ein Bild. Es ist ein Bild.«

Er lächelte. »Nein, welcher Maler?«

Sein Blick fiel auf den leeren Rollstuhl, wieder ein Lächeln. »Ah, Irina Graham«, sagte er. »Da geradeaus und hinten links.«

Man hätte sie selbst für ein Ausstellungsstück halten können: die zierliche Greisin in den Armen ihres stämmigen Gärtners. Lebensgroß. Material: Fleisch und Blut.

Jaap setzte Irina in den Rollstuhl und ließ uns allein mit ihr und Andromeda.

Geradezu winzig war die mit Öl bemalte Holztafel: 34 Zentimeter hoch und 24,5 Zentimeter breit.

Eine junge Frau, mit den Armen über dem Kopf an einen Felsen gekettet. Nackt, bis auf ein weißes Tuch, das um ihre Hüften geschlungen ist. Leicht verrutscht, entblößt es rechts den Ansatz ihrer Scham. Gespenstisch blass die Haut. Ein steinerner Vorsprung verdeckt den unteren Teil ihrer Beine. Den Kopf hat sie zur Seite gewendet. Entsetzen in ihrem Blick.

Sie war wahrlich keine Schönheit, Rembrandts Andromeda. Meine Aufmerksamkeit wanderte von dem Bild zu Elsa, die neben mir stand. Ich spürte, dass sie den Atem anhielt. Ihr Gesicht wirkte fast so bleich wie das des gemalten Mädchens. Doch ehe ich sie fragen konnte, was los war, ergriff Irina Graham das Wort.

»Kennt ihr Andromedas Geschichte?«

»Nein«, antworteten wir einstimmig.

»Sie war die Tochter des äthiopischen Königs Kepheus und seiner Frau Kassiopeia. Kassiopeia behauptete von sich, sie sei schöner als die Nereiden – das sind Meeresnymphen, die Begleiterinnen des Meeresgottes Poseidon. Um Kassiopeia für ihren Hochmut zu bestrafen, sandte Poseidon eine Flutwelle, die das Land zerstören sollte. Nur wenn das Königspaar seine Tochter Andromeda dem Seeungeheuer Ketos opferte, könnte die Vernichtung doch noch abgewendet werden. Also kettete man das Mädchen an einen Felsen und überließ sie ihrem Schicksal.«

»Andromeda hat doch gar nichts getan, warum soll sie geopfert werden? Sie ist unschuldig.« Elsa klang aufgebracht.

»Es sind immer die Unschuldigen«, antwortete Mrs. Graham und erzählte weiter. »Bevor das Monster Andromeda töten konnte, erschien der Held Perseus auf seinem fliegenden Pferd. Er kämpfte mit dem Ungeheuer, rettete die Königstochter und nahm sie zur Frau.«

»Und wo ist dieser Typ mit dem fliegenden Pferd?« Jetzt überschlug sich Elsas Stimme.

»Er ist noch nicht da. Gemeinhin behauptet man, Andromedas Befreiung sei der Höhepunkt ihrer Geschichte. Aber Rembrandt hat sie als gottverlassenes, verängstigtes Mädchen gemalt. Ich befürchte, Perseus wird zu spät kommen, um sie wirklich zu retten.«

»Aber sie überlebt doch!«, protestierte ich.

Mrs. Graham nickte.

»Aber wenn sie überlebt, dann…«, setzte ich noch einmal an.

»Dieser Moment überlebt auch«, sagte Irina und deutete auf das Bild. Nach einer Pause fuhr sie fort. »Ich würde meine ganze Sammlung dafür hergeben.«

»Warum kaufen Sie es nicht einfach?«, fragte Lorenz.

»Man kann es nicht kaufen.«

Ich musste an die nackten Wände ihrer Villa denken. »Würden Sie es denn zu Hause aufhängen?«

»Nein. Ich würde Andromedas Ketten durchtrennen.«

»Ich auch«, flüsterte Elsa.

»Seht ihr den Stein, der ihre Waden, Fesseln und Füße verdeckt? Man hat das Bild geröntgt und festgestellt, dass Rembrandt ihn nachträglich gemalt hat. So ein kleines Bild und so viele Geheimnisse…«

Elsa zitterte.

Am Abend kamen die Mirbergs zurück.

Würde man Warren Beattys Gesichtszüge, all das, was einem beim Namen Al Capone in den Kopf schießt, und eine Portion der spröden Ausstrahlung von Elsas Vater zusammenmischen, Sebastian Mirberg wäre das Ergebnis.

Ende dreißig, hochgewachsen. Sein Fünftagebart, der wohl eine gewisse Lässigkeit zum Ausdruck bringen sollte, war akkurat zurechtgestutzt. Das dunkelbraune, dichte Haar mit Bedacht zerzaust. Sein Lächeln offenbarte zwei makellose Zahnreihen. Der Körper durchtrainiert, bis auf einen kleinen Bauchansatz, der sich unter seinem anthrazitfarbenen Hemd abzeichnete.

Obwohl Vera Mirberg gut zehn Jahre jünger als ihr Mann war, fehlte ihrem ebenmäßigen, hübschen Gesicht jegliche Frische. Dunkle Schatten unter den grünen Augen. Die vollen Lippen rauh und aufgesprungen. Vera war schlank und fast genauso groß wie Sebastian. Das kurze, weit ausgeschnittene gelbe Seidenkleid brachte ihre langen Beine und den üppigen Busen zur Geltung. Sie hatte alles, was eine Frau gemeinhin attraktiv erscheinen ließ, besaß aber nicht mehr Charisma als ein toter Fisch.

Vor dem Dinner versammelten wir uns im Wohnzimmer. Nur die Hausherrin fehlte. Mirberg fragte uns Kinder nach Namen und Alter. Er machte Elsa ein Kompliment über ihre Kette: »Das ist aber ein hübsches Hündchen.« Dann ließ er uns stehen und widmete sich Randolph.

Vera saß, die Beine übereinandergeschlagen, eine Zigarette in der linken und mit der rechten Hand ihre Schläfe massierend, neben Jaap auf einem Ledersofa. Die Stimme des Onkels war ein gleichmäßiges Rauschen.

»Das sind adlige Waden und Fesseln«, flüsterte Elsa mir zu und deutete in Veras Richtung. »So will ich sie haben. Und so einen Busen will ich.«

»Ist der auch adlig?«

Ein verächtlicher Blick war ihre ganze Antwort auf meine ernstgemeinte Frage.

»So groß wird deiner nie«, sagte Lorenz.

»Nimm das sofort zurück«, zischte Elsa.

»Tu ich nicht.«

Bevor die Situation eskalieren konnte, rief uns das Hausmädchen zum Essen.

Mrs. Graham saß bereits in ihrem motorisierten Rollstuhl am Tisch.

»Irina.« Sebastian nahm die Hand der alten Dame, drückte und küsste sie. »Alle haben nach dir gefragt. Man vermisst dich. Und Frenzen ist noch immer böse mit dir, weil du die ART Basel geschwänzt hast.«

»Guten Abend, Mrs. Graham«, sagte Vera.

Irina nickte ihr kurz zu, ohne sie direkt anzusehen.

»Geschwänzt? Ich bin doch kein Schulmädchen. Außerdem bleibe ich der ART schon seit fünf Jahren fern. Das sollte selbst Frenzen mittlerweile begriffen haben. Überhaupt, Frenzen! Für meinen Geschmack verkündet er zu regelmäßig, den nächsten Picasso entdeckt zu haben. Und was bekommt man dann zu sehen? Schrott. Er muss aufpassen, dass er sich nicht vollkommen unglaubwürdig macht.«

»Laut dem *Time Magazine* gehört Frenzen immerhin zu den hundert bedeutendsten europäischen Galeristen.«

»Wer hat noch mal Hitlers Tagebücher abgedruckt?«

»Das war der *Stern,* Irina.«

Sie sahen sich an und lachten.

»Die Journaille. Man muss nur lange genug leben, dann denkt man automatisch in gröberen Kategorien.«

»Oder wird ungerecht.« Sebastian zwinkerte ihr zu. »Denn manchmal schreiben sie die Wahrheit.«

»Wahrheit? Mirberg, lassen wir die groben Kategorien und auch die großen Worte doch für heute ruhen, schließlich wollen wir unsere Gäste nicht langweilen. Wie war Düsseldorf?«

Irina Graham zeigte sich wesentlich gesprächiger als am Vorabend, offensichtlich genoss sie Mirbergs Gesellschaft. Seine Frau hingegen behandelte sie wie Luft.

»Die Richter-Ausstellung war solide.«

»Solide?« Vera Mirberg lachte bitter. »Gerhard Richter ist ein Genie. In zwanzig Jahren wird ...« Weiter kam sie nicht, Sebastian schnitt ihr das Wort ab.

»Ja, ja, ein Genie, so nennen ihn viele. Allerdings bezweifle ich, dass das in zwanzig Jahren auch noch der Fall sein wird. Natürlich, Richter ist gut, aber ich glaube, er hat seinen Zenit bereits überschritten. Irina, hast du nicht das Gefühl, dass er heute schon alt wirkt?«

»Und, Mirberg, hast du denn auch etwas Junges gefunden?«, fragte sie amüsiert.

»Wir haben eine sehr talentierte Künstlerin kennengelernt. Eine Performance-Künstlerin. Ich weiß ...«

Mrs. Graham wandte sich an die Runde. Bedachte jedoch nicht, dass weder Randolph Brauer noch wir Kinder den leisesten Schimmer hatten, was eine Performance oder wer Beuys war.

»1964 habe ich Beuys bei Block in Berlin gesehen. *Der*

Chef, Fluxus Gesang hieß diese Performance. Beuys lag eingerollt in einer Filzrolle auf dem Boden. An den beiden Enden ein toter Hase, Fett in den Ecken des Raumes. Über eine Verstärkeranlage war sein Husten, Röcheln und Pfeifen zu hören. Ein zweites Tonband spielte eine Komposition von Henning Christiansen ab. Nach acht Stunden, um Punkt Mitternacht, stand Beuys auf und erklärte seinem Publikum, dass er stellvertretend für die Hasen Informationen hatte übermitteln wollen.

Anschließend trank ich mit Freunden des Galeristen ein Glas Wein. ›Ich kaufe‹, sagte ich. ›Packt Beuys, die Hasen und den ganzen anderen Krempel in die Filzdecke und schickt es in mein Depot.‹ Der Herausgeber eines Kunstmagazins, ein unbedeutendes Blättchen, das nach nur vier Ausgaben eingestellt wurde, hörte meinen Kommentar und widmete mir eine Doppelseite: ›Graham – Das kapitalistische Herz einer Sammlerin‹. Dort hieß es, ich sei zu profitorientiert, um den Zeitgeist zu verstehen. Ich sei unfähig, die Aufgabe der Kunst – durch Vergängliches die Vergänglichkeit zu symbolisieren – auch nur ansatzweise zu begreifen.

Ich habe der Redaktion einen Brief geschrieben: ›Das Leben selbst ist das stärkste Symbol der Vergänglichkeit. Möge sich also die Kunst, die Fiktion, in den Dienst der Ewigkeit stellen und festhalten, was sonst für immer verlorengehen würde.‹ Der Brief wurde nie abgedruckt.« Mrs. Graham lächelte ironisch.

»Also soll sich die Zeit der Kunst unterwerfen und nicht die Kunst der Zeit?« Sebastian lächelte nicht minder ironisch.

»Richtig, Mirberg, und der Moment wird Ewigkeit.«

»Und dann, Irina, stehen wir vor diesen ewigen Momenten und sehnen uns nach Vergänglichkeit.«

»Tun wir das?«

»Wie oft habe ich dich sagen hören, dass du Andromedas Fesseln durchschneiden willst? Wäre das nicht die Aufhebung, ja die Zerstörung der Ewigkeit?«

Schlagartig kippte Irinas Stimmung. »Vorsicht, Mirberg.« Es klang bedrohlich.

»Damit will ich doch nicht Andromedas ...«

»Genug. Genug.«

Einen Moment lang war nur das Klappern unserer Suppenlöffel zu hören.

»Entschuldige, ich ...«

Ihre Gesichtszüge entspannten sich wieder. »Wir wollten doch die großen Worte für heute ruhen lassen. Also, Mirberg, erzähl uns von deiner Performance-Künstlerin. Gab es tote Hasen?«

»Nein, aber ein lebendes Schaf«, antwortete Vera.

»So? Ein Schaf, und was ...« Obwohl Vera gesprochen hatte, sah Mrs. Graham Sebastian an.

Wieder war Vera schneller. »Sie hat es geschoren, anschließend ihre Kleider ausgezogen und sich in der Wolle gewälzt.«

»So wie du es erzählst, klingt es vollkommen idiotisch«, hielt ihr Sebastian vor. »Außerdem zeichnet sie.«

»Mit Schafscheiße«, sagte Vera sehr leise.

»Mirberg, wie alt ist die begabte Künstlerin?«, fragte Mrs. Graham.

»Zwanzig.«

»Haarfarbe?«

»Braun.«

»Augenfarbe?«

»Grün.«

Irina lachte. »Und ich nehme an, sie ist hübsch, deine kleine Zeichnerin.«

Vera warf den Löffel mit solch einer Wucht in den Teller, dass es laut schepperte und die Fischbrühe auf das weiße Tischtuch schwappte. Sie sprang auf, der Stuhl kippte um und knallte zu Boden.

»Ja genau, Vera, renn hoch und dröhn dich zu. Dröhn dich zu«, rief Mirberg ihr hinterher.

Ich lag in dem holländischen Bett und konnte nicht schlafen. Fischsuppe, Schweinebäckchen, Mousse au Chocolat und ein halbes Kilo Buttergebäck rumorten in meinem Magen.

Eine Weile versuchte ich, einfach ruhig zu atmen, doch die Vorstellung, das Gemisch aus Zucker, Fett, Tieren zu Land und zu Wasser könnte auf dem weißen Teppichboden enden, zwang mich aufzustehen.

Die Toilette befand sich genau neben Elsas Zimmer, und bei ihr brannte noch Licht. Ich wollte nicht, dass sie mich kotzen hörte, also lief ich weiter. Auf dem Flur parallel zu unserem gab es noch ein zweites Badezimmer.

Ich riss die Tür auf, den rötlichen Schein einer kugelförmigen Lampe hatte ich von draußen nicht bemerkt. In der freistehenden Wanne lag Vera Mirberg. Es war zu spät für eine Planänderung. Ich konnte gerade noch »Tut mir leid« stammeln, stürzte zur Toilette und erbrach mich. Während das Abendessen, durchtränkt von Magensäure, in die Schüssel platschte, schämte ich mich zu Tode. Endlich war es vorbei. Ich drückte auf die Spülung.

»Tut mir leid«, sagte ich noch einmal und wollte schleunigst davoneilen.

»Warte, Junge. Bleib ein bisschen bei mir. Bitte«, fügte sie hinzu. Dieses ›Bitte‹ klang so traurig, dass ich meine Scham überwand und gehorchte.

Kein Schaum bedeckte Veras Körper, der in dem rötlichen Licht geradezu unwirklich glänzte. Ich wusste weder wo ich hingucken, noch wo ich mich hinsetzen sollte.

»Hol dir den Hocker da hinten, schmeiß das Kleid einfach runter«, sagte sie.

Ich faltete das Seidenkleid und legte es auf den Boden.

Der Hocker, ein Ungetüm aus schwarzem Marmor, ließ sich nicht tragen, sondern nur schieben. Es ruckelte und quietschte. Als ich das Steinmöbel neben der Wanne platziert hatte, saß Vera aufrecht da, ihre Brüste schwebten über der Wasseroberfläche. Ich versuchte, mir Veras Busen an Elsas dürrem Oberkörper vorzustellen, konnte die beiden Elemente jedoch nicht zusammenbringen.

Vera griff auf die andere Seite der Badewanne. Ein silbernes Röhrchen. Ein rechteckiger Spiegel. Sechs feine, weiße Linien.

»Was ist das?«, fragte ich.

»Medizin … Du heißt Karl, nicht wahr?«

»Ja.«

»Wie alt bist du?«

»Neun, fast zehn. Und du?«

»Neunundzwanzig, aber ich fühle mich wie hundert. Es ist lieb von dir, Karl, dass du mir Gesellschaft leistest. Ich bin nicht gerne allein. Bist du gerne allein?«

»Nein.«

»Weißt du, ich habe schon oft versucht, Sebastian zu verlassen. Ich dachte, wenn es nur schlimm genug wird, schaffe ich es … Manchmal war es unerträglich schlimm oder vielmehr *ist* es unerträglich schlimm, und trotzdem bin ich noch hier. Er war nicht immer so … Doch, wahrscheinlich schon.«

Vera betrachtete das silberne Röhrchen und beugte sich über den Spiegel. Drei Linien verschwanden im rechten Nasenloch, drei im linken.

»Es ist interessant zu sehen, was ein bisschen Macht aus Menschen machen kann und wozu sie sie nutzen. Manche retten den Regenwald, und Sebastian lässt sich von jungen Frauen einen blasen. Von jungen Frauen, die ihn bewundern. Künstlerinnen, Nachwuchsgaleristinnen, all die hübschen Dinger, die auf den großen Messen arbeiten. Sie wissen, dass er zu Mrs. Graham gehört, ihr Berater ist, und sie wissen, wie viel Einfluss Irina in der Branche besitzt, in der sie Fuß zu fassen versuchen. Wenn Sebastian wie beiläufig erwähnt, wen er alles persönlich kennt, reißen die Mädchen ihre Augen weit auf, und spätestens bei Andy Warhol schmelzen sie dahin. Sebastian ist nicht aufdringlich, nein, er hat Charme, ist attraktiv, großzügig. Er kann gut reden …

Ich habe keine Kraft zu gehen, und er schickt mich nicht fort. Weißt du, was ich will, Karl?«

Ich dachte nach. Hatte es etwas mit dem Regenwald zu tun?

»Rache. Ich will Sebastian Mirberg leiden machen … Ich will Rache«, flüsterte sie kaum hörbar, doch jeder Quadratzentimeter ihrer nackten Haut schien diese Worte herauszuschreien. Dann schloss Vera die Augen und tauchte unter.

Lorenz konnte fast zwei Minuten lang den Atem anhalten, Vera traute ich nicht mal eine halbe zu. Gerade als ich sie aus der Wanne zerren wollte, schoss sie hoch. Wasser spritzte in mein Gesicht. Es war eiskalt.

Vera wirkte vergnügt, wie ausgewechselt. »Jetzt habe ich so viel von mir erzählt – was ist mit dir, Karl?«

»Mit mir? Mit mir ist nichts.«

»Und das Mädchen mit den wilden Haaren und den hochhackigen Stiefeln. Wie heißt sie gleich noch mal, Eva?«

»Elsa. Sie heißt Elsa Gröhler.«

»Ah ja … Elsa. Ist Elsa deine Freundin oder die Freundin deines Bruders?«

Ich zuckte mit den Schultern. »Sie ist meine Freundin und Lorenz' Freundin.«

Vera lachte. Die falschen Töne ihrer Fröhlichkeit bereiteten mir Unbehagen. Etwas Irres verklärte ihren Blick, und dann verwandelte sich das Lachen in Weinen. Ein kindliches Schluchzen. Wie tröstet man eine Frau, die nackt im kalten Wasser liegt und auf Rache sinnt?

»Elsa mag deinen Busen«, sagte ich laut. Vielleicht zu laut, denn Vera zuckte zusammen. Aber sie weinte nicht mehr.

»Und deine Beine auch … Die Fesseln und Waden, sie sind adlig«, fuhr ich fort.

Vera streckte ein Bein in die Luft und fasste sich an ihre Brüste. »Adlig? Mein Busen ist adlig?«

»Da bin ich mir nicht sicher. Aber … aber die Beine auf jeden Fall.«

Sie lächelte. »Und du? Magst du sie auch, meine adligen Beine?«

»Ich mag Elsa.«

Wieder standen wir vor Rembrandts Andromeda. Dieses Mal hatte Mirberg Mrs. Graham die Stufen hochgetragen. Jaap und unser Vater besuchten Hannas Grab. Vera war nicht zum Frühstück aufgetaucht, was aber niemanden zu interessieren schien. Nur ich bekam Angst, dass sie noch immer in dem kalten Wasser liegen könnte, und rannte vor der Abfahrt nach oben. Die Wanne war leer.

Eine Schulklasse trampelte an uns vorbei.

»Und keiner ist in der Nacht gekommen, um sie zu befreien«, sagte Mrs. Graham mit einem Hauch Wehmut in der Stimme. »Mirberg, hat sie sich verändert?«

Er lachte. »Sie hat sich seit über dreihundertfünfzig Jahren nicht verändert, und ich war gerade mal eine Woche weg.«

»Ich find schon«, sagte Elsa.

»So?« Irinas Blick schweifte von Andromeda zu Elsa.

»Sie guckt anders.«

»Und wie guckt sie heute?«

»Anders halt.«

»Kann sie ihn sehen? Den Helden auf dem fliegenden Pferd?«

»Nein. Sie guckt nur anders … Wie alt ist sie eigentlich?«

»Achtzehn Jahre, vier Monate und einundzwanzig Tage«, antwortete Mrs. Graham, ohne zu zögern.

Elsa schüttelte den Kopf. »Das glaub ich nicht. Sie ist jünger. Viel jünger.«

Mirberg räusperte sich. »Irina, entschuldige mich. Ich habe heute erst eine Tasse Kaffee getrunken, ich setz mich ein halbes Stündchen in die Cafeteria.«

»Kann ich mit?«, fragte Lorenz.

»Gut, ja.«

»Ich komm auch mit«, sagte ich.

Offensichtlich hatte er keine Lust, mit uns zu reden, Mirberg hielt sich demonstrativ die Zeitung vors Gesicht. Aber Lorenz ließ sich nicht beirren

»Sebastian?« Mirberg hatte uns am Abend zuvor das Du angeboten.

»Mmhh«, grummelte er, ohne aufzublicken.

»Wenn man die Ewigkeit malen will, dann müsste man doch viele Bilder übereinandermalen?« Lorenz sprach mit fester Stimme, er schien gründlich über seine Worte nachgedacht zu haben.

»Was? Wenn man was malen will?«, fragte Mirberg und legte die Zeitung auf den Tisch.

»Die Ewigkeit.«

»Wieso sollte man die Ewigkeit malen wollen? Man kann die Ewigkeit nicht malen.«

»Mrs. Graham hat das doch gestern gesagt, dass die Kunst die Ewigkeit sein soll. Damit ein Moment für immer ist. Aber die Ewigkeit ist alles zusammen. Alle Momente zusammen«, sagte Lorenz.

»Ich glaube, du hast da was falsch verstanden.«

»Nein«, beharrte Lorenz. »Ich weiß, was die Ewigkeit ist … Ich … Ich weiß, wie sie aussieht.«

»Amen.« Mirberg lachte.

Lorenz ballte eine Faust. Ich sah, wie sein Hals anschwoll. Es war jetzt an mir, die Situation nicht außer Kontrolle geraten zu lassen.

»Was machst du eigentlich so genau?«, fragte ich Sebastian

und versuchte, möglichst aufsässig zu klingen, damit mein Bruder spürte, dass ich auf seiner Seite stand.

»Wie meinst du das?«

»Na ja, dein Beruf.«

Wir erfuhren, dass Mrs. Grahams Sammlung fast neunhundert Werke umfasste. Sie lagerten in drei Depots, in Atlanta, Frankfurt am Main und Florenz. Regelmäßig wurden einige der Bilder auf Reisen geschickt und ausgestellt. Manche hingen sogar als Leihgaben in Museen. Mirberg sorgte dafür, dass der ganze Prozess – die Gemälde mussten verpackt, versichert und transportiert werden – reibungslos vonstatten ging. »Vielleicht werden wir eines Tages ein Museum errichten, einen Ort, an dem Irinas Sammlung permanent zu sehen sein wird.« Außerdem hielt er, wie er es nannte, »die Sammlung lebendig«. Das bedeutete Kaufen, ab und zu auch Verkaufen, aber vor allem Entdecken. »Heute in den jungen Künstler investieren, der morgen einer der Großen sein wird«, schloss er seine Rede.

»Und was ist mit dem Regenwald?«, fragte ich.

»Was soll mit dem Regenwald sein?«

»Hast du vor, ihn zu retten?«

»Ich kann dir nicht folgen, Karl. Warum …«

»Magst du den Regenwald?«

»Ob ich …«

»Ob du ihn magst?«

»Ja, ich mag den Regenwald.«

»Und warum rettest du ihn dann nicht?«

»Es reicht. Ich will in Ruhe meine Zeitung lesen, o. k.?« Er griff nach dem bedruckten Papier und verschwand wieder dahinter. Lorenz' Finger hatten sich entspannt.

Ich war nicht traurig, als wir zwei Wochen später Den Haag verließen und in die Oberpfalz zurückfuhren.

Von Köln bis Regensburg hatten wir ein Sechser-Abteil für uns. Ich betrachtete meine Mitreisenden, und Mirbergs Worte schossen mir durch den Kopf. Worte, die nicht für meine Ohren bestimmt gewesen waren.

Zwei Tage vor unserer Abreise war der Düsseldorfer Galerist Martin Frenzen zu Besuch gekommen. Seine schwarzen, kurzen Locken waren mit Grau durchzogen. Er hatte auffallend dicke und bläuliche Tränensäcke.

»Da sind Mäuse drinnen«, sagte er, als Elsa unverhohlen die Polster unter seinen Augen anstarrte.

»Darf ich mal anfassen?«, fragte sie und streckte ihren Zeigefinger aus.

Er lachte, während Elsa in seinem Gesicht herumpatschte.

»Sie hätten Kindergärtner werden sollen, Frenzen«, bemerkte Irina spöttisch. Augenblicklich wandte der Galerist sich von Elsa ab.

Zwischen Hauptgang und Dessert zeigte er Mrs. Graham Fotografien der Werke eines schottischen Künstlers, seiner jüngsten Entdeckung. Irinas Urteil war vernichtend. Ihre barsche Kritik drückte auf die Stimmung, und ich glaube, alle waren erleichtert, als die Tafel aufgehoben wurde.

In jener Nacht trieb mich nicht die Übelkeit, sondern der Hunger aus dem Bett. Ich schlich die Treppen hinunter. Stimmen drangen aus dem Wohnzimmer. Ich blieb stehen, verborgen in der Dunkelheit.

»... ich nenne sie die Frankensteins«, sagte Sebastian schmunzelnd.

»Die Frankensteins?«

»Ja, sie sind zum Fürchten. Er verbringt seine gesamte Zeit auf dem Friedhof und redet ausschließlich über seine tote Frau. Das Mädchen sieht aus, als würde es geradewegs vom Kinderstrich kommen. Der hübsche Junge scheint irgendwie religiös zu sein und der dicke ein militanter Naturschützer.«

Frenzen brach in schallendes Gelächter aus. »Herrlich, Mirberg, herrlich!«

Randolph starrte aus dem Zugfenster. Unser armer Vater, der einfach nicht begreifen konnte, dass Hanna fort war.

Lorenz hielt seine Augen geschlossen. Schlief mein Bruder? Wie falsch hatte Mirberg ihn doch verstanden. Nichts Gottesfürchtiges lag in Lorenz' Überlegung, der Ewigkeit eine Form verpassen zu wollen. Auch meinen wohlgemeinten Rat hatte Sebastian fehlgedeutet und aus mir einen grünen Aktivisten gemacht.

Dann schaute ich Elsa an. Sie spielte mit ihrer Kette. Steckte den Hundewolfskopf in den Mund, spuckte ihn wieder aus. Wo waren wohl ihre Gedanken? Zwar wusste ich damals nicht, wie jemand aussah, der geradewegs vom Kinderstrich kam, aber ich ahnte, dass Mirberg sie beleidigt hatte. In diesem Moment hoffte ich, dass Veras Vergeltung grausam sein würde.

Das Murmeltier war überglücklich, uns wiederzuhaben, und selbst die Kratzlerin zeigte echte Freude.

Auf Elsa wartete eine Überraschung. Das erste Lebenszeichen der Weltreisenden, eine Postkarte aus Madagaskar. Vorne drauf ein weißes Äffchen.

Liebe Elsa,

Du kannst dir gar nicht vorstellen, wie bezaubernd Lemuren sind!!! Unser nächstes Ziel heißt Papua-Neuguinea. Ich liebe diesen Namen. Papua-Neuguinea, klingt das nicht verheißungsvoll? Ich schreibe bald wieder.

P. S.: Viktor lässt Dich grüßen.

Die Postkarte trug Elsa stets bei sich. Ein ums andere Mal las sie die spärlichen Sätze ihrer Mutter wieder. Hochkonzentriert, Wort für Wort, als gälte es, eine geheime Botschaft zu entschlüsseln.

Nach den Ferien besuchte auch ich das städtische Gymnasium.

Schon bald wurde ich Zeuge einer jener legendären Prügeleien: Elsa und mein Bruder besiegten auf dem Schulhof fünf großgewachsene Jungs. Einerseits empfand ich Stolz, andererseits konnte ich nun mit eigenen Augen sehen, dass da etwas zwischen Elsa und Lorenz war, an dem ich keinen Anteil hatte.

Doch als im Herbst Schweine-Willi anrückte, wählte Elsa mich und nicht meinen Bruder zu ihrem Begleiter. Vielleicht gab sie auch nur mir den Vorzug, weil sie wusste, dass ich ihr überallhin folgen würde.

»Also, Fetti, ich will ihn nicht sehen. Tagsüber gehen wir zum See und abends zu mir. Verstanden?«

Es war kalt. Wir saßen auf unserer Lichtung. Elsa hatte trotzdem nur Stiefel, Krawatten und ein blaues Sommerkleidchen an. Sie zitterte, ich gab ihr meine Jacke. Sie zitterte noch immer, ich gab ihr meinen Pullover. Und dann zitterte ich. Elsa rutschte näher an mich heran und schlang meine Jacke um uns beide.

»Glaubst du, in Papua-Neuguinea scheint jetzt die Sonne?«, fragte sie.

»Keine Ahnung, wo ist das Papa-Dings überhaupt?«

»Im Meer. Ist ’ne Insel.«

»Dann scheint da sicher die Sonne.«

»Wahrscheinlich liegen sie gerade am Strand.«

»Ja, und essen Kokosnüsse.«

»Warum Kokosnüsse, Fetti?«

»Weiß nicht. Oder Eis.«

Elsa umklammerte den Anhänger ihrer Kette. Die Hand bebte. Das Beben weitete sich aus, erfasste ihren ganzen Körper.

»Mein Kind werd ich niemals alleine lassen. Es wird immer bei mir sein, und ich werde es beschützen. Und ich werde es sicher nicht zu den Gröhlers bringen.« Ihre Stimme dröhnte vor Zorn.

»Du hast doch gar kein Kind, Elsa.« Ein ungeschickter Versuch, sie zu beruhigen.

»Aber wenn ich eins habe, dann werde ich es niemals alleine lassen. Niemals!« Sie sprang auf und rannte durch das Schilf ins Wasser.

Ich stürzte ihr hinterher. Im Laufen entledigte ich mich meiner Kleidung, damit Elsa etwas Trockenes zum Anziehen haben würde, sobald ich sie aus dem See gefischt hätte. Die Unterhose behielt ich an.

»Du wirst erfrieren. Komm raus, Elsa!« Sie reagierte nicht. Ich stand bis zu den Knien im eiskalten Wasser, tauchte unter und schwamm so schnell ich konnte zu ihr hin. Nach einer

Ewigkeit kreuzte ich Elsas Bahn, streckte meinen Arm aus und griff nach ihrem. Sie strampelte mit den Beinen, sie sah mich an. Und wenn ich heute an diesen Herbsttag zurückdenke, an Elsas Gesicht, so fällt mir nur ein einziges Wort ein: untröstlich.

Ich schnappte nach Luft. »Bitte. Elsa. Bitte.« Mehr brachte ich nicht heraus.

Am Ufer sammelte ich meine Sachen ein. Das blaue Fähnchen und der Pullover klebten an Elsas Körper. In den Stiefeln platschte das Wasser.

Ich reichte ihr mein Unterhemd zum Abtrocknen und die restlichen Klamotten zum Wechseln. Nur das T-Shirt zog ich mir über.

»Wehe, du glotzt, Fetti«, sagte sie und zog sich aus.

In der Nacht bekam ich Fieber. Mit Wadenwickeln und Hühnerbrühe bekämpfte die Kratzlerin meine hohe Temperatur.

Erst am übernächsten Tag, als Schweine-Willi sein Zimmer in unserem Fast-Hotel geräumt hatte, sah ich Elsa wieder. Die Stiefel waren getrocknet, und auch sonst hatte das kalte Seewasser Elsa keinen Schaden zugefügt.

Lorenz saß auf dem Boden vor meinem Bett, sie hockte sich neben ihn.

»Geht es dir sehr schlecht?«, fragte Elsa.

Ich schüttelte den Kopf und freute mich über das Fünkchen Besorgnis in ihrer Stimme.

»Schweine-Willi hat nach dir gefragt«, sagte Lorenz.

»So? Und was genau hat er gefragt?«

»Er wollte wissen, wo das mutige Flamingo-Mädchen ist.«

»Und was hast du gesagt?«

»Dass du dich vor ihm versteckst.«

»Wie kannst du nur!«, stieß sie aus und schlug ihm mit der flachen Hand auf den Kopf. »Ich habe mich nicht versteckt. Ich hatte nur keine Lust, ihn zu sehen, weil er dumm ist. Genau wie du.«

Lorenz warf sich auf sie und zerrte an ihren Haaren. Immer noch erschreckte mich die Brutalität, mit der die beiden aufeinander loszugehen pflegten.

Zwei Tage vor Weihnachten weckte mich das Murmeltier in aller Herrgottsfrühe. »Karl, aufstehen, aufstehen. Schnell. Lauf los, sag deinem Bruder Bescheid, und dann hol Elsa. Es ist so weit. Ich habe Erkenntnis erlangt.«

Sogleich stürmte ich die Treppen hinunter, in Lorenz' Zimmer hinein und rüttelte ihn wach. »Das Murmeltier hat Erkenntnis erlangt«, rief ich atemlos.

In Schlafanzug und Hausschuhen rannte ich durch den Schnee zu den Gröhlers. Wie schnell mich meine dicken Beinchen trugen. Ich riss das grüne Gartentor auf, erklomm den Hügel und klopfte gegen das Erkerfenster. Erst sachte, dann immer fester, bis Elsa öffnete.

»Bist du verrückt geworden, Fetti«, schnauzte sie mich an.

»Das Murmeltier hat Erkenntnis erlangt!«

Ein Freudenschrei. Elsa schnappte sich die alten Holzclogs und kletterte aus dem Fenster. Mehr als einmal rutschten wir aus. Und jeden Sturz quittierten unsere vor Adrenalin leicht gewordenen Körper mit einem hysterischen Lachanfall.

Keuchend kamen wir zu Hause an. Die Kratzlerin, mittlerweile auf den Beinen, versuchte uns aufzuhalten. »Herzjesulein im Himmel. Was ist denn los, um Gottes willen? In Schlafsachen! Kinder! Es schneit draußen. Und …«

»Das Murmeltier hat Erkenntnis erlangt«, riefen wir im Chor und drängten uns an ihr vorbei.

So musste sich Moses kurz vor der Verkündung der Zehn Gebote gefühlt haben.

In einer Reihe saßen wir drei auf meinem Bett, die Augen auf das Murmeltier gerichtet.

Eine glühende Zigarre in der Hand, schritt er auf und ab. Endlich blieb er stehen und sah uns an.

»Vor vielen Jahren habe ich mich aufgemacht. Ein junger Mann mit einem vollständigen Gebiss, bereit, sich den Stürmen des Lebens zu stellen. Bereit, seine Träume und Wünsche wahr werden zu lassen. Welche Heldentaten ich vollbringen wollte? Ich erinnere mich nicht mehr. Denn noch ehe die erste Brise Abenteuerluft mein damals schwarzes Haar zerzausen konnte, zog mich eine gottverdammte Schnalle in ihr Schlafgemach. Zwischen ihren Beinen und all den Schenkeln und Brüsten, die folgen sollten, vergaß ich die Stürme des Lebens.

Eine Nacht, sieben Nächte, tausend Nächte brachte ich sie zum Glühen, zum Seufzen, zum Stöhnen, während ihre Ehemänner, ihre zukünftigen Gatten der Welt die Stirn boten. Und dann kam das Erwachen. Da stand ich nun: ein alter Mann, ergraut, mit drei Zähnen weniger, unfähig, Lust zu schenken. Kein Zuhause, kein Besitz, kein Orden am Revers. Einen armen Teufel haben die elenden Weiber aus mir gemacht, dachte ich – bis heute.

Denn jetzt weiß ich, dass sie mir das Kostbarste geschenkt haben: In ihren Betten durfte ich meine Unschuld bewahren.

Wer wäre ich geworden, hätte ich meine Ziele verfolgt, meine Pläne verwirklicht? Was hätte ich der Welt angetan? Und wäre ich stark genug gewesen, meine Unschuld auch durch die Stürme des Lebens zu retten? Die wenigsten schaffen es, da draußen, wo der Schatten eines Hundes kaum von dem eines Wolfes zu unterscheiden ist. Die wenigsten.

Das ist meine Erkenntnis! Ich bin ein reicher Mann.«

Das Murmeltier verbeugte sich feierlich.

»Aber du … du hast doch deinen Pimmel in die Weiber reingesteckt. Da geht doch die Unschuld weg«, sagte Lorenz.

Elsa und ich nickten stumm.

»Wer erzählt euch so einen Schwachsinn? Wer? Glaubt das ja nicht. Wenn ihr die Unschuld zwischen euren Beinen wähnt, dann seid ihr verloren.«

Randolph Brauer brachte von seinem Neujahrsspaziergang ein Tigerkätzchen mit. Unser Vater und der Esel hatten das halbverhungerte Tier, das sie im Schnee entdeckt hatten, sofort in ihr Herz geschlossen.

»Randolph, du bist ja schlimmer als die Kinder. Herzjesulein im Himmel, wer weiß, was das Viech für Krankheiten hat! Läuse und Flöhe. Wo soll es denn hin?«

Unser Vater versuchte die Kratzlerin zu beruhigen. Er erklärte ihr, dass das Kätzchen kein eigenes Zimmer benötige, sondern beim Esel einziehen würde.

Obwohl Randolph sich aufopfernd um unsere neue Mitbewohnerin kümmerte, schloss die verwahrloste Katze nicht ihn, sondern Elsa in ihr Herz. Sobald das Mädchen bei uns auftauchte, begann sie zu schnurren.

Milch, Elsas Zuwendung und ein paar Tropfen Wermut

ließen die Tigerkatze in Windeseile gesunden. Schon bald streunte sie nachts durch die Felder, und keinen Monat später war sie trächtig.

Anfang April bauten Randolph und Elsa ihr aus alten Handtüchern ein Nest im Eselzimmer.

Ich weiß, dass ich das Miauen der Katzenbabys unmöglich in der dritten Etage gehört haben kann. Aber so hat sich dieser Abend in mein Gedächtnis gebrannt.

Lorenz litt schon seit einigen Tagen unter Halsschmerzen und Schluckbeschwerden. Als seine Mandeln an jenem Nachmittag auf Elefantengröße anschwollen, überwies Grievenhast ihn ins Krankenhaus. Da Randolph, der zwar nicht volltrunken, aber keineswegs nüchtern war, für unfähig befunden wurde, Lorenz zu fahren, brachte das Murmeltier Vater und Sohn in die Klinik. Lorenz wurde dabehalten. Seine Eskorte nächtigte im Hotel der Stadt.

Elsa und ich waren ein wenig enttäuscht, dass man uns nicht mitgenommen hatte. Wir hockten in der Scheune auf den Resten des Opel Admiral und ritzten mit einem rostigen Messer unsere Namen in den abgeblätterten Lack. Dann rief die Kratzlerin mich zum Essen, und Elsa marschierte nach Hause.

Das Angebot unserer Haushälterin, mir nach dem Abendbrot eine Gutenachtgeschichte vorzulesen, lehnte ich dankend ab. Hat man erst mal von Concettas riesigem Arsch gehört, kann einem Frau Holle gestohlen bleiben. Um dem langweiligen Gefasel der Kratzlerin über Kinderkrankheiten zu entkommen, schützte ich bereits gegen acht Uhr Müdigkeit vor und ging in mein Zimmer. Tatsächlich schlief ich sofort ein. Aber keine zwei Stunden später wurde ich von einem Miauen geweckt. Einem Miauen, das ich eigentlich nicht gehört haben kann.

Ich folgte diesem Geräusch. Wusste, wo es herkam. Schließlich warteten wir schon seit Tagen auf die Niederkunft unserer Tigerkatze.

Unten war alles dunkel, keine Spur von der Kratzlerin. Ich machte Licht im Eselzimmer. Fünf winzige Knäuel schmiegten sich mit geschlossenen Augen an ihre Mutter. Der Esel, klüger als jedes Menschenkind, hatte sich in die hinterste Ecke verzogen, während ich sofort zu der vaterlosen Familie stürmte. Die sonst so zahme Tigerkatze fauchte, als ich mich vor ihr Lager kniete. Trotzdem streckte ich meine Hand aus, um die Neugeborenen zu streicheln. Schnell und fest rammte die Mutterkatze ihre Zähne in meinen Handrücken. Nicht aus Bösartigkeit, sondern um ihre Brut zu beschützen. In diesem Moment beschloss ich, Elsa zu holen.

Die Lampe in Elsas Zimmer brannte, aber sie war nicht da. Vorsichtig stieß ich das nur angelehnte Fenster auf und kletterte hinein. Ich widerstand dem Impuls, einfach ihren Namen zu rufen, überlegte kurz und schlich auf den Gang. Am Fuß der achtstufigen Steintreppe blieb ich stehen und lauschte. Oben lief der Fernseher. Mein Plan war schnell gefasst: hochschleichen. Eventuell auf allen vieren in die Nähe des Wohnzimmers robben und mir einen Überblick verschaffen. Sollte ich sie allein vorfinden, gäbe es keine Probleme. Sollten ein oder auch mehrere Gröhlers zugegen sein, würde ich versuchen, Elsa ein Zeichen zu geben. Nur erwischen lassen durfte ich mich nicht.

Oben angekommen, überdachte ich meine Strategie und entschied mich gegen das Kriechen und für die Zehenspitzen. Wohnzimmer, Esszimmer und Küche waren miteinander verbunden, ich stand im Eingangsbereich. Die Wohnzimmertür war offen. Ich drückte mich an der Wand entlang. Spähte hinein. Der Fernseher lärmte, keiner saß auf dem Sofa. Mein Herz raste, ich fühlte mich wie ein Einbrecher.

Flach atmend durchquerte ich den Raum und gelangte in das dunkle Esszimmer. Die letzte Pforte. Versteckt in der Finsternis, sah ich direkt in die hellerleuchtete Küche, sah direkt in die Hölle.

Elsa hockte auf der Anrichte. Ein weißer, aufgerissener Bademantel.

Vor ihr, mit dem Rücken zu mir, stand Gustav Gröhler. Die rechte Hand steckte in seiner Hose, die linke zwischen Elsas Beinen.

Den Kopf zur Seite gewendet, schaute das Mädchen in die Ferne. Untröstlich.

Warum tat ich nichts? Warum sagte ich nichts? Wie wäre die Geschichte wohl weitergegangen, wenn ich mich gerührt hätte?

Der Mann keuchte.

Elsa sah in meine Richtung. Unsere Blicke trafen sich. Ein Ruck ging durch meinen erstarrten Körper. Ich streckte den Arm aus. Es war nicht mehr als die hilflose Geste eines kleinen, fetten Jungen. Eine Zimmerlänge trennte meine Fingerspitzen und ihre kleine Hand.

Kaum merklich schüttelte sie ihren Kopf. Dann befahlen mir ihre Lippen zu verschwinden. ›Raus. Geh. Bitte‹, formten sie lautlos.

Ich trat den Rückzug an. Acht Steinstufen hinunter. Durch das Erkerfenster. Und draußen auf Elsas Fenstersims rollte ich mich zusammen. Ich weiß nicht, wie lange ich dort lag.

»Fetti, verdammt.« Sie kniete neben mir.

»Elsa, ich ...«

»Halt den Mund und komm mit.« Sie zerrte mich hoch.

»Leise«, mahnte sie, während wir hangabwärts rannten. Erst auf der Hauptstraße drosselten wir das Tempo.

»Fetti, was du gesehen hast ...«

»Er darf das nicht. Er darf das nicht«, fiel ich ihr ins Wort.

»Ach ja? Und wer soll es ihm verbieten? He? Wer?«

»Dein Vater oder das Murmeltier oder mein Vater ...«

»Weißt du, wo sie mich hinschicken, wenn es rauskommt? Weißt du das? Ins Heim. Dann komm ich ins Heim.«

»Aber ...«

»Hör auf!« Und dann packte sie meine Schulter. »Wenn du es jemandem erzählst, bring ich dich um. Schwör mir, dass du nichts sagst. Schwör!«

»Ich ... ich schwöre.«

»Das reicht nicht«, sagte sie und nahm meine Hand, in die vor gar nicht allzu langer Zeit eine Katzenmutter ihre Zähne geschlagen hatte. Ich ließ mich von Elsa ziehen, bis wir dort ankamen, wo wir uns am Abend getrennt hatten: in der Scheune.

Elsa war dreizehn Jahre und achtundvierzig Tage alt. Der Busen wollte nicht wachsen, die Waden nicht adlig werden. Sie war vollkommen.

Elsa nahm das rostige Messer. Wollte sie mich wirklich umbringen?

»Du wirst bei meinem und bei deinem Blut schwören.«

»Aber …« Ich sah sie an. Elsa, das Maß aller Dinge. »O. k. Gut, Und wie … wie geht das?«

»Weiß ich auch nicht«, sagte sie. Tränen rannen über ihr Gesicht.

»Wir können uns schneiden … in die Finger schneiden. Blutsbrüderschaft, und dann schwöre ich noch einmal. Ja?«

Sie nickte, reichte mir das Messer und ihren Mittelfinger.

Zuerst ritzte ich mich, dann sie. Wir drückten unsere Fingerkuppen aufeinander.

»Ich schwöre, dass ich niemandem etwas erzählen werde. Bei deinem und bei meinem Blut.«

Schweigend hockten wir auf der Kühlerhaube des Opel Admiral.

»Wie lange macht er …«

»Nein!«, sagte sie. »Wir werden darüber niemals sprechen. Das gehört auch zu dem Schwur. Verstanden?«

»Ja. Verstanden.«

»Was wolltest du überhaupt bei mir?«, fragte Elsa.

Bis zum Morgengrauen saßen wir bei der Tigerkatze und ihren Babys. Elsa und ich, zwei Kinder, und mindestens eines von ihnen hatte in dieser Nacht das Ende der Welt erreicht.

Vielleicht gewann der Altersunterschied an Bedeutung. Ich war zehn und sie dreizehn. Aber vielleicht distanzierte sich Elsa auch von mir, weil wir beide nicht vergessen konnten.

Natürlich kam sie wie eh und je, um die Gutenachtgeschichten des Murmeltiers zu hören, und unsere Sommernachmittage verbrachten wir mit Lorenz am See oder streunten durch das Dorf. Aber sie vermied es tunlichst, mit mir allein zu sein.

Ich hielt mich an mein Versprechen. Aber wie oft sind meine Gedanken in die Küche der Gröhlers gewandert. Und was sah ich da? Einen Helden auf einem fliegenden Pferd, im Anschlag das rostige Messer.

Ich hoffte auf den Herbst, auf Schweine-Willi. Sein Besuch würde mir anderthalb Tage mit Elsa bescheren. Dachte ich. Doch statt Schweine-Willi tauchte der einarmige Tilman auf, zusammen mit einem Cousin aus der Schlächterfamilie. Schweine-Willi war in Throckmorton. Es gab also keinen Grund, sich zu verstecken, und so saßen auch Elsa und ich am Abend vor dem Schweinetöten im Jagdhof. Während der Cousin Willis Part übernahm und am Stammtisch Klatsch und Tratsch aus dem Landkreis verbreitete, kam Tilman zu Lorenz, Elsa und mir.

»Du bist also Mathildes Tochter?« Auch er suchte in dem Gesicht des Mädchens nach vergangenen Freuden.

»Ja«, antwortete Elsa.

»Und wie geht es deiner Mutter?«

Elsa zuckte mit den Schultern.

»Ist sie noch auf Reisen?«

»Ja.«

»Willi lässt dich grüßen. Er hat mir von dir erzählt. Hat gesagt, dass du mehr Mumm in den Knochen hast als so manch ein ausgewachsener Kerl … Flamingo. Flamingo, so nennt er dich.« Sein Blick glitt von Elsa zu einem Porträt der jungen Mathilde und wieder zurück. »Ich kannte deine Mutter. Schön war sie … ist sie sicher noch immer. Und wie sie lachen konnte! Aber mutig war sie nicht. Nein.«

Dann schickte der Einarmige sich an, zum Stammtisch zurückzugehen.

»Hey«, rief Elsa.

»Ja?«

»Wie geht es Willi in Texas?«

»Gut. Rinderzüchten gefällt ihm besser als Schweineschlachten.«

»Dann grüßen Sie ihn mal zurück, wenn Sie mit ihm sprechen.«

Tilman nickte.

Jeden Tag schien Elsa mir ein wenig mehr zu entgleiten. Manchmal, wenn ich sie kommen oder gehen sah, wenn uns exakt eine Zimmerlänge voneinander trennte, streckte ich meinen Arm nach ihr aus. Die hilflose Geste eines kleinen, fetten Jungen.

Neidisch beobachtete ich, wie sich Elsa und mein Bruder schlugen und wieder vertrugen, wie sie gemeinsam kämpften. Zwischen ihnen hatte sich nichts verändert. Nur ich war dem Miauen gefolgt, das ich gar nicht hatte hören können.

Doch noch gab es die Abende, an denen das Murmeltier uns von den Weibern erzählte und Elsa in meiner Nähe saß.

»... und Janes Verlobter jagte mich aus Oxford. Mit einer scheußlichen Platzwunde am Kopf stand ich verloren am Straßenrand. Keine fünf Minuten später hielt ein Auto neben mir. Gloria. Gloria, die Wahnsinnige! Sie brachte mich nach Wheatley. Ein winziges Nest unweit von Oxford. Oh, Gloria, fast hätte ich mein Leben in Wheatley gelassen. Neun Männern hatte sie die Ehe versprochen. Neun! Aber davon das nächste Mal ... Und jetzt Ohren zu. Könnt ihr mich noch hören?«

»Nein.«

»Wirklich nicht?«

»Wirklich nicht.«

»Gelobte Schnallen! Heilige Fotzen! Sie haben mir alles gegeben. Alles.«

Er zündete die erloschene Zigarre an. »So, ihr herrlichen Kinder, es ist Zeit. Komm, Elsa, wir bringen dich nach Hause.«

»Murmeltier, warte …«, bat ich. »Hast du eine von ihnen wirklich geliebt?«

Er zog an der Zigarre und blickte mich an. »Ob ich eine … Ich habe sie alle geliebt. Auf meine Art. Ist es nicht auch eine Form von Liebe, jemanden nicht zu vergessen? Jede Einzelne kann ich noch immer deutlich vor mir sehen. Ihre Haare, ihre Lippen, ihre kleinen Unvollkommenheiten. Und errichte ich ihnen nicht Abend für Abend in diesem Kinderzimmer ein Denkmal? Lasse sie aufleben? Und ja, das würde ich Liebe nennen.«

»Aber ich meine so, dass es dir weh tut, wenn du an sie denkst. Dass du sie dahaben willst, neben dir?«

Das Murmeltier zögerte einen Moment, schüttelte den Kopf, und dann sah er Elsa an. »Ich habe nur Schnallen und Fotzen getroffen – auch wenn ich ihnen dankbar bin für … für alles.« Er lächelte. »Aber unter ihnen war keine Königin. Selig, wem eine begegnet, bevor er alt und grau ist, selig, wer sie erkennt.«

Ein lautes Geräusch riss mich aus dem Schlaf. Kein Miauen. Ein Poltern am Ende des Gangs.

Auf dem Boden vor seiner geöffneten Zimmertür lag das Murmeltier. Die rechte Hand auf sein Herz gepresst. Ich kniete mich neben ihn, schrie nach Lorenz, nach Frau Kratzler, nach meinem Vater und, obwohl sie nicht da war, nach Elsa. Das Murmeltier umfasste kraftlos meinen Arm und führte meine Finger zu seiner Brust. »Eine Habanera … Hörst du?« Leise summte er: »Pa dam pam pam … Pa da …«

Als mein Bruder, gefolgt von Frau Kratzler und Randolph, oben ankam, war das Murmeltier tot.

Unsere Haushälterin übernahm das Kommando. Während wir verstört im Halbkreis um den leblosen Körper knieten, rief sie Grievenhast an. Dann trat sie wieder zu uns.

»Frau Kratzler, wir müssen Elsa holen«, sagte Lorenz.

Wie recht er hatte. Elsa hätte uns nie verziehen, wenn wir bis zum nächsten Tag gewartet hätten. Zu meiner Verwunderung protestierte die Kratzlerin nicht.

»Ich gehe. Ihr bleibt hier. Randolph?«

Er antwortete mit einem Kopfnicken. Gab ihr zu verstehen, dass auf ihn Verlass war.

Unser Vater und der Arzt hatten das Murmeltier bereits in sein Bett getragen, als Elsa eintraf. Hatten ihm die Augen geschlossen. Die Hände gefaltet.

Elsa, Lorenz und ich saßen auf dem Boden, eng beieinander. Der gute Geist unserer Kindheit war weitergezogen.

»Hanna ist sofort zum Unfallort gelaufen.« Randolph stand hinter uns und klang so nüchtern wie lange nicht mehr. »›Guten Tag, August Murmelstein‹, hat er sich vorgestellt.

›Oh, wir tauschen den Stein gegen ein Tier‹, hat sie geantwortet. ›Murmeltier! Und das kann kein Zufall sein, schon so lange wünsche ich mir ein Murmeltier. Das kann einfach kein Zufall sein.‹

›Also nennen wir es Schicksal.‹

›Sie sind ein Philosoph. Ein Murmeltier und ein Philosoph.‹ Und dann hat Hanna ihn in ihre Arme genommen und in unser Haus.«

Nicht nur das Murmeltier und seine Geschichten verschwanden, auch die Abende mit Elsa.

Nach der Schule blieb sie oft mit Lorenz in der Stadt. Ab und zu nahmen sie mich mit, aber meistens wartete ich vergebens auf die beiden. Ob sie mich wirklich vor dem Schultor nicht hatten finden können, wie mein Bruder stets beteuerte?

Ich wollte nicht heulen. Aber manchmal, wenn Lorenz erst spät nach Hause kam, füllten sich meine Augen mit Tränen.

Eines Abends musste Lorenz meine Traurigkeit bemerkt haben, denn am nächsten Tag, einem heißen Mittwoch im Mai, übersahen sie mich nicht. Wir kauften uns ein Eis und schlenderten zum Springbrunnen.

»Es ist so warm, dass man da reinhüpfen möchte«, sagte Elsa.

»Dann mach doch.« Lorenz sah sie herausfordernd an.

»Mach du doch.«

»Du hast gesagt, dass du da reinwillst. Aber du traust dich nicht.«

»Du traust dich auch nicht.«

»Ach, Elsa! Immer den Schnabel weit aufreißen, das kannst du.«

Sie zog ihre Stiefel aus und schleuderte sie uns vor die Füße. Da lag es, mein lackgewordenes schlechtes Gewissen. Seit der Nacht, als ein Miauen mich in das Haus der Gröhlers geführt hatte, wartete ich auf den richtigen Moment.

Den Moment, um Elsa zu beichten, wer die Stiefel bezahlt hatte. Aber ich verschob es ein ums andere Mal.

Kleid und Krawatten behielt sie an. Hochmütig schwang Elsa sich über das Mäuerchen und marschierte durch das knietiefe Wasser. »Und? Wer reißt den Schnabel auf?«

»Flamingo! Bist du in den Brunnen gefallen?«

Er hatte sich überhaupt nicht verändert, trotzdem brauchten wir drei einen Moment, bis wir begriffen. Noch immer bestand sein gebräunter Körper ausschließlich aus Muskeln und glich sein Gesicht dem eines Engels. Auch das Feinrippunterhemd war geblieben, nur die Blutflecken fehlten.

»Raus da, Flamingo«, rief Schweine-Willi lachend und klopfte meinem Bruder und mir auf die Schulter. »Lorenz, Karl. Alles klar?«

Elsa stakste zum Brunnenrand. »Was machst du denn hier? Ich dachte, du bist in Texas.«

»Bin nur zu Besuch. Mensch, Flamingo, du bist ja erwachsen geworden.«

Sie verschränkte ihre Arme vor der Brust. »Ich bin fast fünfzehn.«

»Du bist gerade erst vierzehn«, entfuhr es mir. Sie strafte mich mit einem bösen Blick.

»Vierzehn oder fünfzehn, egal … irgendwie erwachsen«, sagte er.

Und er hatte recht. Obwohl Elsa nur wenige Zentimeter gewachsen war und ihr Busen fast gar nicht, hatte sich ein Stück Kindlichkeit aus ihren Zügen gestohlen.

»Und wie ist es so in Texas?«, fragte sie und hockte sich auf die Mauer.

»Toll. Riesig. Würd dir gefallen.«

»Ach ja?«

»Kannst ja mal vorbeiflattern.«

Ihre Augen verengten sich. »Und jetzt schlachtest du Rinder, Schweine-Willi?«

»Ich züchte sie. Kann ich dir ’ne Menge drüber erzählen.«

»Interessiert mich aber nicht. Was kannst du mir denn sonst noch erzählen?«

»Was? Was ich noch …« Willi geriet ins Schleudern.

Elsa lachte laut auf. »Nichts!«, sagte sie. »Richtig?«

Ein unsicheres Grinsen umspielte den Mund des Ex-Schweineschlächters. Es dauerte ein paar Sekunden, bis er zu seiner alten Lässigkeit zurückfand. »Ich muss jetzt weiter. Flieg heute Abend wieder rüber.«

»Tschüss«, sagten wir im Chor.

Er tat zwei Schritte. Zögerte. Kehrte um, erbat Stift und Papier und kritzelte seine Adresse auf einen Zettel. »Flamingo, schreib mir mal, erzähl du mir was.«

Elsa betrachtete den Zettel. »Vielleicht, wenn mir was einfällt.«

»Na dann. Auf Wiedersehen ihr drei.« Willi trabte davon. »Oder komm mich besuchen, Flamingo«, rief er, ohne sich umzudrehen.

»Und«, fragte ich, als Schweine-Willi aus unserem Sichtfeld verschwunden war, »fährst du hin?«

»Warum sollte ich? Er ist so dumm, dass mir schlecht wird. Rinder! Was hab ich damit zu tun?«

Seit das Murmeltier unter der Erde lag, bemühte sich Randolph Brauer, den Alkohol auf ein Minimum zu reduzieren und sich um seine Söhne zu kümmern. Seinem neuerwachten Verantwortungsbewusstsein verlieh er vor allem dadurch Ausdruck, dass er uns bis zu hundert Mal täglich fragte, ob es uns gutgehe. Egal, wie schwer unser Kummer wog, wir antworteten stets mit Ja. So war es für alle Beteiligten am einfachsten.

Doch immerhin gab der fast nüchterne Fast-Hotelier den Grabstein in Auftrag, den wir Kinder für unseren verstorbenen Dauergast erdacht hatten: ›Hier schläft das Murmeltier‹. Mehr nicht. Schwarze Buchstaben auf weißem Marmor. Volltrunken hätte Randolph wohl dem Drängen des Steinmetzen, ein Datum und einen *richtigen* Namen in die Platte zu meißeln, nachgegeben.

Die Stunden, die Elsa, Lorenz und ich auf dem Friedhof verbrachten, waren mir heilig. Zwischen den Gräbern schien Elsa mir näher zu sein als draußen unter den Lebenden.

Nicht nur die restlichen Krawatten des Murmeltiers waren in ihren Besitz übergegangen, auch die Zigarrenkiste samt Inhalt hatte sich seine Königin geschnappt und gewöhnte sich das Rauchen an.

Außerdem führte sie zeitweilig einen Kleinkrieg mit beiden Blumenläden der Stadt. Mimosen. Mangelware der Oberpfalz. Elsa vermutete eine Verschwörung und geriet dermaßen in Rage, dass ihr sowohl bei Blumen Hübner als auch bei Blumen Schlanders Hausverbot erteilt wurde. In der Drogerie fand ich ein billiges Parfum mit dem Namen ›Mimosa‹. Die Verkäuferin bestätigte: ›Mimosa‹ sollte nach Mimosen duften. Doch es stank wie die Pest. Der eklig süße Geruch hielt Elsa nicht davon ab, jede Pflanze, die das Grab des Murmeltiers schmückte, damit einzusprühen.

Wochenlang mutmaßten wir, warum das Murmeltier nur zwei Hosen, aber unzählige Krawatten besessen hatte, und kamen zu dem Schluss, dass die Fotzen und Schnallen sie ihm geschenkt haben mussten.

Und dann waren da noch Gloria, die neunfach versprochene Ehe und das Nest Wheatley, in dem er fast sein Leben gelassen hätte. Die Geschichte, die er nie hatte zu Ende erzählen können. Wir versuchten, das Murmeltier zu imitieren, und spannen aus ›Gloria‹ mal einen Thriller, mal eine Romanze und schließlich ein Massaker. Aber jedem einzelnen Genre fehlte der Murmeltier-Zauber.

Eine Januarnacht. 27 Tage vor Elsas fünfzehntem Geburtstag. Ich saß auf meinem Fensterbrett, dort, wo das Murmeltier unzähligen Weibern ein Denkmal errichtet hatte. Hier beschwor ich allabendlich seine Stimme herauf, damit ihr Klang nicht erlosch. Die Stimme meiner Mutter war mir bereits abhanden gekommen. An ihr Gesicht, an die Wärme ihrer Haut und auch an das, was sie gesagt hatte, konnte ich mich erinnern. Aber nicht an den Klang ihrer Stimme. Ich weiß nicht, ob sie plötzlich oder allmählich verstummt war, ob ich es überhaupt hätte verhindern können. Doch bei meinem zweiten Toten wollte ich es zumindest versuchen.

Gerade hörte ich das Murmeltier noch einmal die Geschichte der Wienerin Tessa erzählen – rotblonde Haare, betörender Silberblick –, da lief eine Gestalt über unseren Hof Richtung Brücke. Ich erkannte sie sofort. Würde sie immer erkennen, in einer einsamen Januarnacht ebenso wie in einer Menschenmenge. Ich rannte aus dem Haus und holte sie auf der schneebedeckten Hauptstraße ein.

»Elsa!«

Sie drehte sich erschrocken um, rutschte mit den hohen Absätzen aus.

»Verdammt, Fetti. Was soll das?« Ein wütender Augenaufschlag. Die Wangen gerötet, die langen Locken zerzaust. Ich reichte ihr die Hand und zog sie hoch.

»Warst du bei uns?«

»Spionierst du mir nach? Ich hab mir weh getan wegen dir, Fetti. Warum rennst du mitten in der Nacht draußen rum?«

»Ich hab dich gesehen … vom Fenster, und da bin ich … Aber was machst du hier?«

»Darf man nicht spazieren gehen?«

»Doch.«

Sie lief weiter.

»Elsa!«

»Was?«

Ich fürchtete Elsas Hass, hatte Angst, sie ganz zu verlieren. Doch jetzt war der richtige Moment. Nein, wahrscheinlich gibt es keine richtigen Momente – aber etwas, vielleicht die Dunkelheit, vielleicht die Kälte, ließ mich auf Vergebung hoffen.

»Elsa, bleib stehen.«

Sie lief weiter.

»Elsa, deine Stiefel … Gustav hat sie bezahlt. Gustav hat mir das Geld gegeben.«

Abrupt bremste sie ab. Eine ungelenke Pirouette. Elsas Hand umfasste meine Kehle.

»Was hast du gesagt?«

Ich trug die Stiefel in der Hand und Elsa Huckepack. Auf meinen Wangen brannten vier Ohrfeigen.

Der stellenweise zugefrorene Mühlbach war ein Fehlschlag gewesen. Elsa befahl mir, die Lackstiefel, die das dünne Eis zwar zum Bersten gebracht hatten, aber nicht davontreiben wollten, wieder an Land zu ziehen.

Wir kletterten über die Friedhofsmauer, suchten hinter den Steinplatten. Fanden eine Harke, zwei kleine Schippen. Elsa bestimmte die Stelle. Ich reichte ihr meine Schuhe, aber sie nahm nur den linken. Einbeinig schaufelten wir ein Loch. Der Boden leistete Widerstand. »Nicht tief genug«, urteilte Elsa. Und ich grub weiter, immer weiter, bis sie nickte.

Elsa warf die Stiefel hinein. Nur wir beide und die ewigen Lichter waren Zeuge, wer hier zu Grabe getragen wurde.

Wir traten den Heimweg an. Elsa auf meinem Rücken, Elsa in meinen Gedanken.

Als sie durch das Erkerfenster stieg, folgte ich ihr ungefragt.

»Wenn ich gewusst hätte, dass Gustav …« Mein Schwur gebot mir, nicht weiterzusprechen. »Ich hätte niemals sein Geld …«

Sie sah mich an. Ein Blick, der alles hätte bedeuten können.

»Elsa, lass uns abhauen. Du und ich. Wir gehen einfach.«

Sie lächelte mild. »Nein.«

»Aber du wolltest doch immer weg.«

»Ach, Fetti«, sagte sie und streichelte meinen Kopf.

»Kann es denn wenigstens wieder so sein wie früher? Bevor ich …«

»Ich muss jetzt schlafen.« Elsas Stimme besaß die gleiche ungewohnte Milde wie ihr Lächeln.

»Verzeihst du mir denn?«

»Was soll ich dir verzeihen, Fetti?«

»Dass ich ein Lügner und Betrüger bin.«

»Wer ist das nicht?«

Noch einige Male sah ich Elsa nachts über unseren Hof huschen. Unmöglich auszumachen, woher das Mädchen kam. Ein Schatten. Ein Geist. Ich wagte nicht mehr, ihr zu folgen.

Hatten wir wirklich nur ein Paar Lackstiefel beerdigt? Oder doch ein weiteres Stück unserer Freundschaft? Eine Zimmerlänge und eine Grabesbreite trennten Elsa und mich nun voneinander. Dass sich noch mehr zwischen uns gedrängt hatte, ahnte ich damals nicht.

Ich machte meine Hausaufgaben im Frühstücksraum und stopfte die letzten noch von Ostern übriggebliebenen Schokoladeneier in mich hinein. Wieder einmal hatte ich nach der Schule vergeblich auf Elsa und meinen Bruder gewartet.

Zäh zerrannen die Stunden, begleitet vom Gejammer der Kratzlerin, die sich seit dem Tod des Murmeltiers um die Ponys kümmern musste. Randolph hätte sie einfach verhungern lassen. Außerdem wohnten zu ihrem Ärgernis mittlerweile zahllose Katzen auf unserem Hof und in unserem Fast-Hotel. Die Babys der Tigerkatze hatten ebenfalls Babys bekommen.

»Herzjesulein im Himmel, die Viecher stolzieren hier ein und aus, als ob das Haus ihnen gehören würde. Ich habe zwei Weltkriege überlebt. Wofür? Damit ich jetzt an Läusen und Flöhen zugrunde gehe?«

»Aber Frau Kratzler, der Noah aus der Bibel hat für die

Tiere sogar ein Schiff gebaut. Im Auftrag von Gott. Und wenn Gott Tiere gemocht hat, dann hat das Herzjesulein sie sicher auch gern.«

»Noah hat zwei von jeder Sorte mitgenommen. Zwei Löwen, zwei Elefanten, zwei Bären, zwei Affen, und nicht hundert.«

»Aber wenn man alle zusammenzählt, sind das ja einfach 'ne Menge Tiere, und er hatte nur ein Boot und wir haben ...«

»Schluss jetzt, Karl. Du redest Blödsinn.«

Zäh zerrannen die Stunden.

Mein Vater kam aus der Kartoffelchips-Fabrik nach Hause. »Geht es dir gut, mein Junge?«, fragte er, und ich nickte.

Es dunkelte, der letzte Bus aus der Stadt fuhr die Hauptstraße entlang. Jede Minute würde die Tür aufgehen, Lorenz würde hereinspazieren, und vier Schläge, die man für den Auftakt einer Habanera halten könnte, würden mein Herz erzittern lassen.

Doch die Tür ging nicht auf.

Zäh zerrannen die Stunden.

Mittlerweile waren die Gröhler-Brüder eingetroffen.

»Haben Lorenz und Elsa denn nichts gesagt?«, fragte Gustav mich.

Ich schüttelte den Kopf.

»Ihr drei klebt doch sonst wie Kletten aneinander.«

»Wir sollten sie suchen«, sagte mein Vater.

»Oder die Polizei anrufen«, meinte die Kratzlerin. »Hoffentlich ist kein Unglück geschehen.«

»Am besten teilen wir uns auf«, schlug Hubertus vor.

Während er und Randolph mit dem Auto die Gegend

abfuhren, wartete ich mit Frau Kratzler und Gustav im Frühstücksraum.

»Dieses Ungeheuer. Dieses schlimme Mädchen«, fluchte Gustav.

»Wenn ihnen etwas passiert ist … Herzjesulein im Himmel, die armen Kinder.«

»O nein, denen ist nichts passiert. Die treiben sich irgendwo da draußen herum. Man kann nur beten, dass sie nichts angestellt haben.«

»Ob wir nicht doch die Polizei einschalten sollten?«

»Frau Kratzler, jetzt warten wir erst einmal ab.« Gustav ballte seine Faust. »Elsa kann was erleben, wenn ich sie in die Finger kriege!«

»Erlebt sie nicht schon genug«, flüsterte ich kaum hörbar.

»Was hast du gesagt, Karl?« Seine Stimme war nun ebenso bedrohlich wie seine Hand.

»Nichts. Gar nichts.«

Er starrte mich an. Ich erwiderte seinen Blick und öffnete die Pforte zur Hölle. ›Ich will ihn leiden machen.‹ In diesem Moment verstand ich die Bedeutung der Worte, die Vera Mirberg einst in einer Den Haager Badewanne gesprochen hatte. Ich zückte das rostige Messer. Ob Gustav in meinen Augen sehen konnte, dass ich ihn abschlachtete wie ein Schwein?

»Da«, schrie Frau Kratzler, das Gesicht gegen die Fensterscheibe gepresst. Blutend sank eine winzig kleine Miniatur von Gustav Gröhler auf den Grund meiner Pupillen.

Die Kratzlerin und ich stürmten zur Haustür. Unerträglich langsam durchquerten zwei Gestalten den Garten.

»Was ist passiert?«, stieß unsere Haushälterin hervor, als sie den Eingang erreicht hatten.

»Lorenz? Elsa?« Meine Stimme war ein flehendes Flüstern.

»Sofort rein da.« Gustav scheuchte meinen Bruder und das Mädchen in den Frühstücksraum.

»Es ist fast zwei Uhr morgens! Wo seid ihr gewesen?«

Keine Entschuldigungen, keine Ausreden. Mit eisernen Mienen und seltsam teilnahmslos saßen Elsa und Lorenz nebeneinander.

Sie haben das Ende der Welt gesehen, dachte ich.

Egal in welcher Tonart Gustav und die Kratzlerin versuchten, eine Erklärung aus ihnen herauszulocken oder zu -quetschen, sie schwiegen. Auch die beiden Väter, die wenig später eintrafen, brachten ihre Kinder nicht zum Sprechen.

Wo seid ihr gewesen? Was ist passiert? Je öfter diese Worte ertönten, desto unmöglicher schien eine Antwort zu werden. Und allmählich verloren die Fragen selbst jeglichen Sinn.

»Vielleicht gehen wir jetzt einfach schlafen«, sagte Randolph erschöpft. Aus Mangel an Alternativen stimmten die übrigen Erwachsenen seinem Vorschlag zu.

Ich hatte Angst um Elsa, als Gustav und Hubertus sie abführten. Was würde sie jetzt erleben?

Nachdem die Tür ins Schloss gefallen war, folgte ich meinem Bruder nach oben.

»Lorenz?« Ich hielt ihn fest, bevor sich unsere Wege am zweiten Treppenabsatz trennten. Was sollte ich ihn jetzt fragen? Wo seid ihr gewesen? Was ist passiert?

»Lorenz?«, setzte ich noch einmal an.

Er schüttelte den Kopf, und ich ließ ihn ziehen.

Keine Antwort. Nicht in dieser Nacht, nicht am nächsten Tag.

Er schlug sie nicht mehr. Zwar zuckten Lorenz' Finger, wenn sie ihn attackierte, doch er berührte Elsa nicht. Nicht als sie ihn gegen das Schienbein trat, nicht als sie ihn einen kompletten Vollidioten nannte und ihre scharlachroten Nägel in seinen Unterarm krallte. Auf dem Schulhof begnügte Elsa sich damit, Prügeleien anzuzetteln, verschwand aber, sobald es ernst wurde, und mein Bruder musste die Kämpfe allein ausfechten.

Wo seid ihr gewesen? Was ist passiert? Eine Zimmerlänge, eine Grabesbreite und zwei unbeantwortete Fragen. Jahre sollten vergehen, bis ich eine Antwort erhielt.

Einen Monat nach jener Nacht begannen die Sommerferien. Am letzten Schultag trafen wir drei uns vor dem Tor und liefen zum Marktplatz.

In der einen Hand ein Eis, in der anderen die Zeugnisse hockten wir auf der Brunnenmauer. Am schlechtesten hatte mein Bruder abgeschnitten, Elsa lag im Mittelfeld. Mich dagegen hatte man in fast jedem Fach mit *sehr gut* benotet.

»Ich bin nicht dumm«, sagte Lorenz leise und starrte auf seine Zensuren.

Jetzt legt sie los, dachte ich, aber Elsa schwieg. Das Gesicht der Sonne entgegengestreckt, kaute sie mit verschmiertem Vanillemund den letzten Bissen der Waffel, während ihre Hände aus dem Blatt Papier ein Schiffchen formten.

»Elsa«, rief ich erschrocken. »Die Gröhlers werden dich umbringen.«

Sie zuckte bloß mit den Schultern und ließ das Zeugnis-Schiff schwimmen.

Lorenz schüttelte den Kopf. »O Mann, Elsa, du bist echt bescheuert.«

»Guck auf die Uhr«, befahl sie mir, Lorenz' Beleidigung ignorierend. »Wenn es länger als neun Minuten durchhält, ist das ein gutes Zeichen.«

Elsa und Lorenz starrten gebannt auf die Wasseroberfläche, nur ich behielt die Uhr im Blick.

»Und?«, fragte Elsa, als das Schiffchen nach sieben Minuten und zwanzig Sekunden kippte und sank.

»Fast zehn.«

Randolph fuhr nach Den Haag, und wir blieben bei Frau Kratzler. Sie war noch immer rüstig, aber langsam schwanden ihre Kräfte, und ganz allein traute sie sich die Verpflegung der Feriengäste, der Ponys, des Esels und der Katzen nicht mehr zu. Lorenz und ich versprachen unserem Vater, ihr zu helfen, damit er seine tote Frau besuchen konnte.

Wir schleppten nasse Bettwäsche aus dem Waschkeller nach oben, im Trabschritt, um möglichst schnell fertig zu werden.

»Lorenz! Karl! Herzjesulein, das gibt doch Grasflecken!«, brüllte die Kratzlerin aus dem Fenster, als wieder ein Bezug, anstatt über der Leine, auf der Wiese landete.

»Das ist eine astreine Technik, nur noch nicht ganz ausgefeilt«, rief Lorenz, nahm ein Laken aus dem Korb, schwang es wie ein Lasso und schleuderte es Richtung Leine. Dieses Mal traf er. Ich jubelte, und unsere Haushälterin knallte das Fenster zu.

»Wir verkaufen sie auf jeden Fall, wenn wir sie erben«, sagte Lorenz lachend. Und dann vergaßen wir die Wäsche und ersannen für die Kratzlerin ein Leben im städtischen Heimatkundemuseum. Wir steckten sie in einen goldenen Käfig, bewacht von den ausgestopften Uhus. Nur von zwei bis drei Uhr würde sie ihre Stimme erheben, um vom Herzjesulein zu erzählen. Fremde würden unsere Haushälterin für ein Orakel halten, und einmal am Tag könnte man Exponat 102, ›Die älteste Frau der Welt‹, füttern, aber dafür müsste man fünf Mark extra bezahlen.

Während wir Brüder uns die Zukunft der Kratzlerin ausmalten, wie wir es schon seit Jahren taten, fühlte ich mich geborgen. Trotzdem schaute ich immer wieder Richtung Hauptstraße. Später wollte Elsa kommen, um mit uns schwimmen zu gehen. Wie glücklich ich auch sein mochte, ein Teil von mir wartete stets auf das Mädchen. Der gleiche Teil meiner selbst, der darauf hoffte, ihr eines Tages wieder nahe sein zu dürfen.

Aber es war nicht Elsa, die ich zwischen zwei Lachanfällen erblickte, sondern ein weißer Mercedes.

»Das ist doch der von Schweine-Willi. Was macht der denn hier? Wo fährt er hin?«

Lorenz zuckte die Schultern.

Elsa erschien, während wir widerwillig den Ponystall ausmisteten.

Elsa – fünfzehn Jahre, fünf Monate und eine Woche alt. Ein langes Blumenkleid. Die wilden Haare unachtsam zusammengebunden. Sie lehnte ihren Kopf gegen den Türrahmen.

»Ganz schön viel Scheiße hier.«

»Wir sind gleich fertig, dann können wir los«, gab ich zurück. Lorenz schaufelte weiter, ohne einen von uns zu beachten.

»Ich fahre morgen«, sagte Elsa.

»Was?« Ich verstand nicht, was sie meinte.

»Ich fahre morgen.«

»Wohin?«

»Nach Texas.«

»Für wie lange?«

Sie lächelte. »Für immer.«

»Aber … das … Warum? Elsa!« Hilflos sah ich von ihr zu Lorenz, aber er reagierte immer noch nicht.

»Willi und Tilman sind bei den Gröhlers. Es ist alles geregelt.«

»Schicken sie dich fort?«

»Quatsch. Ich will fort.«

»Und was machst du in Texas?«

»Ich heirate Willi.«

Die Mistgabel fiel mir aus den Händen. »Elsa, du bist fünfzehn. Du kannst nicht heiraten. Das geht nicht. Außerdem ist Schweine-Willi so dumm, dass dir schlecht wird. Und was hast du mit Rindern zu tun? Elsa, man heiratet erst, wenn man erwachsen ist.«

»Ich bin fast sechzehn. Das Gericht hat es erlaubt und die Gröhlers auch. Und meine Mutter ist ja nicht da.«

»Was für ein Gericht?«

»Keine Ahnung, ein Gericht in Texas halt. Willi hat das geklärt.« Sie biss sich auf die Unterlippe. »Was weiß ich … Ich brauch meine Sachen, die noch im Schrank vom Murmeltier liegen.«

»Sollen wir dir helfen?«, fragte Lorenz.

Sie nickte.

In der Nacht klopfte ich an die Tür meines Bruders. Schlaftrunken öffnete er.

»Was ist los?«

Schon die Frage verwirrte mich.

»Elsa«, sagte ich. »Elsa.«

Ich kroch in das noch warme Bett und weinte.

»Warum heulst du denn? Sie will doch weg.«

»Ist es dir denn egal, dass sie geht?«

Er antwortete nicht.

»Du konntest Elsa nie wirklich leiden, stimmt's? Du hast sie immer geplagt und geschlagen.«

»Ach, Karl«, sagte Lorenz sanft und streichelte meinen Kopf, bis ich einschlief und von Knochen-Hunden träumte, die einem bei lebendigem Leibe die Nieren rausreißen.

Am nächsten Morgen fuhr der weiße Mercedes von Schweine-Willi auf unseren Hof. Elsa kam, um sich zu verabschieden.

»Herzjesulein, das ist nicht rechtens«, sagte unsere Haushälterin, als Willi den Koffer heruntertrug, den wir am Tag zuvor gepackt hatten. »Sie ist doch noch ein Kind.«

Der Schweinemörder und sein Vater kümmerten sich nicht um ihr Gezeter, war es doch nur eine Fortsetzung des gestrigen Auftritts der Kratzlerin bei den Gröhlers.

»Das sind ja Zustände wie im Mittelalter.«

Tilman legte den einzigen Arm, den er hatte, auf ihre Schulter. »Frau Kratzler, beruhigen Sie sich doch bitte, Sie wecken noch Ihre Gäste. Das Mädchen wird es gut haben bei Willi.«

Lorenz, Elsa und ich gingen nach draußen. Sie wollte noch einmal in die Scheune.

Ihr Zeigefinger glitt über das verrostete Blech der Autowracks. »Heute ist ein Wagen für mich da.«

Eine Feststellung. Wo war die Erleichterung? Die Freude? Glückliche Bräute sahen anders aus.

»Flamingo, es geht los.« Willis Stimme hallte über den Hof.

»Ich komm gleich«, rief Elsa zurück.

Lorenz trat vor sie, die Hände in den Hosentaschen, ein verstohlenes Lächeln im Gesicht. »Dann pass auf dich auf, Elsa, ja?«

»Klar. Und du auch auf dich, ja?«

»Klar, mach ich.« Mein Bruder drehte sich um und eilte ins Freie.

Elsa und ich waren allein.

Vielleicht ist es leichter, von Toten Abschied zu nehmen, weiß man doch, dass keine Worte, keine Taten etwas daran ändern können: Sie sind weg. Aber bei einem lebendigen Mädchen gibt es Möglichkeiten. Man kann es aufhalten, festhalten. Man braucht nur die richtigen Worte, die richtigen Taten zu finden. Eine Zauberformel? Einen Reim? Einen Tanz? Ich wusste es nicht.

»Also Fetti, willst du mir nicht auf Wiedersehen sagen?«

Ich berührte den Anhänger ihrer Kette. »Ist es ein Hund, Elsa?«

»Ein Hund oder ein Wolf«, flüsterte sie.

Ich lief dem fahrenden Mercedes hinterher.

Im Schritttempo rollte das Auto von unserem Hof. Elsa saß auf der Rückbank, den Kopf aus dem Fenster gestreckt. Ihre Locken wehten im Wind.

Der Wagen wurde schneller, ich rannte.

»Elsa. Ich wünsch dir alles Gute! Ich wünsch dir alles Gute, Elsa!«

Sie winkte mit ihren Streichholzarmen.

Immer größer wurde der Abstand zwischen uns. Weder meine Beine noch meine Stimme konnten die Königin des Murmeltiers jetzt noch erreichen, trotzdem rannte ich weiter und schrie: »Ich wünsch dir nur das Beste! Hörst du? Nur das Beste! Elsa! Elsa! Elsa!«

Und dann versagte mein Körper. Ich fiel auf den Asphalt. Nicht Trauer, sondern Ohnmacht übermannte mich. Ein Leben ohne sie überstieg einfach meine Vorstellungskraft.

Man kann über die Liebe eines kleinen, dicken Jungen lachen. Aber man sollte nicht.

II
Wölfe

3

Das Fett meiner Kindheit war geschmolzen, mit Bestnoten hatte ich das Abitur bestanden und absolvierte nun meinen Zivildienst in einem Altersheim in München.

Bei seinem zweiten Versuch war Lorenz an der Düsseldorfer Kunstakademie zugelassen worden. Ob er die Aufnahme seinem Talent zu verdanken hatte oder Sebastian Mirberg, der dort eine Gastvortragsreihe über die Entwicklung des Kunstmarktes im 20. Jahrhundert hielt, bleibt fraglich.

In der ersten Nacht nach Elsas Abreise hatte Lorenz mir seine Bemühungen gezeigt, die Ewigkeit auf Papier zu bannen.

Dunkelgrau, fast schwarz.

Die Farbe – damals malte er mit Wasserfarben – so dick aufgetragen, dass sie bröckelte.

»Es sind viele Bilder übereinander. Aber die Farbe verläuft, und das ist falsch. Sie müssten ganz bleiben«, erklärte er mir und holte Dutzende dieser grauschwarzen Gemälde aus seinem Schrank.

»Aber wenn du die Bilder übereinandermalst, kann man doch eh nur das oberste sehen. Man weiß doch gar nicht, dass da noch andere Bilder drunter sind.«

»Darüber habe ich noch gar nicht nachgedacht«, sagte er.

»Wie lange machst du das schon?«

»Seit Den Haag.«

Ich war verblüfft. »Wann hast du …?«

»Nachts.«

Kritisch betrachtete er seine misslungenen Werke, schlug mit der flachen Hand auf sie ein. Mit der gleichen Wut, die Elsa in ihm hatte wecken können.

Elsa – jedes Mal, wenn ich auch nur ihren Namen erwähnte, schnitt Lorenz mir das Wort ab. »Sie ist weg, Karl, und sie kommt nicht zurück.«

Anfangs schrieb ich ihr einmal die Woche. Lange Briefe – ein Gemisch aus unbeholfenen Erzählungen und ungestümen Fragen. Ab und zu schickte sie eine Postkarte, ohne auf meine Zeilen einzugehen.

Hallo Lorenz, Hallo Karl,

ich habe eine schwarze Katze gefunden und hier gab es einen Sturm. Drei Fenster sind kaputt.

Elsa

Oder:

Hallo Lorenz, Hallo Karl,

nur mal so, es gibt hier echte Indianer. Ich habe einen gesehen, dem vorne ein Zahn fehlt.

Elsa

Keine Silbe über ihre Hochzeit, ihren Ehemann, über das Leben, das sie führte. War sie glücklich? Vermisste sie uns?

Nach anderthalb Jahren blieben ihre Karten aus, und allmählich wurden auch meine Nachrichten spärlicher und kürzer.

Ich war sechzehn, als ich das letzte Mal einen Brief nach Throckmorton sandte.

Es gab Wochen, in denen ich überhaupt nicht an Elsa dachte. Und dann, ohne Vorwarnung, überkam mich ein Anfall von Sehnsucht. Ein Gefühl, so stark, dass es mich minutenlang lähmte. Gefolgt von dem zermürbenden Was-wäre-gewesen-wenn-Spiel, das stets um ein rostiges Messer und die Küchenanrichte der Gröhlers kreiste.

Ich saß im Zug Richtung Düsseldorf, als ein kleiner, fetter Junge das vollkommenste Mädchen der Welt wieder einmal aus den Klauen ihres Onkels befreite. Eine Lautsprecherdurchsage ließ den Film abreißen, und die Fensterscheibe zeigte mir das Gesicht eines neunzehnjährigen, schmalen Mannes.

Obwohl mein Bruder schon seit seiner ersten Bewerbung an der Kunstakademie in Düsseldorf wohnte, hatte ich ihn bisher noch nicht in seiner neuen Heimat besucht.

Lorenz' zweites Semester und das sogenannte Orientierungsstudium neigten sich dem Ende zu. Danach würde sich endgültig entscheiden, ob er an der Hochschule bleiben durfte.

Sebastian Mirberg, der meinen Bruder vor vielen Jahren für einen religiösen Spinner gehalten und zunächst nur ein müdes Lächeln für Lorenz' Ambitionen übriggehabt hatte, war mittlerweile sein größter Förderer.

Ob Mirberg wirklich an das Talent meines Bruders glaubte oder ob es ihm einfach gefiel, den hübschen jungen Mann, der sich das anmaßende Ziel gesetzt hatte, mit Pinsel und Farbe die Ewigkeit zu bannen, bei jeder Gelegenheit vorzuführen, bleibt fraglich.

Immerhin brachte Mirberg Irina Graham dazu, Lorenz' Entwicklung mit einem Funken Interesse zu beobachten.

»Karl, hier sind wir.« Ich drehte mich um und entdeckte in der Menschenmenge am Bahnhof meinen Bruder. Von der Sonne geküsst – noch immer waren das die Worte, die ihn am besten beschrieben. Zwischen den mit Koffern beladenen, drängelnden Leuten wirkten seine Bewegungen so geschmeidig, als ob er durch einen klaren See gleiten würde.

Hinter ihm ein blondes Geschoss: Alin, seine Freundin. Vielleicht fiel es mir nur so deutlich auf, weil mich während der Zugfahrt die Sehnsucht nach Elsa gepackt hatte. Alin war das genaue Gegenteil von ihr. Seidige, glatte Haare. Wasserblaue Augen. Ein Busen, um den die Königin des Murmeltiers sie beneidet hätte. Alins cremefarbenes Kleid saß wie angegossen. Ihr Lächeln war lieblich und die Stimme sicher vier Oktaven höher als Elsas.

Sie studierte Kunstgeschichte, war 21 Jahre alt und die Schwester eines Kommilitonen von Lorenz. Mein Bruder hatte ihr einen Job in Frenzens Galerie vermittelt. Neben dem Studium arbeitete sie als Assistentin des Assistenten einer der Künstlerbetreuerinnen. Vor einem halben Jahr war mein Bruder in Alins Wohnung gezogen. »Karl, ich erkenne dich überhaupt nicht wieder«, sagte sie und fuhr mit ihren perfekt manikürten Fingernägeln durch meine Haare.

»Wir… Wir haben uns auch noch nie gesehen«, gab ich zurück.

»Lorenz hat mir Fotos von dir gezeigt, und man erkennt dich einfach nicht wieder.«

»Ja, er war rund wie eine Kugel.« Mein Bruder lachte und nahm mich in den Arm.

»In zwei Stunden müssen wir los«, sagte Alin und schloss die Wohnungstür auf. An diesem Abend feierte Sebastian Mirberg seinen Geburtstag in einem leerstehenden Fabrikgebäude in der Nähe von Köln. Knapp dreihundert Gäste waren geladen.

»Ich mach uns vorher noch eine Kleinigkeit zu essen«, fuhr Alin fort.

»Bei Mirberg wird es genug geben«, sagte Lorenz und stellte meine Tasche ab.

»Der Gemüseauflauf ist in zehn Minuten fertig.« Sie lächelte.

»Ich habe ehrlich gesagt noch gar keinen Hunger«, warf ich ein.

»Ich hoffe, du magst Auberginen, wenn nicht, musst du sie rauspulen, so wie dein Bruder.« Sie lächelte. Wahrscheinlich würde sie auch ein Todesurteil lächelnd verlesen.

Während Alin in der Küche hantierte, führte Lorenz mich in sein Arbeitszimmer. Es roch nach Terpentin, nach Farbe, nach Lack. Viel Schwarz, aber auch angefangene farbige Bilder auf Papier, auf Leinwand. Ein geöffneter Mund, dem drei Zähne fehlten, Wasser, ein Kreuz, ein zweiköpfiges Tier.

»Ich experimentiere gerade mit verschiedenen Firnissen und Fixativen«, sagte Lorenz. »Ich weiß ganz genau, wie es aussehen muss: 86 Motive übereinander. Als letztes ein gemalter schwarzer Vorhang, mit winzigen Rissen, unterschiedlich tief. Nichts Genaues würde man erkennen. Man könnte nur vermuten – eine Feuersbrunst oder eine Fleischwunde? Eine Frauenhand oder die Flanke eines Schweins?«

»Ein Hund oder ein Wolf«, flüsterte ich.

Lorenz nickte. »Theoretisch könnte man ein Bild nach dem

anderen abkratzen und das jeweils darunterliegende würde zum Vorschein kommen. Unversehrt bis auf einige Kerben, verursacht durch die Spalten des Vorhangs.

Der Betrachter sollte von dem Verlangen überwältigt werden, es entblättern zu wollen, aber würde er diesem Impuls nachgeben, wäre das Werk zerstört. 86 Motive, unabhängig und doch eine Einheit. Alles zusammen: die Ewigkeit. Ich kann es sehen. Nur an der Ausführung scheitere ich. Am Material. Bisher.«

»Weißt du noch, als wir versucht haben, ein Schiff zu bauen? Ein Fehlschlag, und dann hattest du keine Lust mehr.«

»Ja. Aber das«, er deutete auf die Skizzen, »das will ich wirklich.«

»Also bist du auf dem richtigen Weg, ja?«

Er nickte. »Frenzen hat gesagt, dass er mich unter Vertrag nehmen wird, sobald ich etwas liefere.«

»Essen ist fertig.« Man konnte das Lächeln in ihrer Stimme hören.

»Und Alin?«, fragte ich ihn.

»Was und Alin?«

Ich zuckte mit den Schultern. »Ist es ernst?«

»Sie ist fürsorglich. Sie ist schön. Sie glaubt an mich. Ich habe sie gerne um mich.«

»Essen ist fertig!«

Sie hätte das Ganze auch einfach Auberginenauflauf nennen können. Während Alin aß, zerpflückten Lorenz und ich den Brocken auf unserem Teller.

»Auberginen enthalten eine Menge Ballaststoffe und Magnesium.« Sie lächelte. Und dann musste ich lächeln. Vor meinem inneren Auge öffnete sich die Tür unseres Esszimmers im Fast-Hotel: Elsa und ein kleiner, fetter Junge sitzen nebeneinander. Das Mädchen spuckt eine gegrillte Aubergine aus. ›Es schmeckt nach Tschernobyl. Frau Kratzler gibt uns Tschernobyl zu essen.‹ Mit der flachen Hand haut sie Fetti auf den Hinterkopf. ›Ausspucken, oder willst du sterben?‹

Er gehorcht. So wie er ihr immer gehorcht hat, ihr immer gehorchen wird.

»Frosch oder König?« Alins Stimme holte mich zurück.

»Was?«

»Scheiße, hab ich vergessen, dir zu sagen, Karl. Mirbergs Party steht unter dem Motto ›Frösche und Könige‹.«

»Könige und Frösche«, fiel sie ihm ins Wort.

»Eine Mottoparty? Wie grausam.«

»Tja.«

»Ich habe nur einen Anzug mit.«

»Frosch«, sagte Alin.

Eine Gruppe Londoner Street-Art-Künstler hatte die Betonwände in der unteren Etage des Fabrikgebäudes mit Graffiti besprüht. Ausschließlich in Grün, Gold und Karminrot.

Das Licht schimmerte ebenfalls in den drei Farben von Mirbergs Wahl. An der Decke hingen Hunderte goldene Kugeln.

Es gab Polstergondeln als Sitzgelegenheiten, Brunnen, aus denen Wein, Champagner und Wodka sprudelten. Anmutige, grüngekleidete Frauen reichten kleine goldene Tellerchen mit Froschschenkeln und Königspasteten.

Mirberg empfing seine Gäste auf einem Thron. Über dem purpurnen Samtdoublet trug er einen Brokatmantel. An den

Füßen schwere Lederstiefel, an den Fingern Siegelringe und auf dem Kopf eine Krone.

Unsere letzte und einzige Begegnung lag knapp zehn Jahre zurück. Die Zeit hatte ihre Spuren hinterlassen und Sebastian Mirberg ein leichtes Doppelkinn beschert. Der Bauchansatz war gewachsen, die Haarpracht gelichtet und an den Schläfen ergraut.

»Alles Gute zum Geburtstag«, sagten wir im Chor.

Er küsste Alins Hand, drückte die meine herzlich und umarmte Lorenz.

»Willkommen in meinem Märchen«, rief Mirberg.

Alin lächelte. »Es ist zauberhaft.«

»Hoffentlich, denn der Zauber ist das Wesen eines jeden Märchens. Mitternacht, ein sprechender Wolf, drei Nüsse … Ach, nicht nur drei Nüsse! Andauernd verlangen die Herren Grimm und Kollegen, dass man Dinge dreimal wiederholt. Und dieses Märchen«, er breitete seine Arme theatralisch aus, »habe ich sogar zu Papier gebracht.«

»Tatsächlich?«, fragte Alin.

»Es heißt *Die Frösche der Könige* und spielt in einem Land, in dem alle Männer Könige und alle Frauen Frösche sind.«

»Dann bin ich falsch angezogen«, sagte Alin und deutete auf ihr Diadem und die rosafarbene Korsagenrobe. »Darf ich es trotzdem lesen?«

Ich konnte nicht weiter zuhören, denn das grüne Ministretchkleid, in das mich Alin gesteckt hatte, rutschte immer wieder über meinen Po, es zurechtzuzupfen beanspruchte meine ganze Aufmerksamkeit.

Schließlich überließen wir Mirberg den nächsten Gratulanten und mischten uns unter die Menge. Schon bald verlor ich meinen Bruder und Alin aus den Augen. Ich postierte mich neben einen der Wodkabrunnen und trank reichlich. Ein wenig origineller Versuch, meine Verlegenheit, das rutschende Kleid und meinen in einer weißen Nylonstrumpfhose eingeklemmten Schwanz zu vergessen.

Dreimal, als ob die Brüder Grimm ihre Finger im Spiel gehabt hätten, fiel mein Glas zu Boden. Als ich mich zum dritten Mal bückte, kippte ich einfach zur Seite. Jemand half mir hoch, sagte etwas, aber die laute Musik verschluckte seine Worte. »Danke«, schrie ich und wankte davon.

Oben irrte ich durch ein Labyrinth düsterer Gänge. Keine Musik, nur vereinzelt Menschen. Rechts und links Türen. Wahllos öffnete ich eine. In der Mitte des Zimmers ein mit Stacheldraht überzogener Thron, auf dem eine Babypuppe saß, nackt. Nur eine Dornenkrone schmückte ihr Plastikhaupt. Ich trat einen Schritt näher, und plötzlich fing die Puppe an zu weinen. Erst draußen bemerkte ich das Schild neben der Tür: *Königskind – allein,* David Hellford.

Ich ging vorbei an *Brunnen: Er! Sie! Es!* von Melchior Opper, an *Green Animals* von Ida Stonewild, an einer Tafel mit chinesischen Schriftzeichen und entschied mich dann für das verheißungsvolle *Ein Versprechen* von Martine Murat.

Links stand ein Sofa, auf das ein Holzpfeil mit der Aufforderung »Setzen!« deutete. Ich nahm Platz. Zu meinen Füßen lag eine Fernbedienung mit einem einzigen roten Knopf. Ich drückte darauf. Auf die mir gegenüberliegende Wand wurde im Zeitraffer die Entwicklung der Kaulquappe zum Frosch projiziert. Eine Knabenstimme erfüllte den Raum:

Als ich Kind war, haben sie mir gesagt, dass ich alles werden kann.

Als ich Kind war.

Als ich Kind war, erträumte ich mir ein Leben in den Lüften.

Sie haben gesagt, dass ich alles werden kann.

In den Lüften wollte ich segeln.

Als ich Kind war.

Abrupt verwandelte sich die Knabenstimme in einen tiefen Männerbariton: *Sie haben ihr Versprechen nicht gehalten.*

Und dann ging es wieder von vorn los: *Als ich Kind war, haben sie mir gesagt, dass ich alles werden kann …*

Ich rannte hinaus. Wollte nach unten, wollte in die Menge tauchen, in den Wodka tauchen. Aber ich lief in die falsche Richtung: nicht die Treppe, sondern eine letzte Tür erwartete mich am Ende des Ganges. Das fehlende Schild ließ mich hoffen, dass sich hinter der Stahltür etwas Normales, vielleicht eine Bar oder zumindest eine Toilette befinden würde.

Auf dem Betonboden lagen ein Paar rote Pumps, ein grüner Pailletten-Overall, eine Handvoll toter Kaulquappen, und in der freistehenden Badewanne: Vera Mirberg.

Augenblicklich ergriff mich ein Gefühl von Scham oder vielmehr der Schatten eines längst vergangenen Unwohlseins. Ich wollte die Tür wieder schließen.

»Bleib … Setz dich ein bisschen zu mir. Bitte!«

Dieses Wort, ›Bitte‹, klang so traurig, noch immer so traurig.

Ich hockte mich auf den Rand der Badewanne. Kein Schaum bedeckte ihren nackten Körper.

»Kennen wir uns?«, fragte sie.

»Ja, wir kennen uns. Ich bin Karl. Lorenz' Bruder. Ich hab dir schon mal beim Baden Gesellschaft geleistet, in Den Haag … Ist lange her.«

Sie sah mich an, ihr Gesicht erhellte sich. »Ich erinnere mich … Ja … Du warst ein dickes Kind, und jetzt bist du ein Transvestit.«

»Ein Frosch«, sagte ich.

»War ich auch.« Sie deutete auf den grünen Overall.

»Und ich dachte, ein Kunstwerk.«

»Nein, das Kunstwerk habe ich wohl zerstört und vierzehn Kaulquappen dabei getötet. Es hieß …« Vera lehnte sich über den Wannenrand und fischte ein zerknülltes Stück Pappe hervor. »Es hieß: *Forever Young*.«

Wir lachten.

Wieder beugte sie sich zur Seite: ein Spiegel, sechs feine, weiße Linien. Ein gerollter Geldschein.

»Medizin?«, fragte ich.

»Willst du auch?«

Ich schüttelte den Kopf.

»Wie du siehst, Karl, es hat sich nichts geändert.« Drei Pulverstreifen verschwanden im rechten, drei im linken Nasenloch.

»Und Mirberg? Engagiert er sich inzwischen für den Regenwald?«

Ihr Lachen hatte einen bitteren Klang. »Eines Tages wird er bezahlen … Ich werde ihn bezahlen lassen. Das ist ein Unterschied. Manchmal bin ich kurz davor, ihn einfach zu erschießen. Und weißt du, warum ich es nicht tue?«

»Gefängnis?«, mutmaßte ich.

»Nein, weil ich Angst habe, dass ich ihn vermissen würde.« Vera seufzte und streckte ein Bein in die Luft. »Adlig … adlige Beine … Wo ist das Mädchen mit den wilden Haaren?«

»Elsa. Sie heißt Elsa.«

»Wo ist sie?«

»In Throckmorton.«

»Das klingt weit weg.«

»Texas.«

»Und geht es Elsa gut?«

»Ich weiß es nicht … Ich hoffe.«

»Sie fehlt dir?«

»Ja.«

Vera lächelte. »Hast du dich auch der Kunst verschrieben?«

»Nein. Ich mache gerade meinen Zivildienst in einem Altersheim, und danach will ich studieren. Vielleicht BWL.«

»Vorbildlich.«

Jemand betrat das Zimmer. »Mann, Karl. Ich suche euch schon die ganze Zeit. Wo ist Alin?«, fragte er.

»Keine Ahnung. Wo ist deine Krone?«

Lorenz betastete seinen Kopf. »Verloren.« Erst jetzt schien ihm aufzufallen, dass da jemand in der Wanne lag.

Vera fing an zu bellen. »Mirbergs Hündchen«, sagte sie.

Mein Bruder sah sie scharf an. »Kannst du nicht …« Er verstummte, sein Blick fiel auf die toten Kaulquappen. »Sag mal, Vera, spinnst du? Mirberg wird durchdrehen.«

»Bestell ihm einen schönen Gruß. *Forever Young*! Niemand bleibt ewig jung.« Sie tauchte unter. Kaltes Wasser spritzte auf mein grünes Minikleid.

»Komm, Karl, raus hier.« Lorenz winkte mich zu sich.

Auf dem Flur hörte ich den Knaben säuseln. *Als ich Kind war…*

Die Tür des *Versprechens* stand einen Spaltbreit offen.

Ich wollte Lorenz wegziehen, aber es war zu spät.

»Setzen!«, befahl der Pfeil stumm. Er saß schon länger dort. Den Kopf zurückgelehnt. Seine Samtkniehose geöffnet. Die rechte Hand ruhte auf ihrem hellblonden Haar.

In den Lüften wollte ich segeln.

Sie kniete vor ihm, den nackten Rücken uns zugewandt.

Als ich Kind war.

»Mehr Spucke, Alin. Mehr Spucke«, keuchte Mirberg.

Sie haben ihr Versprechen nicht gehalten.

Und dann packte er ihren Kopf mit beiden Händen, drückte ihn tiefer in seinen Schoß.

Als ich Kind war, haben sie mir gesagt, dass ich alles werden kann.

Während Mirbergs Körper bebte, stürmte Lorenz auf das Sofa zu. Er riss Alin hoch. Zwei Tropfen Sperma rannen über ihre lächelnden Lippen. Lorenz schubste sie in meine Richtung. Zerrte Mirberg am Kragen, dessen nun schlaffes Glied traurig zwischen seinen Beinen baumelte. Er wollte etwas sagen, aber bevor auch nur ein Laut aus seiner Kehle dringen konnte, krachte Lorenz' Faust gegen seine Zähne.

Als ich Kind war, erträumte ich mir ein Leben in den Lüften.

Und noch einmal die Faust, und noch einmal und noch einmal.

Mirberg würgte. Blut überall. Entsetzt starrte er in seine hohle Hand: vier Zähne.

»Das wi du bereu, Lor Brau.« Obwohl der Tonfall keinen

Zweifel am Ernst seiner Worte aufkommen ließ, waren sie kaum zu verstehen. Ein Blutschwall, die riesige Lücke im Oberkiefer und der Schock entstellten seine Drohung.

»Hör genau hin«, brüllte er mit äußerster Anstrengung, aber des Knaben Klage zerstörte auch diesen Augenblick. Mirberg stolperte durch den Raum, riss das Kabel aus der Wand. Lautlos vollbrachte der Frosch nun seine Metamorphose.

»Hör genau hin, Lorenz Brauer! Hörst du die Türen, die gerade zuschlagen. Bumm, bumm, bumm, bumm. Alle zu.«

Mirberg zog seine Hose hoch und stellte sich vor meinen Bruder. Nur wenige Zentimeter trennten ihre Köpfe voneinander. »Cattelan, Hirst, Gormley, das sind Künstler. Du bist ein kleiner Scheißdreck. Das war's, Lorenz Brauer. Geh Kühe melken!«

Wie Sommersprossen sahen die winzigen Blutspritzer in Lorenz' Gesicht aus. Er drehte sich um und packte Alins Arm, bohrte seine Finger in ihr Fleisch.

»Es tut mir leid. Es tut mir wirklich leid«, hauchte sie.

»Es tut dir leid? Weißt du, was du bist, Alin? Weißt du das? Eine gottverdammte Fotze.« Er ließ sie los.

»Sei nicht so ordinär, Lorenz«, rief sie uns hinterher. Und noch immer war das Lächeln in ihrer Stimme zu hören.

Bumm –

Nach dem zweiten Semester befand die Akademie Lorenz' künstlerische Eignung für nicht ausreichend.

Bumm –

Der Galerist Frenzen, der meinen Bruder unter Vertrag nehmen wollte, grüßte ihn nicht einmal mehr.

Bumm –

Irina Graham beantwortete weder Lorenz' Anrufe noch seine Briefe.

Bumm –

Im *Artfact Magazine* erschien ein Essay, verfasst von Sebastian Mirberg. ›Neue Meister – Ewige Nieten‹ – ein siebzehnseitiger Kniefall vor der Genialität und Modernität von Matthew Barney.

Auf Seite zwölf kontrastiert der Autor Barneys avantgardistisches Meisterwerk *Cremaster 1* mit den kleinlichen, zeitgeistfremden Ambitionen eines Möchtegernkünstlers, der mit Pinsel und Farbe versucht, der Ewigkeit zu Leibe zu rücken.

Nachdem Lorenz seine Besitztümer aus Alins Wohnung geholt hatte – zwei Koffer, seine Malutensilien und die Skizzen, mehr war es nicht –, zog er zurück in die Oberpfalz zu unserem Vater und Frau Kratzler.

Die Scheune, die noch immer zwei Autowracks beherbergte, wurde sein Atelier.

Schleichend hatte die Zersetzung von den rostigen Fahrzeugen auf das Brauersche Fast-Hotel und seine verbliebenen Bewohner übergegriffen.

Das rechte Auge der Kratzlerin schimmerte trüb, und die Knie bereiteten ihr anhaltende Schmerzen. Ein Superlativ lässt sich leider nicht steigern: Auf ›älteste‹ folgt der Tod und sonst gar nichts.

Unsere früher so reinliche Haushälterin zeigte sich mittlerweile nachlässig gegenüber Staub und Dreck. Ihre einstigen Feinde nutzten diese neue Milde aus und nahmen das ganze Haus in Beschlag.

Im Falle von Randolph Brauer heilte die Zeit nicht alle Wunden. Je mehr sie voranschritt, desto unbegreiflicher erschien ihm der Verlust seiner geliebten Frau. Manchmal saß er stundenlang auf einem aufklappbaren Plastikstuhl im Garten und blickte in die Ferne: Er hielt Ausschau nach Hanna.

Wermut und Schnaps, gleichermaßen Tröster wie Zerstörer, zerfraßen langsam, aber kontinuierlich Randolphs Leber und Speiseröhre.

Während die Katzen sich exponentiell vermehrten, schrumpfte die Zahl der Feriengäste von Saison zu Saison.

Mehr als die offensichtliche Verwahrlosung ließ etwas Unsichtbares das Haus meiner Kindheit und Jugend verkommen. Vielleicht geschieht das zwangsläufig mit Orten, an denen zu viel verlorengegangen ist. Eine grüne Mütze, eine Mutter, ein Murmeltier, unzählige Geschichten in der Nacht, ein Mädchen mit Lackstiefeln. Und was sollten eine steinalte Haushälterin und ein tieftrauriger Alkoholiker dem schon entgegensetzen?

Hier, in diesem zerbröckelnden Fast-Hotel, hatte mein Bruder Zuflucht gesucht, als das Mirbergsche Türenknallen begann. Weder das ranzige Gebäude noch seine siechen Bewohner bedrückten Lorenz, zu schwer wogen seine eigenen Sorgen.

Sooft ich konnte, fuhr ich von München in die Oberpfalz und besuchte ihn.

Knapp vier Monate waren seit Mirbergs Party vergangen. Das Empfangskomitee, eine bunte Katzenschar, geleitete mich in den Flur. Der Geruch nach alter Eselsscheiße verschlug mir den Atem. Aus dem Frühstücksraum drangen die Stimme der Kratzlerin und das Klirren von Glas.

»Herzjesulein im Himmel. Er richtet sich zugrunde.«

Mit zitternder Hand stellte sie eine Batterie teils leerer, teils halbleerer Flaschen auf den Tisch. »Die habe ich heute gefunden. Mit einem Auge. Vierzehn Stück. Er versteckt sie im ganzen Haus. Was kann ich nur tun?«

»Gar nichts. Wahrscheinlich können Sie gar nichts tun, Frau Kratzler. Sie nicht, Lorenz nicht, ich nicht und auch nicht das arme Herzjesulein.«

Ich brachte meine Sachen nach oben und lief in die Scheune.

Zwischen Papierfetzen und zerrissenen Leinwänden lag mein Bruder. Zusammengerollt wie ein Neugeborenes, die Hände zu Fäusten geballt.

Ich kniete mich neben ihn, streichelte seine Finger, bis sie sich entspannten.

»Es ist so schwer, wenn niemand da ist«, sagte er.

»Was meinst du?«

»So viele Augen waren auf mich gerichtet. Die der Akademie, Mirbergs, Frenzens, Irina Grahams, Alins …

Weißt du, gestern ist mir klargeworden, dass ich nur ein einziges Mal die Ewigkeit malen werde. Die Leinwand muss so groß sein, dass man sie in kein Wohnzimmer einsperren kann. 86 Motive. 86 Bilder dieser Dimension, das kostet Zeit. Ich darf nicht jung sterben.« Er lachte müde. »Ein ganzes Leben, und keiner wartet, keiner glaubt an einen. Wie soll das gehen?«

»Du brauchst sie doch alle nicht zum Malen. Weder Mirberg noch die Graham und schon gar nicht Alin. Du brauchst niemanden, du kannst es einfach tun.«

»Ich bin kein Heiliger, Karl.«

»Und was war davor? Bevor du an der Kunstakademie angenommen wurdest, bevor sich Mirberg oder sonst wer für dich interessiert hat?«

»Aber jetzt weiß ich, wie es sich anfühlt. Wenn das, was du machst, auch für andere eine Bedeutung hat.«

Vielleicht wäre Mirberg versöhnlicher gewesen, wenn die vier fehlenden Zähne problemlos hätten ersetzt werden können.

Implantate schieden anfangs wegen seines zu schmalen und zu niedrigen Kiefers aus, für eine Brücke erwies sich die Lücke als zu groß, und zur Verwunderung mehrerer Zahnmediziner verursachte die uneleganteste Lösung, eine Teilprothese, eitrige Entzündungen in Mirbergs Mundhöhle. Also landete man wieder bei den Implantaten.

Ich besuchte Sebastian in einer Den Haager Zahnklinik am Tag vor der angesetzten Knochenblocktransplantation. Ein Stück seines Beckenkamms sollte in den Oberkiefer verpflanzt werden, um für die Implantate genug Substanz zu schaffen.

Die Tür stand einen Spaltbreit offen. Neben dem Bett saß Alin, Stift und Block in der Hand.

»Constanzes Knie zitterten, als Dr. Lupus ihren blassen…, nein… ihren weißen Arm… nein, ihr zartes…«, diktierte Mirberg.

Ich trat ein. Alin lächelte, Sebastians Blick verfinsterte sich.

»Ich bin's, Karl. Lorenz' Bruder«, sagte ich überflüssigerweise. Er hatte mich erkannt. Geradezu grotesk wirkte sein unvollständiges Gebiss. Wie natürlich hatte doch die

Zahnlücke des Murmeltiers ausgesehen. Man muss seine Wunden wohl mit Würde tragen.

»Was willst du?«, fragte Mirberg.

»Alin, kannst du uns einen Moment allein lassen?«

Sie sah Mirberg an, er nickte. Alin legte ihren Block auf den eisernen Nachttisch, stand auf und schloss die Tür hinter sich.

»Also?«, fragte Mirberg.

»Lorenz«, begann ich meinen Satz, unschlüssig, ob ich Sebastian duzen oder siezen sollte.

»Was, Lorenz?«

»Kannst … Werden Sie …«

»Was kann oder werde ich?«

»Werden Sie Lorenz irgendwann verzeihen und …«

»Ich? Ich werde ihm nicht nur nicht verzeihen. Ich werde Steine, Granitblöcke in seinen Weg legen.«

»Haben Sie doch schon. Reicht das nicht?«

Er hielt seine rechte Hand hoch und zählte mit den Fingern. »Eins, zwei, drei, vier. Vier Zähne. Ich glaube, es reicht noch nicht. Noch lange nicht. Auf Wiedersehen. Da geht es raus.«

Auf dem Flur lief ich Alin in die Arme. Unmöglich, sie anzuschauen, ohne an Mirbergs Spermatropfen auf ihren lächelnden Lippen zu denken.

Sie stellte sich mir in den Weg. »Dein Bruder hat sich wirklich wie ein Unhold aufgeführt.«

»Wie bitte?«

»Ein Unhold. Ein Arschloch.«

»Alin, denk mal bitte scharf nach. Wer ist hier das Arschloch?«

Wir saßen in Irina Grahams Wohnzimmer. Ich in einem niedrigen, weichen Sessel, der mich minütlich tiefer in sein Polster hineinzuziehen schien, und sie in ihrem motorisierten Rollstuhl.

Mrs. Graham sah mich gelangweilt an, oder besser gesagt, sie sah gelangweilt an mir vorbei, während ich die Ereignisse der letzten Monate aus meiner Perspektive schilderte.

»Und?«, fragte sie, als ich meinen Bericht beendet hatte.

»Mirberg hat dafür gesorgt, dass Lorenz aus der Akademie fliegt, dass Frenzen nicht mehr mit ihm spricht, und auch Sie haben das Interesse an ihm verloren.«

»Und?«

»Ich möchte Sie bitten, Mirberg zu sagen, dass er aufhören soll.«

»Ich?«

»Ja.«

»Warum sollte ich das tun?«

»Weil … weil es nicht fair ist.«

»So? Nicht fair? Ein Mann rettet acht Menschen aus einem brennenden Haus. Noch einmal stürzt er sich in die Flammen, um auch die Katze vor dem Feuertod zu bewahren. Er schafft es. Das putzmuntere Tier in den Armen, sinkt er auf die Knie und erleidet einen Schlaganfall. Er ist sofort tot. Nicht fair, oder?

Eine wohlhabende Frau verleiht großzügig hohe Geldbeträge. Nur wenige begleichen ihre Schulden. Eines Tages ist diese weitherzige Dame komplett ruiniert. Niemand hilft ihr. Sie stirbt allein. Ein letzter Atemzug. Ihr Magen knurrt. Nicht fair.

Ein Roter Apollo, ein rarer, vom Aussterben bedrohter

Schmetterling, zeigt sich einem Liebespaar, das sich gerade küsst. Ein seltenes Geschenk. Der Mann sieht das Tier, fängt es und spießt es zu Hause als Andenken auf. Nicht fair. Nicht fair! Reicht das?«

Ich nickte.

»Fairness kann man nicht erwarten. Aber es gibt ein paar einfache Regeln, die einem das Leben erleichtern. Meist klingen sie banal und einfältig, das täuscht. Eine dieser Regeln, vielleicht die wichtigste für jemanden, der hoch hinauswill, lautet: ›Beiß niemals die Hand, die dich füttert.‹

Dein Bruder hat die Hand nicht nur gebissen, sondern an ihrer empfindlichsten Stelle getroffen.«

»Was meinen Sie damit?«

»Schlag einem eitlen Mann nicht die Zähne aus!« Sie betonte jede Silbe überdeutlich.

»Mrs. Graham, aber ein Wort von Ihnen würde genügen …«

Lächelnd hob sie die Hand und gebot mir zu schweigen. »Mag sein. Aber ich halte mich auch an Regeln: Loyalität! Mirberg ist mein Berater, mein Freund, mein Äffchen. Lieber Junge, was mit deinem Bruder geschieht, ist mir vollkommen gleichgültig.«

Draußen plätscherte heftiger Regen und drinnen, im Gartenhäuschen, Jaaps Stimme.

»Mrs. Graham will, dass ich den Rasen ausreiße«, sagte er.

»Und was soll stattdessen kommen?«

»Nichts. Erde.«

»Ist sie eigentlich verrückt?«

»Nein, nur gnadenlos.«

Eine Gestalt huschte über die grüne Fläche. Ohne anzuklopfen, trat Vera Mirberg ein.

»Ein Spaziergang, Karl?«

Sie führte mich zu einer einsamen Bank am Rand des Grahamschen Grundstücks.

»Ich habe sie im Sommer aufgestellt. Irina hat es bisher nicht bemerkt«, sagte Vera. Der Regen durchnässte innerhalb von Minuten unsere Kleidung. Während ich zitterte, schien das kalte Wasser ihr nichts anhaben zu können. »Du warst bei Mirberg?«

»Ja.«

»Ich habe ihn gestern besucht. Er hat sich nicht einmal die Mühe gemacht, seine neue Gespielin vor mir zu verstecken. Aber es geht ihm schlecht, das freut mich.«

»So hat es wenigstens etwas für sich. Du hast deine Rache«, sagte ich.

Sie sah mich verständnislos an. »Karl, eine Zahnlücke ist keine Rache, und schlechtgehen ist nicht leiden.«

»Mein Bruder leidet.«

»Bist du deshalb hier, um für ihn um Vergebung zu bitten?«

»Ja, es hat nur nicht funktioniert.«

Vera lehnte sich zurück, breitete ihre Arme aus, als hieße sie die herabfallenden Tropfen willkommen.

»Also bist du ein guter Mensch, Karl Brauer?« Ihre Augen waren geschlossen, das Gesicht zum Himmel gewandt.

»Ein guter Mensch? Das weiß ich nicht.«

»Du versuchst zu helfen. Zu retten.«

Eine Küchenanrichte. Ein Mädchen mit wilden Haaren. Ein rostiges Messer.

»Was kommt vor dem Versuchen, Vera?«

»Wollen«, sagte sie, ohne zu überlegen.

»Und reicht der Wille, um ein guter Mensch zu sein?«

»Das weiß ich nicht.«

Dezember 1997. An dem Tag, als in Hongkong 1.5 Millionen Hühner geschlachtet wurden, saßen Lorenz und ich im Zug Richtung Den Haag. Drei Seiten widmete die Tageszeitung den toten Hühnern. Schlachten – ein Wort, das sofort Erinnerungen an die Gefährtin meiner Kindheit wachrief.

Ich klappte die Zeitung zusammen. »Denkst du manchmal noch an Elsa?«, fragte ich Lorenz.

»Nein«, antwortete er schnell, ein wenig zu schnell.

»Nie?«

Er schüttelte den Kopf.

»Ich weiß nicht, wie es wäre, wenn sie heute vor mir stehen würde. Aber damals … Ich fand sie vollkommen.«

Er lachte. »Elsa? Vollkommen?«

»Ich möchte sie irgendwann einmal wiedersehen.«

»Wozu?«

»Weiß nicht«, sagte ich, während ein kleiner fetter Junge in mein Ohr flüsterte: Ihre Lippen haben dich gestreift, von dieser Berührung hast du dich nie wieder erholt. Du hast sie nicht retten können. Du hast sie auf deinem Rücken getragen, vor ihrem Fenster gelegen, ihre Nägel lackiert, bist ihr überallhin gefolgt. Folgst du ihr noch immer?

Und dann verwandelte sich Fettis Stimme in Elsas Mädchen-Alt: Folgst du mir noch immer? Folgst du mir noch immer?

»Karl?« Lorenz stupste mit seinem Fuß gegen mein Schienbein.

»Ja?«
»Ich hab dich was gefragt.«
»Was?«
»Ob sie sonst nichts gesagt hat?«
»Elsa?«
»Quatsch. Die Graham.«
»Nein. Nur, dass wir kommen sollen.«

Ein Windhauch bewahrte den Roten Apollo vor der Pranke eines übermütigen Mannes: *Dr. Lupus – Ein Märchen für Erwachsene*. Ein zweihundertseitiger literarischer Erguss von Sebastian Mirberg.

Dr. Lupus, offensichtlich das Alter Ego des Autors, ist ein gutaussehender Kunstsammler, der neben seinem Gespür für Talent auch noch mit allerhand eigenen Talenten aufwarten kann: Er ist ein begnadeter Sänger und Pianist, ein erstklassiger Romancier und Tänzer. Wenn er Tango tanzt, haben die Zuschauer Tränen in den Augen.

Mit Gleichmut und einem charmanten Lächeln nimmt der schöne Dr. Lupus – Künstler durch und durch – solche Zeichen der Bewunderung hin.

Und es ist ebendieses Lächeln, das die Frauen im wahrsten Sinne des Wortes in die Knie zwingt. Wenn ihre Münder nicht anderweitig beschäftigt wären, würden sie vor Entzücken laut aufschreien.

Lupus wird der liebestollen Mädchen überdrüssig und entwickelt eine Leidenschaft für berühmte Frauenporträts.

Botticellis Venus, Klimts Adele, Dalís Mädchen mit Locken, Rubens' drei Grazien, sie alle dürfen Lupus beim Onanieren zusehen. Und wahrscheinlich – wären sie nur lebendig – würden auch sie sich wie ihre Schwestern aus Fleisch und Blut auf die Knie fallen lassen. Jahrelang verteilt der Held des Romans seinen Samen auf das gewienerte Parkett unzähliger Museen. Eines Tages führt ihn das *Mädchen mit dem Perlenohrgehänge* nach Den Haag, aber nicht Vermeers Schöne weckt seine Lust, sondern Rembrandts Andromeda. Er ist völlig betört von der angeketteten Frau und weiß, dass es ihm nicht genügen wird, sich auf den Holzboden zu ihren Füßen zu ergießen.

Nachts bricht Lupus in das Mauritshuis ein und spritzt Andromeda sein Sperma mitten ins Gesicht. Seit jenem Augenblick verklärt ihr einst so verängstigtes Antlitz ein seliges Lächeln, noch geheimnisvoller als das der Mona Lisa.

Anstoß für Mirbergs Ausflug ins literarische Fach waren seine vier fehlenden Zähne. Der Heilungsprozess nach der Knochenblocktransplantation dauerte ungewöhnlich lange.

Seine Eitelkeit hielt Mirberg von Vernissagen, Partys und Kunstmessen fern und schenkte ihm Zeit.

Er begnügte sich nicht damit, die Geschichte des Dr. Lupus niederzuschreiben, sondern ließ das Werk im Eigenverlag drucken. Die Auflage betrug 20 000 Stück. So wie andere Leute Blumen, Pralinen oder einfach nur eine Karte verschicken, um sich ihren Mitmenschen ins Gedächtnis zu rufen, versandte Mirberg sein Märchen für Erwachsene.

Galeristen, Kuratoren, Künstler, Museumsdirektoren wurden – ob sie der deutschen Sprache mächtig waren oder nicht – mit einem signierten Exemplar bedacht.

Beiß niemals die Hand, die dich füttert! Fast hätte man Mitleid mit Sebastian Mirberg bekommen können, denn er ahnte nicht einmal, dass er zugebissen und die Hand an ihrer empfindlichsten Stelle getroffen hatte.

Irina Graham empfand *Dr. Lupus* als die höchsterdenkliche Beleidigung gegen ihre Person. Das Machwerk verhöhnte alles, was ihr heilig war. Alles, das hieß: Rembrandts Andromeda. Und ausgerechnet ihr Berater, ihr Freund, ihr Äffchen hatte es gewagt, sie auf diese Weise zu kränken.

Mirbergs Beteuerungen, dass er nichts dergleichen im Sinn gehabt habe, dass sein Buch vielmehr eine Hommage an Andromeda sei, konnten Irinas Zorn nicht besänftigen.

Ihre Unerbittlichkeit ließ Sebastian Mirberg wiederum in Rage geraten. Auf seine vergeblichen Entschuldigungen folgten wüste Anschuldigungen. Mirberg nannte Irina dem Irrsinn nah, weltfremd, eine Fanatikerin, und erklärte ihr, dass sie ohne ihn verloren sei. Schließlich kümmere er und nur er sich um die Sammlung der Grahams. Als autistisch bezeichnete er Irinas Verehrung für Rembrandts vielleicht unbedeutendstes, ganz gewiss scheußlichstes Werk.

Seelenruhig lauschte Irina Graham seinen minutenlangen Tiraden. In der Stille, die darauf folgte, erhob die alte Dame sich aus ihrem Rollstuhl und geleitete Sebastian Mirberg zur Tür.

Bumm. Bumm. Bumm. Bumm.

Mit einem Elan, den wohl niemand der 82-jährigen Mrs. Graham zugetraut hätte, machte sie sich daran, ihr Äffchen zu bestrafen.

Sie ließ seine Kreditkarten sperren und unterrichtete sämtliche Galeristen, Kuratoren, Künstler und Museumsdirektoren davon, dass Mirberg nicht mehr als ihr Berater fungiere. Einladungen und Mitteilungen möge man zukünftig direkt an sie richten.

Niemand anders als Vera Mirberg stand der alten Dame zur Seite. Ein gemeinsamer Feind knüpft Bande.

Der englische Rasen war verschwunden. Braune Erde, mit Schnee überzuckert, so weit das Auge reichte.

Während mein Bruder erklärte, wie sich sein Vorhaben, die Ewigkeit festzuhalten, weiterentwickelt hatte, schritten Vera und Irina im Wohnzimmer auf und ab. Beides mutete seltsam an, die aufrecht gehende Mrs. Graham und das frisch geschlossene Frauenbündnis.

»Gut«, sagte Irina, als mein Bruder seinen Vortrag beendet hatte. »Alles schön und gut. Ein einziges Werk, also. Nur die Zeit ist ein Problem. Wie lange wird es dauern, bis es vollendet ist?«

»Ein halbes Jahr pro Bild ... 43 Jahre. Und noch weiß ich nicht, wie ich die einzelnen Schichten unversehrt erhalten kann.«

»Dafür wird sich eine Lösung finden. Aber 43 Jahre? Zu lang, viel zu lang. Selbst zehn sind zu lang!«

»Zu lang für was?«

»Für uns. Wir möchten der Kunstwelt ihren nächsten Wunderknaben schenken.« Sie lächelte. »Dem Knabenalter bist du fast entwachsen. Also schlicht und ergreifend: das nächste Wunder. Aber nicht erst in 43 Jahren.«

»Ein Wunder, ich?«

»Manchmal geschehen Wunder, und manchmal brauchen sie Starthilfe.«

»Und wie wollen Sie …«

»Müssen es 86 Motive sein?«, schnitt Irina meinem Bruder das Wort ab.

»Ja.«

»Und das Format? Warum diese Dimension?«

»Ich kann es sehen, und wenn es fertig ist … Vielleicht wird es tatsächlich ein Wunder sein. Das, was in meinem Kopf ist …«

»Pollock«, rief Vera. Wir sahen sie fragend an.

»Pollock! Wenn ich den Namen Jackson Pollock höre, denke ich nicht an ein fertiges Gemälde, sondern an den Schaffensprozess. An den Künstler, wie er fast tanzend die Farbe tropfen lässt. Nicht an das Ergebnis, sondern an die Entstehung.«

»Nicht das Ergebnis, sondern die Entstehung«, wiederholte Irina beifällig.

Lorenz blickte hilfesuchend um sich. »Aber was ich mache, machen will … es hat nichts mit Pollock zu tun. Ich male, ich tanze nicht.«

Wieder setzten sich die Frauen in Bewegung. Irinas Füße schienen Versäumtes nachholen zu wollen, so schnell durchquerten sie den Raum. Abrupt blieb die alte Dame stehen.

»Der junge Künstler Lorenz Brauer widmet sein Leben einem einzigen Werk: der *Ewigkeit*. 43 Jahre, 86 Motive, 363 cm hoch und 473 cm breit. Doch wie sieht sie aus, Brauers *Ewigkeit*? Bild für Bild lässt er sie verschwinden … und … und …«

»Die Zeit«, Vera klatschte in die Hände. »Ein Wettlauf gegen die Zeit. Vergänglichkeit gegen Ewigkeit. Niemand weiß, ob Brauer 43 Jahre leben wird … Jedes Jahr verkaufen wir eine … eine Art Option oder Lizenz. Ein Jahr lang gehört das Bild dem jeweiligen Käufer – sollte Brauer während dieser zwölf Monate etwas zustoßen, geht das Werk an ihn. Je älter Brauer wird, desto wertvoller die Lizenz.«

Irinas Augen glänzten. »Aber er ist noch sehr jung. Wie alt bist du, Brauer?«

»22.«

»Plus 43. Gibt 65. Nicht unwahrscheinlich, dass jemand 65 wird.«

»Dann lassen wir ihn halt ein wildes Leben führen.«

Der weiße Teppich war angsteinflößend makellos, als ob kein Tag vergangen wäre, seit Fetti hier genächtigt hatte. Lorenz lag neben mir. Seine Hand, die vor wenigen Minuten einen Pakt mit zwei Frauen geschlossen hatte, hielt die meine.

»Erinnerst du dich noch an die Erkenntnis des Murmeltiers«, fragte er.

»Klar.«

»Die Stürme des Lebens … Ich kann den Wind in meinen Haaren spüren.«

»Und die Unschuld? Was ist mit der Unschuld?«

Er lachte.

»Verlier sie nicht, und geh du mir auch nicht verloren in den Stürmen«, sagte ich.

»Du kommst mit. Wir stechen zusammen in See.«

»Ich kann nicht, das Studium fängt bald an.«

»Karl, hör hin, hör genau hin.« Er imitierte das Rauschen von Wellen. »Klingt es nicht verlockend?«

»Doch … Aber ich bin ein schlechter Schwimmer, und

wenn unser Schiff so aussieht wie das, das wir einmal gebaut haben … Dann gute Nacht.«

»O nein, es ist gigantisch – wie die Titanic.«

Wir mussten beide lachen.

»Lorenz, du weißt, warum Vera und Mrs. Graham das tun?«, unterbrach ich die Fröhlichkeit.

»Und? Ist das wichtig?«

»Keine Ahnung.«

Es war still. Ich löschte das Licht.

Bald darauf schlief Lorenz auf meinem Bett ein. Behutsam löste ich meine Hand aus seiner Umklammerung.

In der Hoffnung, dass manche Dinge sich niemals ändern, trat ich in Fettis unsichtbare Fußstapfen.

Und da lag sie im kalten Wasser, in rötliches Licht getaucht. Ich schleifte den steinernen Hocker neben die Wanne. Kein Schaum bedeckte ihren Körper.

»Vera, was ist, wenn das alles nicht funktioniert? Was passiert dann mit Lorenz? Lasst ihr ihn fallen? Schickt ihr ihn einfach wieder nach Hause?«

Sie sah mich an, verwundert und amüsiert zugleich.

»Es wird funktionieren.«

»Und wenn nicht?«

»Vertrau mir. Vertrau Mrs. Graham.«

»Aber …«

»Karl, was soll das? Versuchst du ein guter Mensch zu sein?«

Ich zuckte mit den Schultern.

»Lass uns doch einfach ein bisschen Spaß haben. Weißt du, wie lange ich keinen Spaß mehr hatte?«

Sie stieg aus der Badewanne. Nackt und nass nahm sie eine

silberne Schatulle von der Ablage und hockte sich im Schneidersitz auf die Fliesen. Sie sah aus wie ein Kind, das im Sand spielte.

Ein Spiegel, eine Plastikkarte, ein weißer Brocken, aus dem Bröckchen, aus denen Pulver wurde. Sie reichte mir ihre Medizin.

Drei mal rechts, drei mal links. Drei Mal zwei Mal drei. Ich war stark, die Welt ein verheißungsvoller Ort, und Vera Mirberg lag auf mir.

Mitte Januar trat Irina Graham mit einem Paukenschlag an die Öffentlichkeit. Sie bedachte das Museum of Modern Art mit einer großzügigen Schenkung. 25 der bedeutendsten Werke ihrer Sammlung fanden in New York ein neues Zuhause: ein Picasso, das Porträt eines Harlekins von 1905; ein toter Spatz, Öl auf Holz, von Franz Marc aus dem gleichen Jahr; zwei Radierungen von Paul Klee, um nur einige zu nennen.

Irina Graham hatte nicht wie andere Sammler verfügt, dass ihre Bilder permanent ausgestellt werden müssten. Ganz ohne Bedingungen hatte sie gegeben, was sie für Millionen hätte verkaufen können.

Das deutsche und das amerikanische Feuilleton sowie die wichtigsten Kunstmagazine baten die Sammlerin um Interviews.

Kunst soll gesehen werden, erklärte sie den Grund ihrer Spende, und kündigte für den Frühling eine große Ausstellung mit bisher noch nie gezeigten Werken aus ihrem Fundus an.

Sie habe sich lange Zeit zurückgezogen und ihre Sammlung einem Berater überlassen, aber ein junger Maler habe nun ihrer Liebe zur Kunst eine zweite Blüte beschert.

Wer der junge Maler sei, wollten die Journalisten wissen.

»Im April werde ich Brauer präsentieren.«

»Brauer?«

Während Irina die Neugier auf den bis dato unbekannten Brauer schürte, entwickelte der italienische Industrielackhersteller Albertoni in ihrem Auftrag einen rein synthetischen Stoff, der als *Lino liquid* patentiert wurde. Man kann sich die Substanz als eine durchsichtige, flüssige Leinwand vorstellen. Lorenz' fehlendes Puzzlestück, um die Ewigkeit nach seiner Vorstellung zu erschaffen.

Im Frühling fand die angekündigte Ausstellung statt. Alles, was in der Kunstszene Rang und Namen hatte, war Irinas Einladung gefolgt.

Wie anders sah doch das Fabrikgebäude in der Nähe von Köln an diesem Apriltag aus. Keine Frösche. Keine Könige. Mrs. Graham hatte das Objekt in der Spielmannstraße 5 kurzerhand gekauft, nach der Ausstellung sollte es Lorenz als Atelier dienen.

Rechts und links hingen an den weißgetünchten Wänden Bilder von Pechstein, Dix, Klee, Man Ray, Rosenquist. Ein Querschnitt durch die Grahamsche Sammlung. An der Stirnseite, als offensichtlicher Mittelpunkt, eine weiße Leinwand, 363 cm x 473 cm. Gekrönt von einem massiven Messingschild:

Brauer, *Die Ewigkeit*, 1998–2041.

Davor stand ein zierliches Rednerpult. Irina trat nach vorn.

»*Die Ewigkeit.* 43 Jahre, 86 Motive, 363 Zentimeter hoch, 473 Zentimeter breit. Ein Rennen gegen die Zeit …«

In wenigen Sätzen erklärte sie das Vorhaben des jungen Malers.

»Selbstverständlich hoffen wir auf die Vollendung. Doch können wir erbärmlichen Kreaturen in die Zukunft blicken? Nein. Also wagen wir ein Experiment.«

Irina erläuterte das Prinzip der Lizenzen. Die erste sollte im Mai nächsten Jahres verkauft werden. Es war totenstill in der Halle.

»Wer bereit ist, sein ganzes Leben in eine einzige«, sie deutete mit der Hand hinter sich, »in diese Leinwand zu stecken, verdient unsere Hochachtung. Natürlich kann man sich fragen: Was habe ich davon, ein Bild zu kaufen, das ich weder aufhängen noch ansehen kann? Eine zwölfmonatige Option. Eine Wette auf Leben und Tod. Was haben Sie davon? Ihr Name wird mit einem der vielleicht größten Werke des 21. Jahrhunderts auf immer verbunden sein. Sie nehmen teil. Werden Teil!« Irinas ausgestreckter Arm wies von der *Ewigkeit* zu den Bildern an der Wand. »All diese Künstler haben mich begeistert, doch keiner in dem Maße wie Brauer.« Sie lächelte. »Aber nun ist es Zeit, Ihnen den Mann vorzustellen, der meine Liebe zur Kunst neu entfacht hat: Brauer.«

Applaus begleitete meinen Bruder nach vorn. Schön sah er aus vor der leuchtenden, zukünftigen *Ewigkeit.* Von der Sonne geküsst und betrunken. Ein Glas Rotwein in der Hand. Die Jackettärmel ein wenig zu kurz, die schwarze Krawatte nicht geknotet, Turnschuhe anstatt Lederslipper.

Auf dem weißen Hemd ein Tropfen Bordeaux, gleich einer Schusswunde, das Sinnbild seiner Sterblichkeit. Die beiden

Frauen wussten, was sie taten. Er stand einfach nur da, blickte abwechselnd schüchtern zu Boden und dann wieder trotzig in die Menge.

»Möchtest du etwas sagen?«, fragte Irina ihn.

Er überlegte einen Moment, dann schüttelte er den Kopf und lachte. Es klang verrückt.

»Habt ihr das einstudiert«, flüsterte ich Vera ins Ohr.

Sie lächelte. »Gehen wir hoch.«

Ich folgte ihr in das Zimmer, in dem sie zur Kaulquappen-Mörderin geworden war. Dort stand jetzt ein Sofa.

Ich hatte meinen eigenen Stein, der in einer Perlmuttdose ruhte. Ein kleiner Brocken, aus dem Bröckchen, aus denen Pulver wurde.

Vera und ich teilten nicht nur das Bett und die Badewanne, sondern auch Jerome und Patrice. Den Dealer aus Düsseldorf und den aus Den Haag.

Vera und ich – es war keine Liebe, nicht einmal ein Verliebtsein, es war ein bisschen mehr als nichts. Es tat nicht weh.

»Ihr solltet in den Krieg ziehen, du und die Graham. Ihr könntet Regierungen stürzen, Revolutionen anführen, mein Gott, ist das krank.«

»Beeindruckt?«, fragte sie.

»Geschockt. Und das alles wegen eines Mannes und Andromeda.«

»Habe ich nicht gesagt, dass es funktionieren wird?«

»Ja, aber kann man das 43 Jahre lang durchziehen?«

»Hör auf, so viel nachzudenken.«

Wir schnupften das weiße Pulver, ein Akt, zärtlicher als unsere Küsse.

»Du darfst auch mit anderen Frauen schlafen«, sagte sie.

»Ich weiß.«

»Die Scheidung ist übrigens durch.«

»Gratuliere.«

Und dann wirkte die Medizin. Ich war stark, die Welt ein verheißungsvoller Ort, und Vera Mirberg lag auf mir.

Erst im Morgengrauen – ich war allein in meinem Hotelzimmer und fühlte mich tot, obwohl das Herz raste – kroch die Angst in mein Bett.

Mein Plan, BWL zu studieren, einen einigermaßen gut bezahlten Job zu finden, mit dem ersten Gehalt dem Haus meiner Kindheit einen neuen Anstrich zu verpassen und unserer Haushälterin eine Haushälterin zur Seite zu stellen, war in der Nacht, als zwei Frauen ›Brauer‹ definiert hatten, gestorben.

Ich stach mit in See, gehörte zu Brauers Entourage. Wir hatten schwarze Plastikkarten mit unlimitiertem Verfügungsrahmen anstelle eines geregelten Einkommens.

Das Echo der nationalen und internationalen Presse war laut und begeistert:

›Brauer läutet das 21. Jahrhundert ein‹

›Das Verschwinden der Ewigkeit‹

›Ein Mann gegen die Zeit‹

›Zwölf Monate mit Brauer‹

Über jedem Artikel das Gesicht meines Bruders. Einem einzigen, von Irina Graham engagierten Fotografen war es erlaubt gewesen, während der Vernissage Aufnahmen zu machen.

Mit Bedacht hatten die beiden Frauen das Bild, das nun auf sämtlichen Zeitungen prangte, ausgewählt. Festgehalten war Lorenz in dem Moment, als sein Blick zwischen Boden und Menschenmenge schwebte. Ein Hauch von Schüchternheit und der Anflug von Trotz. ›Sagt über mich, was ihr wollt: alles ist wahr, alles ist gelogen‹, schien er zu raunen.

Lorenz bezog sein Atelier. Lange durfte niemand, nicht einmal ich, es betreten.

Vier Kameras wurden installiert. An den Seitenwänden angebracht, erfassten sie den Maler bei der Arbeit, aber nicht die Leinwand selbst. Einmal im Monat liefen die Apparate 24 Stunden nonstop. Das Videomaterial war ein Präsent an den jeweiligen Lizenzbesitzer im Falle von Brauers Überleben.

Bevor die Frage aufkommen konnte, ob der Künstler sein Handwerk überhaupt beherrsche, schließlich habe man nie auch nur einen Pinselstrich gesehen, präsentierten die beiden Frauen der Öffentlichkeit eine Zeichnung Brauers, die er eigens für diesen Zweck angefertigt hatte: zwei am Ufer stehende Kinder, die einem sinkenden Schiff nachwinken.

Geradezu euphorisch klangen die Besprechungen.

Irina Graham gründete die Graham-Stiftung, die alle fünf Jahre das mit 60 000 Mark dotierte ›Aevum-Stipendium‹ an bildende Künstler vergab. Der erste Stipendiat war natürlich Brauer.

Ende Mai fand die offizielle Verleihung in Rom statt.

Vor dem Tempel der Minerva in der Villa Borghese, der schönsten Parkanlage der ewigen Stadt, überreichten Mrs. Graham und Frau Mirberg dem Künstler die Auszeichnung.

Fünfzig geladene Gäste und eine Schar Journalisten klatschten Beifall.

Mein Bruder gab seine erste Pressekonferenz. Ich saß neben Lorenz, während die Journalisten ihn mit Fragen bombardierten.

»Damien Hirst legt Tierkörper in Formaldehyd ein und Sie greifen zu Pinsel und Farbe. Sind Sie ein altmodischer Künstler?«

»Ich bin ein Maler, und mit den einfachsten Mitteln kann der Maler sich am besten ausdrücken.«

»Was ist Zeitgeist, Brauer?«

»Ich kann Ihnen nicht einmal sagen, was Zeit ist. Wenn ich eine Sache an sich nicht verstehe, wie soll ich dann ihren Geist begreifen?«

»Und was ist die Ewigkeit?«

»Alles zusammen, das ist die Ewigkeit.«

Während Lorenz sprach, fragte ich mich, welche Worte zu meinem Bruder und welche zur Graham-Mirberg-Show gehörten. Ein Hund oder ein Wolf?

Vera war bestens organisiert, Fabio hieß der italienische Dealer. In dieser Nacht zog ich allein durch Rom und landete wie jeder Tourist am Trevi-Brunnen. Aus Mangel an Kleingeld warf ich eine meiner schwarzen Plastikkarten in das Wasser. Sie sank nicht, wirkte hässlich und wertlos im Vergleich zu den glitzernden Münzen am Grund.

Eine Frau fesselte meinen Blick. Scharlachrot ihre Nägel. Der Lack ein wenig abgeblättert. Ich lächelte ihr zu, setzte mich neben sie. Lorena aus Catania. Wir sprachen in gebrochenem Englisch miteinander. Sie war Sängerin, viel mehr verstand ich nicht. Ich nahm sie mit in mein Hotelzimmer.

Lorena sang, als ich auf ihr lag, ich hielt ihr den Mund zu. Sie sah traurig aus. Die Medizin verhinderte bei mir den Höhepunkt, ich gab auf, rollte mich ab von der sizilianischen Frau – fast noch ein Mädchen. Ihre Hand streichelte mein Gesicht. Es ekelte mich vor ihren unordentlich lackierten Fingern. Ich befahl ihr zu gehen. Sie sah traurig aus, als ich die Tür schloss.

Nach Rom schenkte Mrs. Graham ihrem Lieblingsmaler einen silbernen Porsche 904, Baujahr 1963, ein Nachfahre des Spyder 550 – des Autos, in dem James Dean starb. Das Juli-Cover des *Artfact Magazine* zeigte meinen Bruder in seinem neuen Sportwagen.

Ein Redakteur der Zeitschrift kramte Mirbergs Essay über Matthew Barney hervor und setzte das Gerücht in die Welt, Mrs. Graham habe ihren Berater entlassen, weil er Brauers Genie verkannt hatte.

Ich bat Irina um zwei Wochen Urlaub und die Erlaubnis, ein wenig Geld in das Brauersche Fast-Hotel zu investieren. Beiden Wünschen wurde stattgegeben.

Weder die Kratzlerin noch Randolph beeindruckte der Ruhm meines Bruders. Unser Vater freute sich, dass es seinen Söhnen gutging.

»Geht es dir gut, mein Junge?«

»Ja, es geht mir gut, Papa!«

Und Frau Kratzler erklärte, dass sie nichts von Kunst verstehe und Kunst sowieso nur etwas für Leute sei, die ansonsten keine Probleme hätten.

»Herzjesulein im Himmel, was soll denn hier renoviert

werden?«, stieß sie aus, als ich auf den eigentlichen Grund meines Besuchs zu sprechen kam.

»Alles.«

»Nein«, sagte Randolph schlicht.

Zu guter Letzt handelten wir einen Kompromiss aus. Sie erlaubten mir, die Gästezimmer und den Frühstücksraum streichen zu lassen. Von einer neuen Küche und neuen Sanitäranlagen wollten die beiden allerdings nichts wissen.

Die zusätzliche Haushaltskraft setzte ich unter der Bedingung durch, dass Frau Kratzler sie aussuchen durfte. Sie entschied sich für Ewa, eine Polin, die nicht viel jünger war als sie selbst, aber wahrscheinlich der einzige Mensch auf Erden, der das arme Herzjesulein noch glühender verehrte.

Es war August und kein Fremdenzimmer vermietet.

Am Abend ging ich allein in den Jagdhof, auch hier hatte man von Brauer gehört. Die alte Wiesinger behauptete, sie hätte schon immer geahnt, dass aus meinem Bruder etwas Besonderes werden würde. Ich nickte und trank mein Bier, während sie redete wie ein Wasserfall.

»Haben Sie jemals etwas von Mathilde gehört?«, fragte ich die Wirtin, als sie Atem holte.

»Nein, aber von Viktor.« Frau Wiesinger beugte sich zu mir und flüsterte in mein Ohr: »Es ist schlimmer als bei den Kommunisten. Mathilde ist mit einem Neger abgehauen, und jetzt bringt sie irgendwo in Afrika Negerkindern das Walzertanzen bei.«

»Walzertanzen?«

»Ja. Die Schwarzen können ja nur schnell zappeln, anständig bewegen können die sich ja nicht. Mathilde hat halt ein zu großes Herz. Das war schon immer so. Als Kind …«

»Und wissen Sie, wie es Elsa geht?«, unterbrach ich die Wirtin.

»Elsa? Nein«, sagte sie gleichgültig.

Ein Nesshauer-Kind – kein Kind mehr, aber immer noch rothaarig, feige und gemein – lud mich zu einer Partie Billard ein. Wir hatten uns nichts zu sagen. Schweigend gewann er das Spiel und freute sich über seinen Sieg. Ich hockte mich wieder an den Tisch, bestellte noch ein Bier. Die Tür ging auf: Gustav Gröhler.

Seit Elsas Abreise war es mir gelungen, den Gröhlers aus dem Weg zu gehen. Ich hatte damals sogar Gustavs Stundenplan auswendig gelernt, um einen Zusammenstoß im Schulgebäude zu vermeiden. Den sonntäglichen Kirchgang hatte ich mit einer solchen Vehemenz verweigert, dass selbst die Kratzlerin ihre Versuche, mich in das Haus Gottes zu schleifen, bald aufgab.

Sobald ich einen der Brüder auch nur von weitem erblickt hatte, war ich in die entgegengesetzte Richtung gerannt.

Und jetzt steuerte Gustav Gröhler direkt auf mich zu. Er nahm neben mir Platz und orderte ein Bier. Lautlos. Er hob nur seine Finger, mit denen er einst die Königin des Murmeltiers beschmutzt hatte.

»Karl, wie geht es dir?«, sagte er und lächelte herzlich.

»Gut, und selbst?« Auch ich lächelte.

»Bestens, alles bestens. Man hört ja so einiges über deinen Bruder.«

Wir unterhielten uns. Zwanglos, belanglos. Warum stürzte ich mich nicht auf ihn, warum brüllte ich ihn nicht an, warum holte ich nicht das rostige Messer aus der Scheune?

Ich war wieder ein kleiner, fetter Junge …

»Ich trainiere im Moment für den Allgäu-Triathlon.«

»Entschuldigung, was?«

»Triathlon. Laufen. Schwimmen. Radfahren.«

»Aha«, sagte ich. Und dann konnte ich nicht mehr und stürzte zur Tür. Ich lief zum See, zu unserer Lichtung und legte mich auf den warmen Waldboden.

Einen Moment spielte ich mit dem Gedanken, nach Throckmorton zu fliegen. Elsa zu retten, falls sie gerettet werden musste. Elsa mitzunehmen, sie nie wieder gehen zu lassen.

Der Handspiegel und das Döschen in der linken Hosentasche drückten gegen mein Bein.

Ich war stark und die Welt ein verheißungsvoller Ort. Throckmorton klang genauso realistisch wie Oz. Ich sah Elsa mit einem Hund, der vielleicht ein Wolf war, und dem Murmeltier durch die Prärie wandern, gegen sprechende Rinder kämpfen und Mimosen pflücken. Es war, als hätte es dieses Mädchen nie gegeben, außer in meiner Phantasie. Sie war ein Schatten, eine Märchengestalt, deren Geschichte längst geschrieben stand. Ich nahm Abschied von ihr.

Im Mai 1999 hatte Brauer das zweite Motiv der *Ewigkeit* fertiggestellt, und ich durfte zum ersten Mal sein Atelier betreten.

Während Irina und Vera in New York weilten, wo in wenigen Tagen vierzehn Gemälde der Graham-Sammlung (deutsche und niederländische Impressionisten) zusammen mit der ersten Jahreslizenz versteigert werden sollten, stand ich staunend vor dem Werk meines Bruders.

Inmitten einer Feuersbrunst sechs Gestalten. Drei Tiere, an einen Baum gefesselt, der seine langen Äste – sie erinnerten an Frauenarme – schützend um sie legt. Ein Mann auf Knien und zwei Kinder, einander gegenüberstehend.

»Das ist die *Sterblichkeit*«, sagte Lorenz. »Damals im Wald habe ich begriffen, dass ich sterben kann.«

»Das Ende der Welt«, flüsterte ich.

»Was?«

»Es ist überwältigend.«

»Danke.«

»Und was befindet sich unter der *Sterblichkeit*? Was kommt davor?«

Er lächelte.

»Los, verrate es mir.«

»Der Grund für alles.«

»Der da wäre?«

Lorenz legte seinen Arm um mich. »Ich bin Maler, kein Dichter, kein Held«, sagte er.

Vera rief wenige Minuten nach der Auktion an und teilte uns mit, dass ein anonymer Bieter den Zuschlag für die Jahreslizenz erhalten hatte. Für 120 000 Dollar.

»Es ist wahr«, schrie Lorenz, als er aufgelegt hatte. »Ich bin … ich bin …« Er suchte nach Worten.

»Ein Maler?«

»Ja. Aber es ist wirklich. Verstehst du? Irina hatte recht, ich brauchte nur ein wenig Starthilfe. 120 000 Dollar. Jemand bezahlt 120 000 Dollar für … Ich bin …«

Das symbolische Zertifikat – ein Rahmen aus Elsbeerholz, 363 Zentimeter hoch und 473 Zentimeter breit, mit einer Plakette am unteren Rand: *Mai 1999–Mai 2000* – wurde nach

New York verschifft. Das *Artfact Magazine,* mittlerweile Brauers Haus- und Hofzeitschrift, hielt das Ereignis in Wort und Bild fest.

Auf die Frage, was Lorenz dem ersten Käufer gerne sagen würde, lachte er. »Zeig dich! Ich will wissen, wem ich zu danken habe.« Es klang bescheiden und überheblich zugleich.

Die Damen kehrten aus Manhattan zurück. Vera blieb bei Lorenz im Rheinland. Mir wurde die zweifelhafte Ehre zuteil, Mrs. Graham nach Den Haag zu begleiten. Die New-York-Reise hatte die alte Dame ausgelaugt, sie sehnte sich nach Ruhe und nach Andromeda.

Trostlos wirkte der dunkelbraune Erdgarten im Sonnenschein. Ich fragte mich, was danach kommen würde. Das Paradies hatte dem englischen Rasen weichen müssen, das Gras der nackten Erde. Vielleicht würde sie Jaap ein Loch graben lassen. Ein Loch bis zum Ende der Welt.

»Wir frühstücken morgen um 9.30 Uhr, anschließend fahren wir ins Mauritshuis. Und sorg dafür, dass der Gärtner mich in den nächsten Tagen nicht stört. Er redet zu viel.«

»Jaap?«

»Ich habe nur einen Gärtner. Gute Nacht.«

»Es ist erst fünf.«

»Gute Nacht.« Abseits der Graham-Mirberg-Show hielt sie übermäßige Freundlichkeit für verzichtbar.

Ich klopfte an Jaaps Häuschen, er umarmte mich wie den verlorengeglaubten und wieder heimgekehrten Sohn, füllte Tassen mit Kaffee, Gläser mit Schnaps und Bier. Er schien so aufrichtig glücklich über die Nachricht, dass Mrs. Graham wieder da war und auch ich einige Wochen bleiben würde, dass mir die Bitte nur schwer über die Lippen kam, er solle vorläufig von Besuchen im Haupthaus absehen. »Sie ist sehr müde«, sagte ich.

Er nickte verständnisvoll. »Lässt Sie mir denn irgendetwas ausrichten?«

»Was soll … Grüße. Herzliche Grüße.«

»Und meine Briefe, hat sie nichts gesagt?«

»Nein. Was für Briefe?«

»Der Garten … Ich habe sie um die Erlaubnis gebeten, Kartoffeln pflanzen zu dürfen. Der Rasen hat schon nicht viel Arbeit gemacht, aber jetzt habe ich gar nichts mehr zu tun. Und es sieht nicht schön aus, oder?«

»Nein.«

»Kannst du sie vielleicht fragen, also nicht heute, aber bei Gelegenheit?«

»Klar. Kartoffeln, ja?«

»Kartoffeln«, sagte er schüchtern.

Der Taxifahrer verstaute den Rollstuhl im Kofferraum. Auf ein einsilbiges Frühstück folgte eine stumme Autofahrt.

»Bring ihn mit dem Aufzug nach oben« war der erste vollständige Satz, den Mrs. Graham an diesem Tag an mich richtete.

Sie stieg die Treppe hoch, ich nahm den Lift.

»Hat sie sich verändert?«, fragte Irina, während ich den Rollstuhl auseinanderklappte.

»Nein.«

Ohne das Bild aus den Augen zu lassen, setzte sie sich hin.

»Und keiner ist gekommen, um Andromeda zu befreien.«

»Sieht ganz so aus.«

»Die traurigsten Geschichten der Welt, mein Junge, enden mit ›nie‹.«

Ihr Kopf sank auf die Brust. Seltsame Laute entwichen ihrer Kehle. Es klang, wie man sich als Kind die Sprache von Außerirdischen vorstellte.

»Mrs. Graham? Mrs. Graham? Alles in Ordnung?«

Sie hob eine Hand. Warte! Bleib! Halt den Mund!, schienen ihre Finger zu befehlen.

»Bring mich nach Hause«, sagte Irina schließlich leise. »Mir geht es nicht gut.«

»Soll ich einen Krankenwagen rufen?«

»Nein.«

Sie wollte keinen Arzt, sondern heiße Schokolade und ein wenig Gesellschaft. Ich hockte auf einem unbequemen Stuhl neben ihrem Bett. Mehr Einrichtungsgegenstände gab es nicht in Irinas Schlafzimmer. Bett und Stuhl waren aus rötlichem Holz gefertigt, so schmal und klein, dass sie an Kindermöbel erinnerten. Der Kakaoduft und Mrs. Grahams zierliche Gestalt verstärkten den Eindruck, am Krankenlager eines Kindes zu wachen und nicht an dem einer alten Frau.

Bevor ich Irinas Ruf gefolgt war, hatte ich mich zugedröhnt und mit dem Hausmädchen geschlafen, immer noch die weizenblonde, stämmige Person, die vor langer Zeit zwei Brüder und Elsa die Treppe hochgeleitet hatte.

Angenehm berauscht und bestrebt, die gebrechliche Dame zu unterhalten, erzählte ich ihr die Geschichte vom Herzen des Murmeltiers. Aber alles geriet durcheinander. Concettas Riesenarsch, und nicht das Herz des Murmeltiers, tanzte eine Habanera.

»Genug, genug, Junge, ich verstehe kein Wort«, unterbrach sie mich und nippte an ihrer Schokolade.

»Mrs. Graham, waren Sie eigentlich schon bei Lorenz? Haben Sie das zweite Motiv gesehen?«, wechselte ich das Thema.

Irina schüttelte den Kopf.

»Sie sollten hingehen.«

Keine Antwort.

»Ist Ihnen eigentlich vollkommen egal, was er macht?«

»Habe ich jemals etwas anderes behauptet?«

»Nein, aber man scheint Brauer zu schätzen. 120 000 Dollar, das ist nicht wenig. Und Ihre Rede bei der Ausstellungseröffnung klang verdammt überzeugend. Sie müssen Mirberg wirklich hassen.«

Irina schloss ihre Augen. »Sie war achtzehn Jahre, vier Monate und einundzwanzig Tage alt, als ...« Sie stockte und brach ab.

»Als was?«, hakte ich nach.

Mrs. Graham schüttelte den Kopf. »Genug. Ich hasse Mirberg und Punkt.«

Irina fühlte sich auch die nächsten Tage zu schwach, ihr Schlafzimmer zu verlassen. Ich verbrachte meine Zeit abwechselnd bei ihr und Jaap oder schlenderte durch das riesige Haus und öffnete wahllos Türen. Ab und zu traf ich Patrice in der Stadt, um meinen Medizinvorrat aufzufüllen, und jeden Nachmittag schlief ich mit dem Hausmädchen – das wahrlich kein Mädchen mehr war, sie hatte die vierzig schon überschritten. Ich mochte sie, mochte die Selbstverständlichkeit, mit der sie ihre Kleider ablegte, sich hinlegte und die Beine öffnete.

Mrs. Graham und ich sprachen weder über Mirberg noch über meinen Bruder, nicht über die Kunst und nicht über ihre Vergangenheit. Ein stillschweigendes Abkommen. Um uns aber vor Stille und Schweigen zu bewahren, las ich ihr aus einem Buch über Graugänse vor. Ich hatte es nicht aus Irinas Bibliothek genommen, sondern in einem der vielen unbewohnten Zimmer gefunden. Dort lag es allein und verlassen auf einer Fensterbank.

Manchmal stieß Mrs. Graham wieder diese außerirdisch anmutenden Töne hervor. Oft geschah es mitten im Satz, ihr Mund konnte die Worte einfach nicht mehr formen. Es war beängstigend, doch sie verbot mir, einen Arzt kommen zu lassen.

»Wo waren wir stehengeblieben?«, fragte ich Irina. In einer Hand hielt ich das Buch, in der anderen eine Tasse Kakao.

»Kapitel 6. ›Der Flug der Graugans‹.«

Ich reichte ihr die heiße Schokolade und begann zu lesen.

»Indem eine Gans die Flügel schlägt, erzeugt sie einen Auftrieb für das Tier direkt hinter sich. Die V-Formation erlaubt es dem Schwarm, bis zu 71 Prozent weiter zu fliegen, als dies jedem Vogel einzeln möglich wäre. Eine Gans, die aus der Formation ausbricht, bekommt auf einmal die Belastung und die Mühsal zu spüren, die es bedeutet, allein weiterzukommen.

Wenn die Führungsgans ermüdet, reiht sie sich weiter hinten ein, und eine andere Gans übernimmt ihren Platz.

Die Gänse am Schluss der Formation geben Signallaute von sich, um die zuvorderst fliegenden Tiere zu ermutigen, die Geschwindigkeit zu halten. Wenn eine Gans erkrankt oder verletzt wird, beispielsweise durch eine Gewehrkugel, und aus der Formation ausfällt, verlassen zwei weitere Gänse die Schar und folgen ihr, um ihr zu helfen…«

»Denkst du dir das gerade aus?«, unterbrach mich Mrs. Graham.

»Nein, das steht hier.« Ich gab ihr das Buch.

Sie hielt es sich nah vors Gesicht. Nur mit Mühe konnte sie die gedruckten Buchstaben entziffern.

»… verlassen zwei weitere Gänse die Schar und folgen ihr, um ihr zu helfen und sie zu beschützen. Sie bleiben so lange bei dem geschwächten Tier, bis es entweder wieder fliegen kann oder stirbt.« Irina klappte *Die Welt der Graugänse* zu. Tränen schimmerten in ihren Augen. »Karl, sag dem Hausmädchen, dass ich zum Abendessen Gänsestopfleber wünsche. Und jetzt lass mich allein.«

Einige Tage später brachte ich Jaap die Reste vom Abendessen. Ich lüftete die Speiseglocke. »Bitte der Herr, Gänsestopfleber mit Verjus.«

»Mein Herz wird verfetten, wenn das so weitergeht«, sagte er. Obwohl Mrs. Graham von der schweren Speise Sodbrennen bekam, verlangte sie ständig nach Foie gras.

Jaap seufzte, nahm einen Bissen. »Und wenn ich an die armen Tiere denke… sie stehen Qualen durch.« Er ließ die Gabel auf den Teller sinken.

»Tja, Mrs. Grahams persönliche Rache an den Graugänsen, die gewagt haben, ihr Herz zu berühren.«

»Was?«

»Ach nichts.«

»Hast du sie eigentlich mal gefragt wegen der Kartoffeln?«

»Nein, tut mir leid.«

»Nicht schlimm. Ich habe mich ein bisschen schlaugemacht. Frühestens im April kann man sie setzen, das wusste ich vorher nicht. Ich dachte ja nur, wenn der Garten schon nicht schön sein darf, dann vielleicht wenigstens nützlich. Da hinten stehen zwei Holzkisten voll mit gekeimten Kartoffeln, die kann ich jetzt wegschmeißen, die halten nicht bis April. Falls Mrs. Graham es überhaupt erlaubt.«

»Komm, Jaap, lass sie uns pflanzen.«

Er schüttelte den Kopf. »Aber das ist sinnlos und Mrs. Graham …«

»So vieles ist sinnlos … Nennen wir es einen symbolischen Akt. Wir ärgern Mrs. Graham ein bisschen, sie wird es wahrscheinlich nicht einmal bemerken. Los …«

23 Gläschen Graanjenever später schleppten wir die Holzkisten und eine zweite Flasche Schnaps in den Garten. Mit bloßen Händen lockerten wir die Erde.

»Für die Graugänse!«, sagte ich lachend. Ich nahm einen Schluck und reichte Jaap die Flasche.

»Für die Graugänse!« Er lachte ebenfalls und trank.

Plötzlich reckte Jaap seine Faust zum Himmel. »Für die Graugänse.« Tiefer Ernst klang in seiner Stimme.

»Ja, für die Graugänse«, sagte ich feierlich.

Schwitzend zogen wir Furchen in den Boden. Wenn sich unsere Blicke trafen, nickten wir einander zu, gleich Verschwörern. Das war kein dummer Streich, sondern eine Rebellion. Als die letzte Knolle in der Erde verschwunden war, fielen wir uns in die Arme und weinten wie kleine Kinder.

Zweihundert Kartoffeln waren vergraben – begraben, denn sie würden niemals blühen. Aber ich hatte das Gefühl, etwas von Bedeutung getan zu haben.

Meinen Vorschlag, ein anderes Buch zu holen, lehnte Mrs. Graham entschieden ab.

Kapitel 12, ›Das Paarungsverhalten‹, übersprang ich aus Furcht, allein der erste Satz, »Graugänse bleiben sich ein Leben lang treu«, könnte Irina dazu bewegen, eigenhändig ein paar Gänse zu stopfen.

Tage vergingen, Wochen vergingen.

Mrs. Grahams Gesundheitszustand besserte sich nicht. Nur selten und mit fremder Hilfe konnte sie ihr Bett verlassen. Die außerirdischen Klänge wurden häufiger.

Ich war zufrieden in dem Haus der alten Dame. Die Stunden plätscherten dahin. Oft lag ich, wie einst Vera, die ganze Nacht zugedröhnt in der Badewanne. Großartige Ideen und Gedanken schossen mir durch den Kopf, die ich leider allesamt sofort wieder vergaß.

Ich bemerkte, dass Angst wasserscheu war und Badewannen mied. Die aufziehenden Morgenstunden, in denen man die Rechnung für genossene Leichtigkeit begleichen musste, schienen in dem kühlen Wasser wesentlich erträglicher als in weichen Betten.

Mitte September, zu ungewohnt früher Stunde, meldete sich Vera. »Karl, mach den Champagner auf. Mirberg hat versucht, sich umzubringen«, hallte ihre Stimme triumphierend am anderen Ende der Leitung. Im Hintergrund das Lachen meines Bruders.

»Ist er tot?«

»Nein. Versucht! Hör mir doch richtig zu.«

Seit Brauers Geburt war Mirberg in der Versenkung verschwunden – sein missglückter Suizid das Erste, was wir von ihm hörten.

»Wie hat er …?«

Meine Frage drang nicht durch. Aufgekratzt redeten mein Bruder und sie gleichzeitig auf mich ein. Ich verstand kein Wort.

»Komm bald wieder«, sagte Lorenz schließlich zu mir und legte auf.

Eine Sekunde später klingelte das Telefon erneut.

»Ich will mit Brauer schlafen.«

»Mach das, Vera.«

»Ist er tot?«, fragte Mrs. Graham, als ich ihr die Nachricht von Mirbergs Selbstmordversuch überbrachte.

»Nein.«

»Schade. Es wäre eines der zwei möglichen Enden unserer hübschen Geschichte gewesen.«

»Was soll das heißen?«

Irina sah mir direkt in die Augen. »Was für einen Grund hätte ich, weiterzumachen, wenn Mirberg nicht mehr ist? Ich bin müde.«

»Aber Sie … Sie müssen doch gar nichts mehr machen. 120 000 Dollar, die Presse liebt Brauer, es ist doch schon … Es funktioniert.«

Einen Moment war es still.

»Und das andere mögliche Ende?«

»Junge«, stieß Irina fast mitleidig hervor.

Veras Stimme dröhnte in meinen Ohren. ›Dann lassen wir ihn ein wildes Leben führen.‹ Ich sprang auf, der Holzstuhl fiel zu Boden. »Warum erschießen Sie ihn nicht einfach? He? Dann können Sie sich auch noch ein schönes Datum aussuchen.«

»Du redest Unsinn. Wir sind doch keine Ungeheuer. Und deine Entrüstung verstehe ich überhaupt nicht, Karl. Haben wir es nicht klar formuliert: eine Wette auf Leben und Tod?«

»Aber woher soll man noch wissen, was wahr ist und was nicht? Sie haben auch gesagt, dass Brauer Ihre Liebe zur Kunst neu entfacht hat.«

»Genug. Genug. Heb den Stuhl auf. Kapitel 16, ›Population und Verbreitung der Graugans‹.«

Ich griff nach der Lehne, hielt dann aber inne. »Mrs. Graham, wer ist auf die Idee mit dem Porsche gekommen?«

»Mit dem …? Vera. Setz dich hin. Kapitel 16!«

Das Wasser verlor seine magische Kraft. Der Angst wuchsen Schwimmhäute. Kein Schaum bedeckte meinen Körper, und Irinas Hände, Veras Hände zerfleischten meinen Bruder, zerrissen ihn.

Im Morgengrauen, immer im Morgengrauen starb er neben mir in der Badewanne, begleitet von zwei Frauenstimmen:

›Dann lassen wir ihn ein wildes Leben führen.‹

›Wir sind doch keine Ungeheuer.‹

›Dann lassen wir ihn ein wildes Leben führen.‹

›Wir sind doch keine Ungeheuer.‹

Acht Mal begegnete ich der aufgehenden Sonne, den leblosen Körper meines Bruders im Arm haltend. Ich war kurz davor, durchzudrehen.

Der Pförtner grüßte und ließ mich passieren. Die Eisentür war nicht verriegelt.

Wasser bedeckte die *Sterblichkeit*. Grünlich, fast braun. Ich hatte das Gefühl, von oben direkt auf unseren Stausee zu blicken. Unter der leicht zitternden Oberfläche schwamm der Schatten eines Kindes. Erschreckend lebendig.

Die schwere Tür fiel hinter mir ins Schloss.

»Karl!«

Sie saßen auf einem ausgebreiteten Bärenfell, umzingelt von leeren Champagnerflaschen. Ein Toast auf Mirberg. Veras Haare tropften. Nur ein Handtuch bedeckte ihren Körper. Lorenz' Hand glitt über ihre adligen Beine, während sie die Medizin präparierte.

»Komm her«, rief mein Bruder, ließ Veras Schenkel los und breitete seine Arme aus.

Ich drückte ihn an mich, zerquetschte ihn fast. Eine Umarmung, die acht Tode im Morgengrauen vergessen machen musste.

Das Bärenfell war warm. Ein Eiland im steinernen Meer.

Ich deutete auf das Bild. »Der Stausee.«

Lorenz nickte. »Es ist die *Stille*. Du tauchst unter, und die Welt verstummt.«

Vera reichte mir den Spiegel und einen gerollten Geldschein. »Du hättest dich von Mrs. Graham verabschieden sollen«, sagte sie.

»Wie bitte?«

»Irina ist wütend. Du bist einfach gefahren, ohne ein Wort.«

»Hast du mit ihr gesprochen?«

»Ich telefoniere oft mit ihr.«

»So? Das hat sie nie erwähnt. Wann denn?« In Mrs. Grahams Schlafzimmer hatte ich kein Telefon bemerkt.

»Ist das ein Verhör?«

»Nein.« Ich schnupfte das Kokain, gab Vera den Spiegel zurück. Sie reichte ihn an meinen Bruder weiter.

»Lorenz!«, stieß ich vorwurfsvoll aus.

»Was?« Er lachte.

»Karl, du bist ein elender Hypokrit. Gratulier deinem Bruder lieber. Wir sind verlobt.«

Beide streckten ihre linke Hand aus. Die silbernen Ringe erinnerten an Stacheldraht.

»Seit wann?«

»Seit vier Tagen.«

»Und wann wird geheiratet?«

»Ende April, eine Woche bevor die zweite Lizenz versteigert wird«, sagte Vera.

Einige der Räume oben waren wohnlich eingerichtet. Einen davon bekam ich für die Dauer meines Aufenthaltes.

Ich behielt Vera im Auge, versuchte herauszufinden, was zur Graham-Mirberg-Show gehörte, was wirklich war. Wie weit würden zwei Frauen gehen, um das Ende ihrer Geschichte zu vergolden?

Obwohl ich mich täglich von der Lebendigkeit meines Bruders überzeugen konnte, starb er noch viele Male im Morgengrauen. Der Schlaf blieb vor der Eisentür, selten wagte er sich in das Fabrikgebäude. Unser Dealer Jerome hingegen war ein häufiger Gast.

Lorenz und ich lagen auf dem Bärenfell und betrachteten die an einigen Stellen bereits übermalte *Stille*, während Vera oben badete.

Ich griff nach dem Spiegel, zerhackte die Medizin mit einer

meiner schwarzen Plastikkarten. Dreimal rechts. Dreimal links.

»Widerliches Teufelszeug«, sagte ich und reichte es Lorenz weiter.

»Vera hat recht, du bist ein elender Hypokrit.«

Wir lachten.

»Wie hat sie ihn dir eigentlich gemacht?«, fragte ich.

»Wen – was?«

»Den Heiratsantrag.«

»Karl, was denkst du denn? *Ich* habe ihr den Antrag gemacht.«

»Du?«

»Ja.«

»Und warum … warum dieses Datum? Eine Woche bevor die nächste Lizenz versteigert wird? Das war ihre Idee, oder?«

Er sah mich irritiert an. »Nein, das war mein Wunsch, weil ich dann mit dem vierten Motiv fertig bin.«

»Liebst du sie denn?« Die Frage klang verzweifelt und dämlich.

Mein Bruder lachte. »Erklär mir Liebe.«

Je länger mein Besuch dauerte, desto weniger vermochte ich zu unterscheiden, spürte aber permanent eine Bedrohung. Ein Hund oder ein Wolf?

Regen trommelte auf das Dach des Fabrikgebäudes. Der sanfte Schlag der Tropfen dröhnte in der Halle wie Stahlgewitter.

Die Menschen außerhalb dieser Mauern schliefen, träumten, während wir drei rastlos und doch erschöpft umhergeisterten.

Und da war sie wieder, die Wut meines Bruders. Er trat gegen einen Tapeziertisch, auf dem Eimer und Tuben mit Farbe standen.

»Ich kann nicht malen bei dem Lärm«, brüllte er und warf mit Pinseln um sich. Nur knapp verfehlten die Geschosse die Leinwand.

»Hör auf«, schrie Vera und stellte sich schützend vor das Gemälde. »Gestern hat es auch geregnet, und gestern konntest du malen. Vielleicht brauchst du einfach eine Pause, vielleicht gehen wir jetzt besser alle ins Bett.«

Lorenz ließ den gezückten Spachtel fallen. »Aber Vera, ich will nicht ins Bett«, sagte er zärtlich zu seiner Verlobten. »Lasst uns einen Ausflug machen.« Wie ein kleiner Junge hüpfte er im Kreis. »Wir fliegen aus. Wir fliegen aus. Wir fliegen aus.«

180 PS, mein Bruder am Steuer, ich auf dem Beifahrersitz und Vera auf meinem Schoß. Die Autobahn gehörte uns. Wir hatten kein Ziel, Geister haben keine Ziele.

200 Stundenkilometer. Freudengeheul aus Lorenz' Kehle, aus meiner Kehle.

»Schneller, schneller«, spornte ich ihn an. Veras Körper erstarrte.

220 Stundenkilometer.

»Schneller, Lorenz, schneller!«

»Nein«, sagte sie.

250 Stundenkilometer.

»Schneller!«

Bilder schoben sich vor die Frontscheibe. Blut. Überall Blut. Es strömte aus unsern Körpern. Irina Graham applaudierte. »Das ist wirklich ein gelungenes Ende.« Ich konnte das Blut schmecken, riechen. Ich schloss meine Augen, öffnete sie: die Autobahn. Wir fuhren immer noch.

Vera drehte ihren Kopf zu mir. »Du blutest.«

Ich hing über dem Waschbecken der Rasthoftoilette. Normalerweise hörte es relativ rasch auf. Aber jetzt sprudelten zwei Fontänen aus meinen Nasenlöchern. Ich versuchte gar nicht mehr, sie mit Papierhandtüchern zu stoppen, betrachtete bloß den Mann im Spiegel. Ein Hund oder ein Wolf?

Brauer war ein begehrter Partygast. Täglich flatterten Einladungen in die Fabrikhalle. Vera entschied, welche man annehmen musste und welche man ignorieren durfte. Selten begleitete ich die beiden. Der Gedanke, mit fremden Menschen in einem Raum eingepfercht zu sein – denn was waren solche Anlässe schon anderes? –, löste immer öfter Panik in mir aus. Veras Medizin hatte einen Teil ihrer glorreichen Wirkung eingebüßt. Stärke und Leichtigkeit währten meist nur noch kurze Augenblicke. Winzige Glückspfützen und nicht das anfängliche Glücksmeer, in dem ich mich treiben lassen konnte. Die Welt war kein verheißungsvoller Ort und mein schlafloser Körper einfach unendlich müde. So der Normalzustand. Dann, unerwartet und heftig, wirkte das weiße Pulver wieder, und ein unbändiger Hunger nach Leben packte mich. Zog mich auf die Beine, zog mich aus der Festung, in der drei Menschen und die *Ewigkeit* wohnten.

Nach einer langen, trostlosen Woche war es endlich wieder da: das Gefühl der Unbesiegbarkeit. Ein Krieger mit Schwert, Schild und Panzer entstieg der Badewanne, bereit, sich in die Nacht zu stürzen.

Frenzen, der Galerist, lud an diesem Novemberabend zu seinem *letzten* Geburtstag ein.

Lymphdrüsenkrebs hatte das Ergebnis einer Routineuntersuchung im März gelautet. Den Tumor im Kopf, der bereits gestreut hatte, fand man Anfang April. Frenzen brach die Chemotherapie ab. Im Mai begegnete er einer Astrologin namens Yvonne. Die Planeten, die Sterne und sie prophezeiten, dass er seinen fünfzigsten Geburtstag im Spätherbst noch erleben würde. Die Ärzte wollten ihm nicht einmal mehr den Juli garantieren.

Yvonne behielt recht. Doch Frenzens Frage, ob er vielleicht auch den Einundfünfzigsten würde feiern können, verneinte die Astrologin traurig, aber bestimmt.

Also bat der Galerist am 27. November 1999 zu seinem *letzten* Geburtstag.

Aus Angst, dass ihm auf dem Weg zum Fest ein Blumentopf auf den Kopf fallen oder sonst ein ähnlich absurdes Unglück, das nicht in den Sternen stand, widerfahren könnte, fand die *letzte* Geburtstagsparty bei Frenzen zu Hause statt.

Jeder Gast schien sich mit dem gleichen Gedanken angekleidet zu haben. Geradezu unpassend wirkten angesichts der Novemberkälte die grellbunten Cocktailkleider der Damen und die hellen Anzüge der Herren. Frenzen und ich trugen als einzige Schwarz.

Auch was die Geschenke betraf, waren Freunde und Bekannte übereingekommen: Es musste etwas ganz, ganz Besonderes sein.

Ein Teeservice aus dem Nachlass des letzten Zaren. Signierte Erstausgaben von Frenzens Lieblingsautoren. Goldverzierte Straußeneier. Mein persönlicher Favorit auf dem

Gabentisch: ein Welpe, ein italienisches Windspiel. Jene kleinen Hunde, die Friedrich der Große in seinem Bett hatte schlafen lassen.

Unauffällig legte ich vier in Zellophan verpackte Joints, die mich keinen Pfennig gekostet hatten, zwischen all die prächtigen Präsente. Unser Dealer Jerome hatte mir ein Päckchen Gras in die Hand gedrückt. »Du siehst scheiße aus, brauchst ein bisschen Schlaf. Das hilft.« Die Pflanzen erwiesen sich für mich als Alptraummaschine, aber ich glaubte einmal gehört zu haben, dass Krebskranke Jeromes Kraut zu schätzen wussten.

Wie gratuliert man einem Sterbenden zu seinem letzten Geburtstag? Wieder herrschte Einigkeit: eine feste Umarmung. Ein Lächeln – aufmunternd, empathisch, auf gar keinen Fall mitleidig. Ein Kompliment – nicht zu dick aufgetragen, etwa: »Gut siehst du aus, mein Lieber.« Ja nicht den Tod oder die unheilvolle Krankheit thematisieren.

Nur der Krieger in Schwarz, der sich so stark fühlte wie lange nicht mehr, sagte: »Tut mir echt leid. Scheiß Krebs«, und sang anschließend aus voller Kehle *Happy Birthday*, während er Frenzens Hand drückte.

Ich nahm mir ein Glas Champagner und schlenderte durch das große, geschmackvoll eingerichtete Haus des Galeristen.

Einige erkannten Brauers Bruder. Seichte Worte, die nichts meinten und nichts bedeuteten, schwebten hin und her. Ein Hoch auf die Kunst. Um Gottes willen nicht auf das Leben. Pietät! Der Gastgeber hat Krebs. Nach einer Runde durch die mit Menschen vollgepfropften, von sanfter Musik beschallten Räume und zwei Abstechern auf die Toilette stieß ich mit Lorenz und Vera zusammen.

»Guck mal, wer da ist.« Ich wandte den Kopf in die mir gewiesene Richtung.

Mirberg saß in einem beigen Ledersessel. Das Gebiss vollständig. Seine rechte Hand ruhte, Besitz markierend, auf einem Frauenbein. Alin steckte in meinem Froschkostüm.

Ein Zucken durchfuhr Mirbergs Körper, als auch er uns entdeckte. Seine Zunge versicherte sich vorsichtig der lückenlosen Zahnreihe. Vielleicht war es diese Geste, vielleicht wechselte genau in diesem Augenblick der Lichteinfall. Was es auch war, Mirbergs Veränderung seit unserer letzten Begegnung trat deutlich zutage. Ein gebrochener Mann. Die Hand besaß nicht das Bein. Das Bein stützte den Besitzer der Hand.

»Er sieht schlecht aus«, sagte ich.

»Nicht schlecht genug«, befand die zukünftige Frau Brauer.

»Du wolltest ihn leiden machen. Ich glaube, er leidet.«

Vera blickte zu Alin. »Solange es noch jemanden gibt, der bereit ist, seinen Schwanz zu lutschen, leidet er nicht genug.«

»Wenn sie seinen Schwanz nicht gelutscht hätte, würden wir jetzt nicht hier stehen«, sagte Lorenz und lachte. »Gönnen wir ihm doch ein wenig Trost.«

Kaum merklich schüttelte Vera den Kopf. »Nein. Das ist kein gutes Ende.«

Ihre Worte versehrten meinen Panzer.

Ich wollte nicht mehr neben dem Künstler und seiner Erfinderin stehen, nicht mehr den geprügelten Hund Mirberg und die Froschfrau sehen. Ich flüchtete treppauf, suchte nach einem verwaisten Zimmer, in der Hoffnung, dass Veras Medizin meine schützende Rüstung wiederherstellen würde.

Das Schlafzimmer des Gastgebers schien mir der geeignetste Ort. Eine Ahnung ließ mich die vorletzte Tür auf dem L-förmigen Gang öffnen. Mein Instinkt erwies sich als treffsicher. Nur dass der Raum nicht leer war. Frenzen lag in seinem Bett. Einen Joint in der linken Hand, ein Heft in der rechten.

»Komm rein, Karl. Setz dich zu mir.«

»Ich will nicht stören.«

»Komm, los.« Er rutschte zur Seite.

»Ich darf doch?«, sagte ich und zog Spiegel und Stein aus der Tasche.

Frenzen nickte. »Meine zwei Lieblingsgeschenke.« Er hielt den Joint hoch, zwinkerte mir zu. »Ein bisschen Entspannung. Ich habe dich beobachtet – danke.« Dann wedelte er mit dem Heft. »Und ein paar ehrliche Sätze. Hat mir mein siebenjähriger Neffe geschrieben und Bilder dazu gemalt. Hör zu:

Lieber Onkel Martin,

schade, dass du einen Krebs hast und bald tot bist. Wenn ich mal weiß, dass ich einen Krebs habe oder irgendwie anders tot gehe, habe ich sicher Angst. Aber für dich ist es viel, viel, viel mehr schlimm. Weil die Mama sagt, dass du nicht an Gott und den Himmel und so glaubst. Ich schon, und vielleicht lassen die mich ja da rein und im Himmel ist tot sein ganz schön. Und wenn du nicht in den Himmel reinkommst, musst du in die Hölle, und wenn man nicht an den Himmel glaubt auch. Also fährst du mit dem Krebs in die Hölle. Das tut mir leid, weil du immer nett zu mir bist. Ich habe versucht, dir eine schöne Hölle zu malen. Das ist schwer.

Du musst mit dem Feuer aufpassen und nicht in den Topf springen. Die Oma vom Teufel kocht da Sachen und auch Menschen drin. Also geh nicht da rein, auch wenn die Oma sagt, dass sie dir dann Eis und Bonbons und so schenkt, sie lügt. Sie will nur, dass du in den Topf hüpfst. Er ist schwarz und rund.

Warum willst du nicht an den Himmel glauben? Dann kannst du mit dem Krebs vielleicht doch rein. Die Engel haben goldene Haare und sind sehr lieb. Und Gott ist auch sehr nett. Nur manchmal ist er sauer, wegen Atombomben und so. Aber er schlägt nicht oder so. Er guckt dann nur böse.

Aber das Beste im Himmel ist, dass du da Einhörner kaufen kannst. Die sind aber teuer und man braucht so Geld wie in Italien, nicht so Geld wie wir haben. Fahr doch mit dem Krebs nach Italien und hol das Geld und geh da tot.

Einhörner sind sehr selten und hier kannst du sie gar nicht kaufen. Manchmal verlaufen sie sich und kommen nach Deutschland oder Amerika. Aber nur kurz. Vielleicht fahre ich ja mit dir und dem Krebs in den Himmel, weil ein Einhorn will ich unbedingt haben.«

Frenzen klappte das Heft zu und zog kräftig an seinem Joint.

»Ich habe Angst«, sagte er. »Ich habe schreckliche Angst… Trotz der Schmerzen, trotz dieser unerträglichen Schmerzen will ich leben. Ich will hierbleiben.« Er weinte. »Wo geh ich hin, Karl? Wo geh ich hin?«

Ich streichelte vorsichtig seinen Kopf, in dem der Tumor wucherte. »Mir gefällt das mit den Einhörnern. Kauf dir auf jeden Fall eins, ja?«

»Das werde ich. Sogar zwei. Eins für mich und eins für

den Krebs.« Er griff nach dem Heft und zeigte mir eine Zeichnung seines Neffen. Ein Mann, offenbar der Galerist, führte ein fettes Schalentier an der Leine. Der pinke Krebs lächelte und trug eine Brille.

»Du solltest ihm Kontaktlinsen besorgen. Die Brille sieht einfach scheiße aus«, sagte ich.

Tränen rollten über Frenzens Wangen, und sein Lachen hallte durch das Zimmer. »Kann man die da oben auch kaufen?«

»Na klar. Bei zwei Einhörnern gibt es sogar ein Paar Kontaktlinsen gratis dazu.«

»Das ist beruhigend. Ich weiß nämlich nicht, ob ich genug italienisches Geld habe.«

»Noch eine Frage, dein Krebs, ist er ein Er oder eine Sie?«

»Vincent, er heißt Vincent, und er trägt mit Vorliebe Pink.«

Meine Hand ruhte auf Frenzens Schädel. »Kannst du Vincent spüren?«

»Ja. Er tut mir weh.«

Ich blieb bei dem Galeristen, bis er einschlief, deckte ihn zu und vergewisserte mich, dass sein Herz noch schlug.

Eine letzte Ladung Medizin. Gerüstet und gewappnet marschierte ich treppab. Die Musik dröhnte nun laut, Menschen tanzten, niemand schien den Gastgeber zu vermissen. Auf dem Gabentisch, neben dem zitternden Welpen, stand eine Flasche Bunnahabhain. Das Windspiel klemmte ich mir unter den Arm, den Whiskey nahm ich in die Hand. Tier, Herr und Flasche fanden ein freies Ledersofa.

Ich trank den Single Malt, während das Hündchen auf meinen Schoß pisste. Ängstlich schaute es mich aus seinen braunen, hervorstehenden Augen an.

»Egal«, sagte ich und tätschelte seinen fragilen Körper.

»Du bist doch Brauers Bruder?«

Ihre Haare waren glatt wie ein Vorhang, ihre Fesseln schmal, und ihr Lächeln – das sah man sofort – schenkte sie jedem. Alles war verkehrt. Außer der nachtblauen Taftbluse, eine Botschaft aus dem Lande Oz.

»Darf ich?« Sie deutete auf den Platz neben mir.

»Bitte.«

»Ich heiße Melly. Und du?«

»Karl.«

»Es riecht komisch hier.«

»Der Hund hat auf meine Hose gepinkelt.«

»Dann solltest du sie ausziehen.« Sie lächelte. »Machst du auch was mit Kunst?«

»Ich verkaufe Einhörner«, flüsterte ich ihr ins Ohr.

»Und in Wirklichkeit?«

»Was soll das heißen?«

Meine Finger glitten über den transparenten Taft. Ich küsste Mellys Hals, küsste ihn, um den Stoff an meiner Wange spüren zu können.

»Es gibt keine Einhörner«, sagte sie.

Zärtlich legte ich meine Hand auf ihren Mund, obwohl ich gern zugeschlagen hätte. »Sag das nicht, das ist grausam.«

Das Windspiel, der Mann und die Frau marschierten treppauf, die Flasche kam mit. Dieses Mal entschied ich mich für die letzte Tür. Das Gästezimmer.

Ich knöpfte ihre Bluse auf, zog sie ihr aus. Presste den Taft gegen meine Brust, während Melly sich ihrer restlichen Kleidung entledigte. Sie streckte sich auf dem Bett aus, streckte ihre Arme aus. »Komm, komm zu mir.« Aber ich war gefangen in dem Blau der Nacht und hörte eine Stimme, die ich verbannt zu haben glaubte. *Folgst mir noch immer, Fetti?*

»Ja«, sagte ich laut.

Das Windspiel kauerte zu meinen Füßen. Ich packte das Tier und rannte los.

»Meine Bluse!«, schrie Melly. »Du kannst doch nicht mit meiner Bluse abhauen!«

Es war nicht ihre Bluse, es war eine Nachricht von dem vollkommensten Mädchen der Welt.

Der Mann, der Hund und ein Knäuel Stoff irrten durch den Novemberregen, bis sie ein Taxi fanden.

In der Fabrikhalle stieg ich aus dem nassen, vollgepinkelten Anzug und rollte mich auf dem Bärenfell zusammen. Mit dem blauen Stoff bedeckte ich meine Scham, der Welpe schmiegte sich an mich. Vor uns die *Ewigkeit*. Motiv 4 hatte den Schatten des schwimmenden Jungen fast gänzlich verdrängt.

Der *Stille* folgte die *Erkenntnis*. In der Mitte der Leinwand das zweigeteilte Gesicht des Murmeltiers. Die rechte Hälfte zeigte sein jugendliches Antlitz, links war der gute Geist unserer Kindheit bereits ergraut, von Falten gezeichnet. Gespreizte Schenkel und Frauenbrüste, aus deren Warzen Arme wuchsen, umkreisten den alten Mann wie Planeten, während sie den jungen Mann würgten und zu zerquetschen drohten.

4 von 86. Wäre die Vollendung von Brauers Schöpfung nicht das einzig erträgliche Finale der Geschichte? Doch die Schöpfer des Schöpfers schienen anders zu denken.

Und deshalb lag ich hier, nackt auf einem Bärenfell. Weil

ich fürchtete, dass zwei Frauen meinem Bruder nach dem Leben trachteten.

Ich lag hier, nackt auf einem Bärenfell, weil ich nicht mehr wusste, was wahr war und was nicht.

Ich lag hier, weil die Stürme des Lebens mich erfasst hatten und nach Belieben umherstießen.

Frenzen und sein Krebs Vincent erlebten die ersten acht Tage des neuen Jahrtausends. Der Tod kam, während sie schliefen.

Die Beerdigung fand auf dem Düsseldorfer Nordfriedhof statt. Vera entschied, dass man diese Einladung getrost ignorieren konnte. Ich ging trotzdem hin. Das Windspiel, das ich nach Brauerscher Familientradition auf den Namen Windspiel getauft hatte, begleitete mich.

Windspiel übte eine beruhigende Wirkung auf mich aus. Veras Medizin in der Blutbahn und in der Hosentasche, das Tier an meiner Seite, nur so wagte ich die Festung zu verlassen.

Auf dem Friedhof herrschte Hundeverbot. Aus Angst, rausgeschmissen zu werden, postierten wir uns in einiger Entfernung des Grabes. Ob Kälte oder Verzweiflung die schwarzgekleideten Menschen erbeben ließ, ob der Wind heulte oder die Trauergemeinde, war von hier nicht auszumachen.

»Wie viele Lichtkilometermillionenjahre sind es bis zur Hölle?« Ein Kind mit einer dicken Brille auf der Nase zupfte an meinem Ärmel.

»Ich … Ähm …«

Der Junge sah mich flehend an. Er wartete.

»740. Ungefähr … Vielleicht auch 741«, sagte ich, um ihn vor der Leere, die unbeantwortete Fragen hinterlassen, zu bewahren.

»Und wie lange dauert das dann, bis man da ist?«

»Puh, lass mich rechnen. 49 Stunden. Ja, 49 … Bist du Frenzens Neffe?«

»Nee, Jonas. In der Kiste liegt Onkel Martin.«

»Martin ist dein Onkel?«

»Ja.«

»Also bist du der Neffe?«

Er lachte. »Nee, Jonas.«

»Jonas. Du heißt Jonas?«

»Sag ich doch.«

»Soll ich dir was verraten, Jonas?«

Der Junge nickte, seine bebrillten Augen fixierten meine Lippen.

»Onkel Martin fährt nicht zur Hölle. Zum Schluss hat er an den Himmel geglaubt. Er hat extra eine ganze Menge italienisches Geld eingesteckt, damit er für sich und den Krebs Einhörner kaufen kann.«

»Ja«, flüsterte das Kind, und dann ein wenig lauter: »Jaaaaaaaaaaaaa!«

Eine weibliche, ältere Version des Jungen rauschte auf uns zu. »Jonas, du kannst nicht einfach weglaufen und fremde Leute belästigen! Dein Onkel ist tot. Wir sind alle traurig. Das ist kein Spielplatz, sondern ein Friedhof.«

Ihre verbitterten Gesichtszüge verrieten, dass sich nicht viele Menschen bemüht hatten, ihre Fragen zu beantworten. Sie packte Jonas am Arm, schenkte mir ein entschuldigendes Lächeln und führte ihren Sohn ab.

Keine fünf Minuten später kam sie zurück, ohne das Kind.

»Verzeihen Sie bitte, dass ich noch einmal störe, aber woher haben Sie Massimo?«

»Wen?«

Sie deutete mit ihren langen Fingern auf den Hund.

»Das ist nicht Massimo, das ist Windspiel.«

»Ich weiß, dass es ein Windspiel ist. Wir haben M-a-s-s-i-m-o«, sie betonte den Namen überdeutlich, »meinem Bruder zum Geburtstag geschenkt. Er lag in seinem Körbchen, plötzlich war er weg. Und jetzt steht er hier.«

»Das ist nicht Massimo, das ist Windspiel«, wiederholte ich, weil mir nichts Besseres einfiel.

»Junger Mann, das ist Diebstahl.«

Panik ergriff mich. Ich schnappte mir Windspiel und rannte los. Klaute den Hund ein zweites Mal.

Ihr Wutschrei hallte durch das Fabrikgebäude. Markerschütternd.

Am 2.2.2000 war eine Sonderausgabe des *Artfact Magazine* erschienen. Betitelt: ›200 x 100‹.

Zweihundert Ranking-Listen. Konventionelle Kategorien wie *Die hundert einflussreichsten Künstler*, *Die hundert bedeutendsten Kunstwerke, Die hundert teuersten Gemälde* wechselten ab mit Listen, die einen Hauch von Boulevard verströmten: *Die hundert suizidgefährdetsten Künstler. Die hundert humorvollsten Künstler. Die hundert bestaussehenden Künstler.* Brauer landete hier auf Platz zwei, hinter Neo Rauch.

Vera war außer sich, dass der Name meines Bruders einzig und allein in dieser lächerlichen Sparte auftauchte und dort nicht einmal den Spitzenplatz belegte. Sie packte ihren Koffer und fuhr nach Den Haag.

Eine Woche blieb Vera bei Mrs. Graham.

Windspiel und ich verbrachten jene sieben Tage auf dem Bärenfell und sahen Lorenz beim Fertigstellen der *Erkenntnis* zu.

Manchmal lagen wir zu dritt dort. Ein gestohlenes Tier und zwei Brüder, die nicht allein waren, weil sie einander hatten. Die blaue Bluse aus dem Lande Oz hatte Windspiel in tausend kleine Fetzen gerissen. Elsa wirbelte durch die Luft, durch meine Gedanken.

In der letzten Nacht ohne Vera klopfte mein Herz so rasend schnell, dass ich glaubte, es würde jeden Moment meinen Brustkorb sprengen. Schweiß, nicht Perlen, sondern Bäche, rann über meinen Rücken, strömte aus den Kniekehlen. Lorenz, der neben mir auf der Bärenhaut eingeschlafen war, erwachte und knipste das Flutlicht an, das die werdende *Ewigkeit* beleuchtete. Sein Blick verriet, dass ich genauso elend aussah, wie ich mich fühlte. Ich bat um Wasser. Das Schlucken schmerzte, eine ständige Begleiterscheinung der Medizin, doch die Intensität war neu. Tränen schossen mir in die Augen.

»Ich bring dich ins Krankenhaus«, sagte Lorenz.

»Nein, nein. Geht schon wieder. Hilf mir mal hoch.« Ich stand. Ich konnte stehen. Wer stehen kann, lebt. »Lass uns ein bisschen gehen, ja?«

Lorenz legte meinen Arm um seine Schulter.

»Wohin?«, fragte er.

»Einfach im Kreis.«

Windspiel trottete hinter uns her.

»Karl?«

»Ja?«

»Du musst das in den Griff kriegen, du übertreibst.«

Ein Lachen löste sich aus meiner wunden Kehle. »Und du nicht? Du nicht? Wir sind mittendrin, Lorenz. Das sind die Stürme des Lebens. Willkommen.«

Später, als es bereits dämmerte, gingen wir nach oben, jeder in sein Zimmer. Stein und Spiegel. Ich schnupfte hier und wusste, dass mein Bruder nebenan genau das Gleiche tat.

Lorenz und Vera heirateten in Manhattan. Ganz allein. Alle, ich eingeschlossen, hatten mit einem rauschenden Fest gerechnet.

Das frischgetraute Paar plante, bis zur Versteigerung der zweiten Lizenz und eines Jasper Johns aus der Graham-Sammlung in New York zu bleiben.

Während der Abwesenheit des Künstlers bewachte ein Sicherheitsdienst die Fabrikhalle. Windspiel und ich übergaben die Festung einer Schar bewaffneter, beigeuniformierter Männer und traten unsere Reise nach Den Haag an.

Der Besuch bei Mrs. Graham war ein als Vorschlag verkleideter Befehl von Vera.

»Karl, du kannst machen, was du willst, nur nicht hierbleiben. Der Sicherheitsdienst kümmert sich ausschließlich um unbewohnte Gebäude, das heißt, alle Menschen und alle Hunde müssen raus. Und ich glaube, es wird allmählich Zeit, dass du dich bei Irina entschuldigst.«

»Wofür?«

»Du bist einfach abgehauen, ohne ein Wort zu sagen.«

Einen Moment lang spielte ich mit dem Gedanken, Veras

Ratschlag zu ignorieren und meinen Vater und die Kratzlerin zu besuchen. Aber Frau Kratzler würde meinen desaströsen Zustand trotz grauem Star erkennen. In den vergangenen Wochen hatte ich fast fünf Kilo verloren, und meine dunkelvioletten Augenringe sahen wie das ruhmlose Resultat einer Schlägerei aus. Die Kratzlerin würde mich festketten, füttern, Grievenhast rufen, beten, weinen, mich eigenhändig ins Krankenhaus schleifen. Und das würde ich nicht durchstehen.

Bevor ich das Haupthaus betrat, klopfte ich an Jaaps Tür. Er zuckte zusammen bei meinem Anblick.

»Ich war krank«, beruhigte ich ihn.

Er schüttelte traurig den Kopf. »Ich bin nicht dumm, mein Junge. Es wird dich umbringen.«

»Ich hör auf.« Wir wussten beide, dass es eine Lüge war. »Bald. Bald höre ich auf.«

»Heute?«

»Nein, nicht heute, Jaap. Aber bald.« Windspiel sprang auf den Schoß des Gärtners. »Das ist mein Hund. Und was gibt es hier Neues?«

»Unsere Kartoffeln sind tot, aber das war ja nicht anders zu erwarten.«

»Für die Graugänse«, sagte ich feierlich.

Er lachte. »Für die Graugänse. Über die ich mittlerweile mehr weiß, als mir lieb ist.«

»Du liest ihr vor?«

»Mrs. Graham wird entzückt sein, dass du wieder da bist. Deine Stimme gefällt ihr besser als meine.«

»Das hat sie gesagt?«

»Ständig.« Jaap klopfte mir auf die Schulter. »Bald, ja?«

Ich nickte.

Das Hausmädchen schaute nicht minder entsetzt, als sie mir öffnete. Doch wahrscheinlich würde sie das Wort krank mehr beunruhigen als die Wahrheit. Wir hatten nie ein Kondom benutzt.

»Kokain«, sagte ich und deutete auf meinen Körper. »*Heel wat cocaine. Niet ziek.*«

Mrs. Graham lag in ihrem Bett und sparte sich jeden Kommentar über mein Aussehen. Ich stammelte eine Entschuldigung für mein plötzliches Verschwinden im letzten Jahr.

»Genug, genug«, unterbrach sie mich. »Ich mag keine Hunde. Er kann draußen warten. Oder beim Gärtner. Weg mit dem Tier, und dann komm zurück.«

Widerwillig, aber nicht in der Verfassung, mich mit Mrs. Graham anzulegen, brachte ich Windspiel zu Jaap.

Als ich wieder auf dem unbequemen Kinderholzstuhl saß, reichte sie mir das Buch. »Kapitel 6. ›Der Flug der Graugans‹.«

»Aber das kennen Sie doch schon, Mrs. Graham.«

»Kapitel 6. Bitte.«

Ich klappte das Buch auf und begann zu lesen. »Kapitel 6. Der Flug der Graugans. Indem eine Gans die Flügel schlägt, erzeugt sie einen Auftrieb für das Tier direkt hinter sich. Die V-Formation …« Und dann gelangte ich zu der Stelle, die uns Foie gras in sämtlichen Variationen beschert hatte. »Wenn eine Gans erkrankt oder verletzt wird, beispielsweise durch eine Gewehrkugel, und aus der Formation ausfällt, verlassen zwei weitere Gänse die Schar und folgen ihr, um ihr zu helfen und sie zu beschützen. Sie bleiben so lange bei dem geschwächten Tier, bis es entweder wieder fliegen kann oder stirbt.«

Irina hob ihre Hand. »Noch einmal von vorne, bitte.«

Vier Mal musste ich den ersten Abschnitt des 6. Kapitels vorlesen.

»Sie bleiben so lange bei dem geschwächten Tier, bis es entweder wieder fliegen kann oder stirbt«, sprach Mrs. Graham beim vierten Mal den letzten Satz mit. »Das ist Loyalität«, fügte sie fast zornig hinzu.

»Ich würde es Gnade nennen.«

»Gnade?«

»Ja.«

»Ich esse keine Stopfleber mehr.«

»Das ist auch eine Form von Gnade«, sagte ich und verließ ihr Zimmer.

Ein zweites Mal erhielt ein anonymer Käufer den Zuschlag für Brauers Lizenz und zahlte sagenhafte 250 000 Dollar. Es kursierte das Gerücht, es handle sich um denselben Unbekannten, der auch die erste Lizenz ersteigert hatte.

Das *Artfact Magazine* kündigte für die Juniausgabe ein Porträt über meinen Bruder an: ›Brauer – ein neuer Meister‹.

Der Seitenhieb auf Mirbergs Essay ließ mich vermuten, dass ein bis zwei Frauen bei der Titelfindung ihre Finger mit im Spiel hatten.

Ein Rahmen aus Elsbeerholz, 363 Zentimeter hoch und 473 Zentimeter breit, plus ein Metallkoffer mit Videoaufzeichnungen wurden nach New York verschifft.

»Wo wird das Zeug eigentlich hingeliefert? Ich meine, es hat ja niemand die Adresse. Anonym, mmh?«

»Ins Auktionshaus, und dort weiß man, wer der Käufer ist. Kapitel 6, bitte. ›Der Flug der Graugans‹.«

Vera und Lorenz waren verheiratet und ein Stück Ewigkeit versteigert. Aber die Brauers kamen nicht zurück, sondern flitterten in den Hamptons. Die Festung blieb für alle Menschen und alle Hunde verschlossen und ich in Den Haag.

Die Tage verliefen angenehm eintönig. Ich nahm wieder meine Spaziergänge durch die Graham-Villa auf, öffnete Türen, badete allnächtlich. Ich schaffte es sogar, meinen Medizinkonsum ein wenig einzuschränken. Nur das Hausmädchen wollte nicht mehr mit mir schlafen.

Mrs. Graham wirkte zwar gebrechlicher als im vergangenen Jahr, aber geistig vollkommen präsent. Sie redete klar und deutlich, die außerirdischen Laute waren Vergangenheit. Da Irina aber nach wie vor auf ihre Besuche bei Andromeda verzichten musste, zwang sie ihren Gärtner, täglich ins Mauritshuis zu fahren, um – trotz Fotografierverbot – mit einer Digitalkamera die Tochter der Kassiopeia abzulichten.

»Irgendwann kriege ich dort einen Herzinfarkt«, klagte Jaap. »Diese Museumsaufseher! Lieber Autos stehlen, das meine ich im Ernst, lieber Autos stehlen …«

Obwohl die Welt kein verheißungsvoller Ort war, jede Menschenansammlung Panik bei mir auslöste und ich immer noch aussah, als ob die Pest oder eine andere längst ausgerottete Krankheit mich heimgesucht hätte, übernahm ich Jaaps Aufgabe. Die Erinnerung an Elsa trieb mich hin.

Sobald das Museum seine Tore öffnete, trat ich ein. Mein Blick streifte nicht einmal die anderen Werke. Gefesselt wie eh und je grüßte die kleine Andromeda.

Die Beleuchtung des Mauritshuis verlangte Blitzlicht. Ich wartete auf einen günstigen Moment und drückte ab.

Jedes Mal, wenn der helle Schein die fast nackte Königstochter traf, huschte ein Lächeln über ihr Gesicht, und für den Bruchteil einer Sekunde lösten sich Andromedas Ketten, doch die Digitalkamera vermochte den Augenblick der Befreiung nicht zu bannen. Unbeweisbare Heldentaten behält man besser für sich. Aber eines Tages brach ›Der Flug der Graugans‹ mein Schweigen.

»Kapitel 6«, forderte Irina, nachdem ich ihr die Andromeda-Aufnahmen gezeigt hatte.

»Mrs. Graham, wie wäre es, wenn ich heute mal etwas anderes vorlese. Wir können es doch beide schon auswendig. Vielleicht ›Die Aufzucht der Graugans‹?«

»Kapitel 6.«

»Oder das …«

»Kapitel 6. ›Der Flug der Graugans‹.«

Ich klappte das Buch zu. »Mrs. Graham, sie lächelt.«

»Wie bitte?«

»Andromeda. Wenn die Kamera blitzt, dann lächelt sie, und ihre Ketten lösen sich. Nur ganz kurz, aber ich habe es gesehen. Ich schwöre es Ihnen. Ich habe es gesehen.«

Was für eine Reaktion ich auf meine Nachricht auch erwartet haben mochte, sie blieb aus. Irina schloss ihre Augen und schwieg.

»Mrs. Graham, Sie werden mir nie erzählen, was ihr passiert ist, als sie achtzehn Jahre, vier Monate und einundzwanzig Tage alt war?«

Stille. Doch als ich aufstehen und das Zimmer verlassen wollte, griff sie nach meiner Hand.

»Es ist nicht wichtig, was ihr passiert ist. Aber sie ist untröstlich. Rembrandt muss ein kluger Mann gewesen sein, dass er jenen Moment der Einsamkeit gewählt hat, um Andromedas Geschichte zu erzählen. Es braucht nur wenige Stunden, um ein Mädchen für immer festzuketten.«

»Das Bild? Kann das Bild Sie trösten?«, fragte ich.

Irina lächelte. »Es kann heilsam sein, sich selbst im Spiegel der Fiktion wiederzufinden.«

»Und Mirberg wusste …«

»Genug, genug.« Sie ließ meine Hand abrupt los. »Kapitel 6.«

Während ich vorlas, hallte es in meinem Kopf: untröstlich. Ein ums andere Mal folgten zwei Graugänse ihrer verletzten Artgenossin, beschützten sie und halfen ihr.

Erst als Mrs. Graham schlief, legte ich das Buch zur Seite und schlich leise hinaus.

Untröstlich. Das Wasser schenkte mir keine Ruhe.

Untröstlich. Ich zog mich aus der Wanne.

Untröstlich. Windspiel kauerte neben mir auf den kalten Fliesen.

Stein und Spiegel. Bald höre ich auf. Bald. Nicht heute. Aber bald.

Untröstlich. Das Wort hämmerte gegen meine Schädeldecke. Ließ mich das ganze Ausmaß seiner Bedeutung erfassen. Gibt es denn etwas Traurigeres als einen Menschen, den nichts zu trösten vermag?

Mehr Medizin. Mehr Medizin.

Schatten zogen vorbei. Wölfe oder Hunde? Meine Fäuste wollten sie vertreiben. Aber Schatten fürchten keine Schläge.

Meine eben noch boxenden Arme umschlangen meinen Bruder, auch er nur ein Gespenst. »Was machst du da?«, fragte eine körperlose Stimme.

»Ich versuche, ein guter Mensch zu sein.«

Lachen erfüllte den Raum.

Mehr Medizin, mehr Medizin.

Eine nachtblaue Bluse. Ihre abgesplitterten Scharlachnägel berührten meine Wangen.

»Elsa?«

Sie antwortete nicht.

»Elsa, sag etwas, bitte.«

Die Königin des Murmeltiers schwieg.

Mehr Medizin. Mehr Medizin.

Als ich meine Hand ausstreckte, um ihre wilden Haare zu streicheln, verschwand das Mädchen und nahm die Schatten mit sich. Der Hund und ich blieben allein zurück.

Mehr Medizin. Bis keine Medizin mehr da war.

»Windspiel, was machen wir jetzt?«

Wir öffneten Türen. Und als wir alle Türen im Haus geöffnet und jedes Zimmer durchschritten hatten, stiegen wir in den Keller hinab. Neues Terrain, ein Abenteuer. Der unbewaffnete Krieger, sein Gefährte und die Wildnis. Eine Sauna. Ein eingepackter Billardtisch. Warum weinte ich? Weint man, wenn man den Verstand verliert?

So leicht auf einmal mein Körper, so ruhig das Herz. Was tropfte da zwischen meinen Beinen? Ich konnte im Gehen pinkeln. Magie.

»Aber nicht auflecken, Windspiel. Wir müssen weiter. Türen öffnen.«

Koffer. Leere Koffer. Gartenmöbel. Ein Rahmen aus Elsbeerholz, 363 Zentimeter hoch und 473 Zentimeter breit, mit einer Plakette am unteren Rand: *Mai 1999 – Mai 2000.*

Treppauf. Licht an.

»Mrs. Graham. Sie – Sie haben die erste Lizenz gekauft! Die zweite auch?«

Irina richtete sich in ihrem Kinderbett auf und musterte mich.

»Du bist nackt, du blutest, und ein Hund ist im Zimmer. Zieh dir etwas an, wasch dein Gesicht und raus mit dem Köter.«

»Mrs. Graham. Was – ich verstehe nicht. Warum?«

»Warum, was?«

»Warum ... Ist denn ...? Ich meine, was ist ...?«

Sie seufzte. »Da liegt ein Bademantel.«

Ich hängte mir das fliederfarbene Stück Stoff über die Schultern und setzte mich auf den Stuhl.

»Würdest du bitte deinen Penis bedecken.«

Ich tat wie geheißen.

»Danke ... Mein lieber Karl, die erste Lizenz wäre, wenn wir nicht mitgeboten hätten, für 15 000 Dollar verkauft worden. Die zweite immerhin für 20 000. Das ist nichts. Die Presse liebt deinen Bruder. Ja. Aber der Chefredakteur des *Artfact Magazine* lässt sich seine Liebe teuer bezahlen. Die anfängliche Euphorie war nicht mehr als ein Strohfeuer. Vera und ich haben uns verschätzt.«

»Verschätzt?«

»Es hat nicht funktioniert.«

»Weiß Lorenz das?«

»Ja.«

»Seit wann?«

»Vera hat es ihm in New York gesagt.«

»Und?«

»Wir machen weiter, bis es zu Ende ist.«

»Mirberg oder er, ja? Weiß er das auch?«

Irina nickte.

»Und das ... das nimmt er einfach so hin?«

»Hat dein Bruder im Moment nicht ein schönes Leben? Erfolg, Geld und Vera?«

»Ich dachte, es geht um die Ewigkeit und nicht um den Moment.«

Der Bademantel glitt zu Boden.

»Warte«, rief Irina, als ich schon im Türrahmen stand. »Es gibt noch ein drittes Ende.«

»Was haben Sie gesagt?«

»Du hast mich gehört. Gute Nacht, Karl.«

Ich hatte sie gehört, aber nicht verstanden.

4

Nach einigem Umherirren in den Hallen des Dallas – Fort Worth International Airport fand ich eine Autovermietung.

Sam nannte mich Sir und zeigte mir, wie man die Rückbank des Chevrolet Tahoe zurückklappen konnte.

»Sieben Personen haben bequem Platz, Sir«, sagte er stolz und strahlte.

Wie viel wiegt die Abwesenheit eines kleinen Brockens, aus dem Bröckchen, aus denen Pulver wird? Ich trug eine zentnerschwere Last in meiner leeren Hosentasche.

Noch in derselben Nacht hatte ich Windspiel in die Obhut des Gärtners gegeben und Irina Grahams Haus verlassen.

Bald war jetzt.

Karl Brauer reiste allein, aber Sams Freude war so ansteckend, dass ich eine tiefe Befriedigung empfand, als ich das Sieben-Menschen-Wunder Richtung Interstate 20 lenkte.

Throckmorton lag nur dreieinhalb Stunden entfernt, doch in diesem Zustand wollte ich der Königin des Murmeltiers nach einem Jahrzehnt nicht unter die Augen treten. Unangekündigt noch dazu. Irgendwo zwischen Dallas und der Farm würde ich ein paar Tage pausieren. Schlafen, Veras Medizin aus meinen Gedanken vertreiben und Worte finden. Worte für Elsa.

Ich bin hier, weil ich dir immer gefolgt bin.

Ich bin hier, weil deine Lippen einmal meine Wangen gestreift haben und ich mich von dieser Berührung nie wieder erholt habe.

Ich bin hier, weil ich den Schatten eines Wolfes nicht von dem eines Hundes unterscheiden kann.

Sam hatte mir nicht nur den Sieben-Sitzer vermietet, sondern auch einen Ort zur Erholung empfohlen. Lake Daniel, ein Naturreservat in Stephens County. Sein Onkel führte ganz in der Nähe des Sees ein Hotel, eher eine Pension, *The Green House*. Nicht luxuriös, aber sauber. Sehr ruhig, fast einsam.

»Das klingt gut«, sagte ich.

Und schon hatte Sam zum Telefon gegriffen und ein Zimmer für mich reserviert.

The Green House erinnerte an das heruntergekommene Fast-Hotel meines Vaters. Ich war der einzige Gast und Sams Onkel Matthew der einzige Bewohner.

Ob ich zum Fischen hier sei, fragte Matthew.

»Nein.«

Zum Bootfahren?

»Auch das nicht.«

Die Entenjagdsaison habe noch lange nicht begonnen.

»Ich jage nicht.«

Was ich dann hier wolle?

»Meine Ruhe.«

Matthew nickte, er verstand.

Das Verlangen nach Veras Medizin überwältigte mich in unregelmäßigen Abständen. Mehr als einmal stieg ich in den Chevrolet Tahoe, bereit, für ein bisschen Koks bis nach Dallas oder auch bis ans Ende der Welt zu fahren. Meine Hände umklammerten das Lenkrad, der Zündschlüssel steckte. Doch ein winziger Teil meines Gehirns bekämpfte die Gier, beschwor Elsas Bild herauf.

Elsa war mir Schwert, Schild und Panzer.

Die Nachmittage verbrachte ich am Ufer des Lake Daniel – ein wilderes Gewässer als unser Stausee – und starrte Enten an.

Rotbraune Köpfe, silbernes Gefieder. Ich sprach zu ihnen, und zeitweise schienen sie mir tatsächlich zuzuhören. Ja, meine Gesellschaft sogar zu schätzen. Aber dann, mit einer grausamen Plötzlichkeit, schwammen die Tiere davon. »Hey, kommt zurück, ich bin für eure Verwandten in die Schlacht gezogen. Für die Graugänse! Für die Graugänse!« Meine Heldentaten rührten ihre kalten Entenherzen nicht.

»Arschlöcher, bald knallen sie euch eh alle ab.« Auch meine Beschimpfungen zeigten keine Wirkung. »Ihr könnt mich mal! Das war's.«

Und doch kam ich am nächsten Tag wieder.

Abends saß ich meist auf der Veranda des *Green House* in einem der zwei Korbsesselgerippe. Manchmal leistete Matthew mir Gesellschaft. In stillem Einvernehmen verzichteten wir auf jede Unterhaltung. Während ich den texanischen Himmel betrachtete, rauchte er seine Pfeife.

»Worauf warten Sie eigentlich?«, brach er unser friedliches Schweigen, als ich schon eine Woche lang sein zahlender Gast war.

»Warum glauben Sie, dass ich auf etwas warte?«

»Die meisten Menschen warten auf etwas.« Er lächelte. »Keine Antwort?«

»Doch. Doch … Ich warte darauf, dass ich schlafen kann. Dass die schwarzen Schatten unter meinen Augen ein paar Nuancen heller werden. Dass ich mich in den Griff bekomme. Man sollte sich im Griff haben, wenn man einer Königin nach vielen Jahren wiederbegegnet.«

»Einer Königin?«

»Ja … Der Königin des Murmeltiers.«

Matthew nickte.

Eine halbe Stunde später stand mein Bett – Gestell samt Matratze – draußen, wenige Schritte von der Veranda entfernt.

»Das ist eine alte Familientradition. Unter diesem Himmel werden Sie Schlaf finden.«

Einen Moment fragte ich mich, wo wohl der Rest der Familie war, zu der jene Tradition gehörte. So hat anscheinend jeder seine Geschichte.

In der ersten Nacht verlor das Wachen seinen faden Beigeschmack. Die Sterne, die Luft, ich weiß nicht, was es war. Das Gefühl der Hilflosigkeit schwand.

Die zweite Nacht schenkte mir Phasen der Ruhe.

Und in der dritten Nacht kam der Schlaf.

Vierzehn Tage nach meiner Ankunft verließ ich *The Green House* und seinen einzigen Bewohner.

Keine hundert Kilometer trennten Lake Daniel und die *A Dozen Oaks Ranch* in Throckmorton voneinander.

Keine hundert Kilometer lagen zwischen mir und einem Wiedersehen mit Elsa Gröhler. Nein, Elsa Hinrich, sie war eine verheiratete Frau.

A Dozen Oaks – das Messingschild über dem Torbogen

glitzerte im Sonnenlicht. Rechts und links eine mit unzähligen Mesquitebäumen gesäumte Graslandschaft, weit wie der Himmel, der mir den Schlaf gesandt hatte. Am Ende der nicht asphaltierten Zufahrtsstraße konnte ich – bewacht von seinen zwölf Namensgebern – ein weißes, mehrstöckiges Holzhaus ausmachen. Ich drückte aufs Gas. Wie aus dem Nichts schoss ein schwarzes Pferd mit einem Reiter auf dem Rücken vor mein Auto und zwang mich zu einer Vollbremsung.

»Bist du wahnsinnig«, schrie ich aus dem heruntergekurbelten Fenster. Ohne mich auch nur eines Blickes zu würdigen, galoppierten Tier und Mensch davon.

Drei Namen prangten neben der Tür: *Hinrich. Jäger. Gründgens*. Eine Klingel gab es nicht, also klopfte ich. Zaghaft zuerst, dann fester und immer fester.

»Was soll das?«, schallte es aus dem Haus. Unter tausend Stimmen hätte ich ihre wiedererkannt.

»Ich bin's«, rief ich laut, meinen Mund dicht an die grüne Tür gepresst.

»Wer ist ich? Es ist offen. Komm rein, ›Ich bin's‹.«

Ich stand in der Eingangshalle.

Ein Schritt.

Rechts das Wohnzimmer.

Noch ein Schritt.

Roter Teppich. Massive Holzmöbel, selbst für den riesigen Raum zu wuchtig. An den Wänden gerahmte Ansichten der texanischen Landschaft.

Über der Lehne des geblümten Sofas baumelte ein Fuß.

Auf dem blauen Kleid kreisten weiße Schwalben.

Sie klappte das Buch zu.

Abgesplitterter Scharlach-Lack.

Streichholzarme.

An der Kette hing ein silberner Hundekopf, ein silberner Wolfskopf.

Ihre wilden Haare heller als früher.

Nicht mal einen Meter sechzig groß.

Flachbrüstig.

Sechsundzwanzig Jahre, drei Monate und neunzehn Tage alt.

Unverändert und doch so anders.

Elsa – vollkommen.

Die Königin des Murmeltiers musterte mich, wusste, dass sie ihr Gegenüber von irgendwoher kannte.

»Elsa, Ich bin's. Fetti.«

Die braunen Augen verengten sich zu Schlitzen, zweifelten, suchten und fanden schließlich den Gefährten ihrer Kindheit.

»Fetti? Was … Fetti. Du bist so … so nicht fett.«

Das Mädchen, das jetzt eine Frau war, umarmte mich. Kurz und heftig. Mein Hals schnürte sich zu.

»Wo ist …? Bist du alleine hier?«

»Ja. Aber ich habe ein Auto, das sieben Personen bequem Platz bietet.«

Elsa blickte zu Boden. Die Locken fielen über ihre Schultern. Dann sah sie auf. »Was machst du hier?«

»Ich war gerade zufällig in der Nähe, und da dachte ich …«

Sie lachte, schubste mich. »Das hier ist das Ende der Welt, hier landet man nicht zufällig.«

»Ich wollte dich wiedersehen.« Meine Tränen flossen unaufhaltsam.

»Fetti, du heulst doch jetzt nicht etwa?«

»Nein. Ein bisschen vielleicht.... Wo sind deine Krawatten?«

»Hab's aufgegeben.« Sie zog das lange Kleid ein Stück hoch. Nackte, braungebrannte Waden. »Hat nicht funktioniert. Aber...«

Näherkommendes Hufgetrappel ließ Elsa verstummen. Ein Strahlen erhellte ihr Antlitz. Von der Sonne geküsst, dachte ich.

»Das ist Anton.« Sie schnappte meine Hand und zerrte mich nach draußen.

Anton. Erst jetzt sah ich das Gesicht, das mir bei unserem Beinah-Zusammenprall verborgen geblieben war.

Der Junge auf dem schwarzen Pferd – ihr Ebenbild.

»Ich kann ihn nirgends finden«, rief er verzweifelt, dann bemerkte er mich und den geparkten Chevrolet Tahoe im Hintergrund.

»Bist du wahnsinnig«, äffte das Kind meine Stimme nach.

»Hey. Das war gefährlich. Verdammt gefährlich«, verteidigte ich mich.

»Und glaubst du etwa, ich hab Angst?«

Ich musste lächeln. »Nein.«

»Kennt ihr euch?«, fragte Elsa verwundert.

Wir schüttelten beide den Kopf.

»Das ist mein Sohn Anton, und das ist mein alter Freund Fetti.«

»Er heißt Fetti?«

»Ja. Ich hab ihn so getauft, vor ... vor unendlich langer Zeit.«

Anton lachte, klatschte vor Vergnügen in die Hände. Plötzlich hielt er inne. »Mama, was machen wir jetzt mit Eugen? Er wird sterben da draußen.«

»Ist Eugen dein Bruder?«, fragte ich besorgt.

»Mister Fetti, du redest ordentlich Blödsinn.«

Eugen war ein einbeiniger Schwarzschwanz-Präriehund. Vor zwei Wochen hatten Elsa und Anton ihn halbtot auf der Zufahrtsstraße gefunden und aufgepäppelt. Seither lebte Eugen in einem kleinen Gehege hinter dem weißen Holzhaus und schlief nachts in Antons Zimmer. Gestern Abend war der Präriehund auf einmal nicht aufzufinden gewesen.

Etwa zwanzig Tiere standen in den Boxen, scharrten mit den Hufen, schüttelten ihre Mähnen und machten mir eine Heidenangst.

»Können wir nicht den Wagen nehmen? Bitte. Elsa, du weißt, wie sehr ich Ponys hasse.«

»Mister Fetti«, Anton stieß mir seinen Ellbogen in die Rippen, »das sind keine Ponys.«

»Gut, aber ob Ponys oder Pferde, ich kann nicht reiten.«

»Du kannst nicht reiten und auch nicht wirklich gut Auto fahren. Kannst du überhaupt irgendwas?«

Ich saß auf einer weißen Stute und suchte einen einbeinigen Präriehund. Der Junge galoppierte voraus. Elsa und ich folgten im Schritt. Bald hörten wir nur noch Antons Stimme, die nach Eugen schrie.

»Er sieht dir sehr ähnlich und er ist dir sehr ähnlich.«

»Das meiste hat er von mir. Seinen Vater findet man erst, wenn man Anton besser kennt. Oder ihm ganz lange in die Augen schaut.«

»Wo ist Schweine-Willi eigentlich. Oder heißt er jetzt Rinder-Willi?«

»Heute ist Sonntag, da sind alle in der Kirche und danach in der Stadt.«

Sie erzählte von den Jägers und den Gründgens. Ebenfalls deutsche Auswanderer. Mitbesitzer und Mitbewohner der Ranch und laut Elsa die langweiligsten Menschen der Welt.

»Sie arbeiten, sie essen, sie beten, sie schlafen. Und sie hassen mich.«

»Warum?«

»Weil ich nicht arbeite, nicht koche, nicht in die Kirche gehe.«

»Und Willi?«

»Er verteidigt mich. Immer. Er wird geradezu rasend, wenn sie mich kritisieren ... Aber was ist mit dir, Fetti? Wie geht es dir? Wie geht es Lorenz? Er ist jetzt ein berühmter Maler, ja?«

»Das weiß man also selbst in Throckmorton?«

»In *A Dozen Oaks* weiß man's jedenfalls.«

Unsere Fahndung erwies sich als erfolglos. Eugen blieb verschwunden.

Am späten Nachmittag lernte ich die übrigen Bewohner der Ranch kennen.

Familie Jäger: ein Ehepaar Mitte vierzig. Zwei Töchter, Zwillinge, dreizehn Jahre alt, sommersprossige Bratpfannengesichter.

Die Gründgens, Anfang dreißig. Mann und Frau – sie im sechsten Monat schwanger – trugen den gleichen schlechten Kurzhaarschnitt.

Elsa hatte recht, es waren die langweiligsten Menschen der Welt, und sie hassten die Königin des Murmeltiers auf eine kleinliche, bigotte Art.

So offensichtlich wie ihre Abneigung trat Schweine-Willis Zuneigung zutage. Der Mann mit den Muskeln und dem Engelsgesicht war voller Zärtlichkeit für seine Frau. Für Flamingo, wie er sie noch immer nannte. Bei jeder Gelegenheit berührte er ihr wildes Haar, vorsichtig, als würde es sich um etwas sehr Zerbrechliches oder Hochexplosives handeln.

Willi erkundigte sich nach meinem Vater, nach Lorenz und der Kratzlerin. Ich erfuhr, dass Schweine-Tilman, der wenige Monate nach Elsa die Oberpfalz verlassen hatte, seit einem Jahr auf dem rancheigenen Friedhof hinter dem weißen Holzhaus ruhte. Im Stillen dankte ich Willi dafür, dass er mich nicht fragte, was ich eigentlich in Throckmorton wollte. Dass er mich nicht in Verlegenheit brachte. Sondern vielmehr so tat, als hätte er meinen Besuch schon lange erwartet.

Elsa und Anton zeigten mir das Gästezimmer. Es lag direkt unterm Dach. Der Junge deutete auf die rechte Tür: »Das ist meins.« Seine Hand wanderte nach links. »Das ist Mamas, und in der Mitte wohnst du.«

Über meinem Bett hing eine ausgestopfte Ente. Vorwurfsvoll schauten ihre braunen Knopfaugen auf mich herab.

»Und Willi?«, fragte ich, während ich meine Tasche abstellte.

»Eine Etage tiefer«, sagte Elsa. »Er steht morgens zu früh auf, und dann werde ich auch wach und kann nicht mehr einschlafen.«

Nach dem Abendessen starteten wir eine zweite Eugen-Suchaktion, zu Fuß und mit Taschenlampen ausgerüstet.

Wieder bildete Anton die Vorhut. Er rannte über die sanften Hügel und rief nach seinem einbeinigen Kameraden, während wir langsam hinterhertrotteten.

»Wo sind eigentlich die Rinder?«, fragte ich, als es bereits dunkelte.

»Was hab ich mit Rindern zu tun?«

»Nichts, Elsa, nichts.«

So unbeschwert wie hier unter dem texanischen Himmel hatte ich sie noch nie lachen hören.

»Du bist also glücklich, Elsa Gröhler. Verzeihung, Elsa Hinrich.«

»Ist das eine Frage oder eine Feststellung?«

»Beides.«

Sie nahm meine Hand und drückte sie. »Fetti, weißt du überhaupt, wie Präriehunde aussehen?«

»Nein, so richtig nicht«, gab ich zu.

»Warum wundert mich das nicht? Man muss schon wissen, was man sucht, sonst kann man es nicht finden. Präriehunde sind Verwandte der Murmeltiere. Es sind Nager. Und jetzt gestehe gefälligst, dass du die ganze Zeit nach einem Hund Ausschau gehalten hast.«

»Ja, nach einem einbeinigen Hund.«

Auch die zweite Suchaktion scheiterte. Eugen blieb verschwunden.

Ich schlich vor der Zimmertür auf und ab. Beobachtete Elsa, die ihren Sohn zu Bett brachte. Konnte meinen Blick nicht lösen von dieser vollkommenen Frau.

»Darf Fetti zuhören?«, fragte sie Anton, nachdem das Knarren der Holzdielen meine Anwesenheit verraten hatte. »Das Murmeltier hat in seinem Haus gewohnt. Er kannte ihn gut.«

»Dann komm rein, komm rein«, rief der Junge. »Los, Mister Fetti, setz dich auf mein Bett.«

Nur der Zigarrenrauch fehlte. So wie einst der gute Geist unserer Kindheit lehnte jetzt Elsa am Fenster. »Es war sein erster Tag in Paris, er saß draußen in einem Restaurant, die Abendsonne tauchte alles in ein unwirkliches Licht. Feierlich erhob das Murmeltier sein Glas und leistete einen Schwur: Zukünftig wollte er sich vor den Weibern in Acht nehmen. Paris sollte ein Neuanfang werden.

›Sie haben doch nichts dagegen, wenn ich Ihnen Gesellschaft leiste?‹, ertönte eine Stimme dicht neben seinem Ohr. Julie. Rote Haare, ein riesiger Busen, Ehefrau eines erfolgreichen Anwalts und Mutter zweier Kinder. Wenig später fand er sich auf dem Dachboden ihrer Stadtvilla wieder. Zwischen ausrangierten Möbeln und Koffern richtete Julie ein Lager her und riss ihm die Kleider vom Leib. Ihre Brüste hingen über seinem Gesicht. Wie eine Furie ritt sie auf ihm.«

»Was ist eine Furie?«, fragte Anton.

»Eine Furie ist eine Rachegöttin.«

Während Elsa erzählte, regte sich etwas in mir, direkt unter meinem Brustbein, dort, wo ich die Unschuld vermutete.

»Das war Paris. Nicht einmal Mona Lisa hatte das Murmeltier lächeln sehen. Und jetzt Ohren zu! Fetti, du auch.«

Wir gehorchten.

»Könnt ihr mich noch hören?«

»Nein«, antworteten wir.

»Wirklich nicht?«

»Wirklich nicht.«

»Verfluchte Schnallen! Verdammte Fotzen! Alles haben sie ihm genommen. Alles.«

Elsa küsste ihren Sohn auf die Stirn. »Gute Nacht, du herrliches Kind.«

»Wann erzählst du mir endlich von der Erkenntnis des Murmeltiers?«

»Bald, Anton. Schlaf gut.« Und dann knipste sie das Licht aus.

»Mama?«

»Ja?«

»Suchen wir weiter nach Eugen?«

»Jeden Tag, bis wir ihn finden.«

»Auch wenn die Ferien vorbei sind?«

»Bis wir ihn finden.«

Wir gingen hinaus, behutsam schloss sie die Tür.

»Also, Fetti, morgen schön die Augen aufsperren, jetzt wo du weißt, was ein Präriehund ist.« Mit einem Bein stand sie schon in ihrem Zimmer.

»Elsa, darf ich mich ein paar Minuten zu dir setzen? Ich will noch nicht zu der Ente.«

»Was?«

»Da hängt ’ne tote Ente über meinem Bett.«

»Hier hängen eine Menge tote Tiere.«

»Aber Enten sind meine Freunde, nicht meine besten Freunde, wir haben so unsere Differenzen. Trotzdem, sie sollen schwimmen, und wenn sie schon nicht schwimmen, dann sollen sie wenigstens atmen.«

»O Mann, Fetti, halt den Mund und komm rein.«

Es war ein weitaus freundlicheres Zimmer als das Gröhlersche Kellerverlies vergangener Tage.

Möbel aus Zedernholz. Ein grüner Teppich, dessen Rand geflügelte Pferde säumten. Überquellende Bücherregale. An den Wänden von Anton gemalte Bilder.

Zwischen Bruchstücken von Elsas texanischem Leben entdeckte ich ein paar alte Bekannte: Dutzende Nagellackflacons in verschiedenen Rottönen. Über der Stuhllehne das weiße Kleid und das Flamingo-Gefieder.

»Sind das Einhörner?«, fragte ich, den Blick auf die gewebten Fabelwesen gerichtet.

»Fetti, warum heißen Einhörner Einhörner?«

»Keine Ahnung.«

»Weil sie ein Horn haben, du Idiot.«

»Also sind es keine Einhörner.«

»Applaus.«

Wir saßen nebeneinander auf dem Bett. Elsa rutschte näher an mich heran. »Gib mir mal deine Hand.«

Sie nahm meinen Zeigefinger und steckte ihn in den Mund. Zwei Lücken im Unterkiefer. Rechts und links fehlten die vorderen Backenzähne.

»Jeder anständige Mensch verliert beizeiten ein paar Zähne«, sagten wir im Chor und lachten.

»Keine Implantate?«, fragte ich und dachte an Mirberg.

Elsa schüttelte den Kopf. »Du weißt doch, Fetti: An unseren Lücken erkennen wir einander.« Man muss seine Wunden wohl mit Würde tragen.

Die Abfolge minimaler Bewegungen – rechte Schulter zurück, eine Locke hinters Ohr, vielleicht war es auch die linke Schulter, unwichtig – verschob die Perspektive. Die fliegenden Pferde am Boden und Antons farbige Wachsmal-Phantasien an den Tapeten hatten mich den schmalen Silberrahmen direkt über dem Kopf des Bettes übersehen lassen. Schwarzer Fleck, blinder Fleck. Erste Versuche der *Ewigkeit*.

»Das hat Lorenz gemalt«, sagte ich.

Sie nickte, vergrub ihr Gesicht in den Händen.

»Elsa?«

27 Mal sprach ich ihren Namen aus. Tränen tropften über ihr Kinn.

»Was …«

Sie ließ die Arme sinken. »Du hast es nie kapiert, Fetti?«

»Was?«

»Lorenz und ich.«

»Ich verstehe nicht.«

»Schau Anton lange in die Augen, und du wirst deinen Bruder finden.«

»Elsa!«

»Ich war im dritten Monat schwanger, als ich hierherkam.«

»Du warst …«

Sie nickte.

»Wusste Lorenz …«

»Ja. Und Willi auch.«

Nur Fetti wusste nichts, dachte ich.

Im Schilf hatten sie sich das erste Mal geküsst. Nicht richtig, wie Kinder.

»Wo war ich?«

»Du hast am Ufer gestanden und nach uns gerufen.«

Ein kleiner, fetter Junge in einer mit Delphinen bedruckten Badehose.

Das zweite Mal hatten sie sich im Billardzimmer des Jagdhofs geküsst, und zwar richtig.

»Wo war ich?«

»Du hast für Lorenz Klopapier geholt.«

Ein paar Tröpfchen Blut. Und etwas war anders gewesen, als ich zurückkam.

»Aber Elsa, ihr habt euch ständig geschlagen und gestritten.«

»Ja.«

»Und trotzdem?«

»Trotzdem … Du musst es doch geahnt haben?«

»Vielleicht.«

Bevor Elsa und ich damals die Stiefel zu Grabe getragen hatten, war sie bei Lorenz gewesen. Eine von vielen Nächten.

»Als ich ihm sagte, dass ich schwanger bin, planten wir, zusammen abzuhauen. Wir sind nicht weit gekommen. Bis zum Bahnhof.«

Das Verhör in der Küche. Der Geschmack von alten Schokoladenostereiern.

»Und dann?«

»Lorenz wollte nicht mehr.«

»Warum?«

»Er wollte einfach nicht mehr. Wahrscheinlich wollte er nie.«

Also sprang Schweine-Willi in die Bresche.

»Er hat mir geholfen, mir ein Zuhause gegeben. Er wusste, dass ich schwanger war und auch, von wem. Ich habe ihm nie von Gustav erzählt, aber er ahnte, dass die Gröhlers keine guten Eltern waren.«

»Hat Lorenz dir jemals geschrieben oder dich angerufen?«

»Nein, nur du hast Briefe geschickt.«

»Und wo komme ich in der Geschichte vor?«

»Du warst ein guter Freund, mein guter, guter Freund.«

»Ich bin dir gefolgt, Elsa. Immer. Bis hierhin.«

»Ach Fetti, armer Fetti.«

»Wenn ich Gustav damals umgebracht hätte, wenn ich dich gerettet hätte, wären ...«

»Was redest du denn da!«, fiel sie mir ins Wort. »Du warst ein Kind, und es war eh zu spät. Es war doch schon längst geschehen.«

»Ich weiß überhaupt nichts mehr, Elsa. Ein Hund oder ein Wolf?«

Sie nahm meine Hand, drückte sie sanft. »Ich weiß auch nicht besonders viel. Ich habe einen Sohn, den ich über alles liebe.

Manchmal wache ich nachts auf und denke an Lorenz. Ein Schatten, der mich umkreist. Ich finde keinen Schlaf, andere Schatten tauchen auf. Meine Mutter, die mich verlassen hat. Gustav Gröhler, der mich zerfleischte, wie es nur Wölfe können. Ich verjage sie aus meinem Zimmer. Zurück bleibt etwas, das mich weinen lässt. Dann geht die Sonne auf und ich sehe Anton, meinen Sohn, den ich über alles liebe.«

Elsa erhob keine Einwände, als ich meine unausgepackte Tasche holte. Gemeinsam stiegen wir die Treppe hinab. Sie lehnte sich gegen die Kühlerhaube des Riesenautos.

»Also sagen wir jetzt adieu, Fetti.«

»Ja.«

»Denk nicht schlecht von mir.«

»Wie könnte ich?«

»Und vergiss mich nicht ganz.«

»Wie könnte ich?«

Gedankenverloren strich sie mit zwei Fingern über den schwarzen Lack. »Ich habe immer gehofft, dass er eines Tages hier auftauchen würde. Am Ende der Welt.«

»Ich weiß nicht, ob ich das hören will, Elsa.«

»Ach Fetti, armer Fetti.« Ihre Lippen streiften meine Wangen, flüchtig. Was hätte ich dafür gegeben, eine andere Rolle als die meine in Elsas Geschichte spielen zu dürfen.

Ich wollte einsteigen, aber Elsa packte meinen Arm. »Warte kurz.«

Sie rannte ins Haus und kam mit einem Wachsmalbild von Anton zurück. »Hier, das ist Eugen. Schenke ich dir.«

Ein dickes, grünes, hamsterartiges Wesen lächelte mich an.

»Grün ist seine Lieblingsfarbe.«

»Danke.« Ich nahm Elsas Kopf in die Hände, küsste ihre Stirn.

»Ich wünsche dir nur das Beste, Elsa Hinrich.«

»Ich dir auch, Karl Brauer.«

Langsam rollte der Chevrolet Tahoe die Zufahrtsstraße entlang.

Ein letztes Mal blickte ich zurück, um Abschied zu nehmen von *A Dozen Oaks*, von einem Tag, der sich niemals in Zeit messen lassen würde. Ein dumpfer Knall erinnerte mich daran, dass ich allein in einem Auto saß, das sieben Personen bequem Platz bot. Wenn man allein in einem Auto sitzt – ungeachtet seines Volumens –, ist man der Fahrer und sollte nach vorne und nicht nach hinten schauen.

Eugen war tot.

Ich hob den blutenden einbeinigen Schwarzschwanz-Präriehund hoch und wiegte dieses übergroße Eichhörnchen in meinen Armen. Einen Moment spielte ich mit dem Gedanken, Elsa und Anton das Tier zu übergeben, entschied mich aber dagegen. Ihre vergebliche Suche würde Eugen unsterblich machen. Unzählige Geschichten statt *ein* Grab. Tausend Schicksale statt *ein* Ende. Ich wickelte Eugen in meine Jacke und legte ihn auf den Beifahrersitz.

»*Turn left, turn left*«, lotste mich eine strenge Frauenstimme durch die Nacht.

Matthew saß Pfeife rauchend auf der Veranda und zeigte wenig Verwunderung über meine Rückkehr.

»Das ging schnell«, sagte er.

»Es waren Jahrzehnte«, antwortete ich.

»Wie Sie sehen, Ihr Bett steht noch. Und was haben Sie mir da mitgebracht?« Er deutete auf das Bündel in meinen Armen.

»Einen einbeinigen, toten Präriehund.«

Am Ufer des Lake Daniel beerdigten wir Eugen.

»Ein Kreuz?«, fragte Matthew.

»Nein. Keine Spuren.«

»Ein Gebet?«

»Mir fällt nichts ein.«

»Na kommen Sie, wir fahren nach Hause und werden den Toten verabschieden, wie es sich nach einer alten Tradition in meiner Familie gehört.«

Wenn man zu zweit in einem Auto sitzt, ist man nicht immer der Fahrer. Der Mann, der mir den Schlaf zurückgegeben hatte, lenkte den Chevrolet Tahoe Richtung *Green House*. Ich schaute weder vor noch zurück.

Prächtige Flammen loderten im Vorgarten der Pension, auch für eine ganze Sippe von Schwarzschwänzen wäre es ein würdiger Abschied gewesen. Wir hatten die greisen Korbstühle vor das Feuer gestellt. Zwischen uns eine Kühlbox mit Bierdosen und eine Flasche Hennessy. Der Alkohol schoss mir sofort in den Kopf.

»Was wissen Sie über Wölfe und Hunde, Matthew?«, fragte ich und griff nach dem Cognac. Er schwieg so lange, dass ich zusammenzuckte, als er doch noch antwortete.

»Man muss sie zu unterscheiden lernen, bevor man ihnen Einlass gewährt. Sie kommen nachts oder wenn es sonst finster ist, nicht wahr?«

»Ja.«

»Also müssen Sie ihre Schatten lesen.«

»Und wie?«

»Indem Sie die Augen aufmachen.«

»Und wenn es mir nicht gelingt?«

»Dann sind Sie verloren.«

»Aber ...«

»Die Augen aufmachen. Keine Zauberei. Nur die Augen aufmachen.«

Sechs Wochen später – Tage und Nächte, in denen ich weder vor- noch zurückgeschaut hatte – übergab ich Sam am Flughafen den schwarzen Chevrolet und dankte ihm für die Empfehlung des *Green House*.

»Ich müsste auch mal wieder hinfahren, Sir. War ewig nicht mehr da. Wie geht es meinem Onkel?«

»Gut.«

»Und Matthews Frau und den Kindern?«

»Der … der Frau und den …«, stammelte ich. »Gut. Sehr gut.« So hat anscheinend jeder seine Geschichte.

Die Fabrikhalle war nicht verschlossen. Musik, Rauch und Gelächter strömten mir entgegen.

Etwa zwanzig Leute bevölkerten die Festung, zu der Lorenz früher nur Vera und mir Zutritt gewährt hatte, niemandem sonst war es gestattet, Brauers werdende *Ewigkeit* zu betrachten. Während meiner Abwesenheit waren die Regeln offensichtlich geändert worden.

Kein Pinselstrich verdeckte das zweigeteilte Gesicht des Murmeltiers. Nicht ein Farbklecks kündigte Motiv Nr. 5 an.

Vera rief meinen Namen. Sie saß auf dem Bärenfell und präparierte mit geübter Hand ihre Medizin. Beim Anblick des weißen Pulvers drückte das Verlangen gegen meinen Gaumen, erhöhte den Speichelfluss. Wie eine verflossene Geliebte lächelten mich die feinen Linien an. Erinnerten mich an unsere glücklichen Zeiten. An die Stunden der Leichtigkeit. Du warst unbesiegbar, Karl Brauer, lockten sie, und die Welt ein verheißungsvoller Ort.

Mach die Augen auf. Mach die Augen auf, mahnte eine andere Stimme.

»Wo ist mein Bruder?«, fragte ich Vera, als ich vor ihr stand.

»Wo dein Bruder ist? Wo dein Bruder ist? Wo warst du? Wir haben uns Sorgen gemacht. Wir dachten, du … du seist tot oder …«

»Ich lebe, Vera. Wo ist er?«

»Oben.« Sie hielt mir den Spiegel hin.

Mach die Augen auf.

»Nein.«

Brauers Stimme drang aus seiner Zeugungsstätte.

Im Halbkreis um den großen Künstler versammelt, kniete eine Frauenherde und lauschte andächtig seinen Gedanken über die Ewigkeit. Sinnfreie Satzfetzen. Er war kein Dichter, sondern ein Maler. Doch die schönen Schafe nickten eifrig und bewundernd.

Lorenz sprang auf und fiel mir um den Hals. »Karl! Karl!« Gleich einem Mantra wiederholte er meinen Namen. Verwirrung ergriff die Herde.

»Können wir uns irgendwo alleine unterhalten?«

»Sicher ... Raus«, befahl er seinen Verehrerinnen. »Los, raus.« Nicht ein Gran Höflichkeit lag in dieser Anweisung. Trotzdem galten ihre vorwurfsvollen Blicke mir und nicht dem Mann, der sie so barsch abfertigte.

»Tür zu.« Das letzte Schaf befolgte die letzte Order.

Wir waren allein. Mach die Augen auf. Mach die Augen auf.

»Wo warst du, verdammt, wo warst du, Karl?«

»In Throckmorton. Am Ende der Welt. Bei Elsa.«

Lorenz sagte nichts.

»Du hast einen Sohn. Er heißt Anton. Er kann reiten. Elsa erzählt ihm jeden Abend die Geschichten des Murmeltiers. Seine Lieblingsfarbe ist Grün.«

»Karl ...«

»Warum hast du mir nie ein Wort gesagt? Warum hast du dich nicht ein einziges Mal bei Elsa gemeldet? Und wofür soll ich dich jetzt mehr hassen?«

»Ich … Ich war nicht mal fünfzehn.«

»Aber wir reden hier über Elsa. Über die Königin des Murmeltiers. War dir irgendwann einfach langweilig, so wie immer?«

»Sie konnte … Sie konnte …«

»Was? Was konnte sie?«

Er schüttelte den Kopf.

»Manchmal wacht Elsa nachts auf und denkt an dich. Und du? Hast du dich nie gefragt, wie es ihr geht?«

Wut flackerte in Lorenz' Augen. Dort, wo er einst Mirberg um vier Zähne gebracht hatte, schlug er mich zusammen. Boxte mir in den Magen, bis ich umfiel.

»Oh, Scheiße. Scheiße, das wollte ich nicht«, sagte er und sank neben mir zu Boden.

Mein Bauch schmerzte fürchterlich, das Sprechen fiel mir schwer. »Ich verlasse das Schiff, Lorenz. Ich bin den Stürmen nicht gewachsen.«

Seine Faust knallte gegen die Betonwand. »Versuchst du, ein guter Mensch zu sein?«, sagte er voller Verachtung.

Lange stand ich am Bahnhof, unschlüssig, wohin ich fahren sollte. Nach Den Haag und wieder Mrs. Grahams Vorleser werden? Nach Den Haag und zumindest Windspiel abholen?

Zurück nach Lake Daniel und unter dem texanischen Himmel schlafen? Nur eine Autostunde entfernt von ihr?

Randolph Brauer saß auf einem Plastikklappstuhl im Garten und hielt Ausschau. Auch wenn ich nicht der Mensch war, dessen Rückkehr er so sehnsüchtig erhoffte, empfing er mich mit einem freudigen Lächeln. Neben ihm stand eine Flasche Wermut, offenbar wähnte er sich hier draußen in Sicherheit vor der Schelte der Kratzlerin.

»Geht es dir gut, mein Junge?«, fragte er und tätschelte mir den Arm.

»Ja, Papa.«

»Das ist schön.«

Ich betrachtete das Profil meines Vaters, der seinen Blick wieder auf einen Punkt in der Ferne gerichtet hatte. Dunkelrot, fast violett die Nase. Seine Haut ein Netz aus Falten und geplatzten Äderchen. Zerbrechlich wirkten die schmalen Schultern.

»Geht es dir denn gut, Papa?«

»Oh, das weiß ich nicht, frag die Frauen«, antwortete er geistesabwesend.

Frau Kratzler und Ewa, die zusätzliche Haushaltshilfe, aßen im Frühstücksraum zu Abend. Es roch nach Esel und gekochtem Gemüse. Ein paar Katzen huschten durch das Zimmer.

Die Kratzlerin kniff ihre trüben Augen zusammen. »Karl, setz dich«, sagte sie, ohne viel Aufhebens um meinen unangekündigten Besuch zu machen. »Im Topf ist noch Suppe. Ewa, hol ihm einen Teller Suppe.«

Frau Kratzler hielt einen Gehstock hoch. »Ich bin nicht mehr die Schnellste. Und meine Augen … Ich habe sogar Anspruch auf einen Blindenhund.«

»Wo ist er?«

»Wer?«

»Der Hund.«

»Was soll ich mit einem Hund? Noch ein Viech im Haus.

Herzjesulein im Himmel, nein.« Sie schüttelte verächtlich den Kopf.

Entgegen meinen Befürchtungen schmeckte die rötliche Pampe nicht scheußlich, sondern einfach nach nichts.

»Sind Zimmer vermietet?«

»Nein. Im Juni hatten wir drei Gäste.«

»Ich werde länger bleiben, Frau Kratzler.«

»Dann kannst du die Ställe ausmisten.«

»Das werde ich.«

»Randolph arbeitet nicht mehr. Es geht nicht mehr. Wusstest du das?«

»Nein.«

»Das arme Herzjesulein weint um deinen Vater. Letzte Woche war er im Krankenhaus. Seine Leber ist kaputt, trotzdem säuft er weiter. Die Ärzte meinen, dass er den Sommer nicht überleben wird. Eine Transplantation wäre die einzige Rettung. Aber davon will Randolph nichts wissen.«

»Er war im Krankenhaus, und niemand hat mir Bescheid gesagt?«

»Ich habe deinen Bruder angerufen. Keiner wusste, wo du warst.«

»Ist Lorenz hier gewesen?«

»Nein.«

Die Prognose der Ärzte sollte sich als richtig erweisen. Doch zuvor suchte der Tod eine andere Familie in dem oberpfälzischen Dorf heim, das nun wieder mein Zuhause war.

Urlauber hatten beobachtet, wie er in einem Neoprenanzug, sein Mountainbike auf den Rücken geschultert, viele

Male den Stausee durchschwommen hatte, bis er plötzlich einen Arm in die Höhe riss und sich nicht mehr regte.

Gustav Gröhler, Sportlehrer und Marathonläufer, erlitt während seines Triathlon-Trainings am heißesten Tag des Jahres einen Schlaganfall. Man begrub ihn nur wenige Zentimeter neben Elsas Stiefeln. Dass er mit einem Fahrrad den See durchquert hatte, ist auf seinen Ehrgeiz zurückzuführen und nicht auf das Regelwerk des Triathlons.

Dann, am Morgen des 29. August, wachte Randolph Brauer nicht mehr auf. »Ein gnädiger Tod«, sagte Grievenhast, als er das Zimmer betrat.

Ich rief meinen Bruder an, konnte aber nur Vera erreichen.

»Lorenz geht es nicht gut«, sagte sie.

»Unser Vater ist tot.«

Es dauerte einige Minuten, bis ich seine Stimme hörte. Er klang verwirrt. »Ich kotze seit Tagen.«

»Papa ist tot.«

»Und jetzt?«

»Was? Und jetzt?«

»Kann man da noch was machen?«

»Er ist tot, er wird beerdigt, mehr kann man nicht mehr machen. Kommst du?«

»Wohin?«

»Lorenz, gib mir Vera!«

Sie war sofort wieder am Apparat.

»Was hat er?«

»Ich weiß es nicht.«

»Am Mittwoch ist das Begräbnis, sag ihm das.«

Der Esel, die Ponys und die Katzen fielen in meinen Aufgabenbereich. Ich bemühte mich, die Ponys als Verwandte der Einhörner und der geflügelten Pferde zu betrachten und sie nach Jahren der Abneigung in mein Herz zu schließen.

Wenn ich nicht schlafen konnte, schleppte ich meine Matratze in den Garten. Es war nicht der texanische Himmel, doch auch hier fand ich Frieden und dankte im Stillen dem einzigen Bewohner des *Green House*.

Elsa blieb das Maß aller Dinge. Aber die Erinnerungen an das Mädchen, an die Frau, verlangten keine Konsequenzen, keine Taten. Es waren Bilder, die zu einem Teil von mir wurden.

Oft dachte ich an die Worte meiner Mutter.

›Lorenz, du wirst niemals alleine sein. Warum?‹

›Weil ich Karl habe.‹

›Karl, du wirst niemals alleine sein. Warum?‹

›Weil ich Lorenz habe.‹

Ich konnte ihm verzeihen, dass er sich genommen hatte, was mir das Liebste war.

Ich konnte ihm nicht verzeihen, wie unachtsam er es behandelt hatte.

Ende September ging Frau Kratzler von uns. Es geschah beim Abendessen. Sie schlürfte ihre Suppe, legte den Löffel zur Seite und sagte: »Jetzt sterbe ich.«

Wenige Sekunden später war sie tot. Sie hinterließ mir ihre gesamten Ersparnisse und eine offene Frage: War Frau Kratzler wirklich die älteste Frau der Welt?

Es stellte sich heraus, dass unsere Haushälterin nicht gemeldet gewesen war, nicht einmal krankenversichert. Arztbesuche hatte sie stets bar bezahlt. Reisepass, Personalausweis, Taufschein blieben unauffindbar. So hat anscheinend jeder seine Geschichte.

Im Gedenken an vergangene Kindertage zwang ich den Steinmetzen, 1800 als Frau Kratzlers Geburtsjahr in den Marmor zu meißeln.

Ich sparte mir den Anruf bei meinem Bruder, schließlich war er nicht einmal bei der Beerdigung unseres Vaters aufgetaucht. Aber als ich den Grabstein in Auftrag gab, stellte ich mir vor, wie Lorenz und ich eines Tages zusammen die letzte Ruhestätte der ältesten Frau der Welt besuchen würden. Ich konnte unser Gelächter hören, wie wir lachen würden!

Nach der Trauerfeier kündigte Ewa mit der Begründung, dass es sich für eine unverheiratete Dame nicht zieme, allein bei einem ledigen Mann – Priester ausgenommen – zu wohnen und zu arbeiten.

Ewa war 71 Jahre alt.

In meinem Haus war es still geworden.

Manchmal griff ich zum Telefon und wählte Lorenz' Nummer, legte aber auf, bevor das Freizeichen ertönte. Was hätte ich ihm sagen können? Was sagen wollen? Ich hatte das Schiff verlassen.

Am Heiligabend, den ich mit dem Esel und einer Schar Katzen feierte, rief er mich an. Im Hintergrund Musik und Stimmengewirr. »Ich bin mit Vera und ein paar Leuten in Marrakesch. Warum bist du nicht mitgekommen?«

»Warum ich nicht mitgekommen bin?«

»MARRAKESCH!«, brüllte Lorenz.

Er war zugedröhnt, seine Sätze unvollständig. Ich wollte das Gespräch beenden.

»Nein. Nein. Bitte noch nicht. Was gibt's Neues? He? Was gibt's? Was gibt's?«

Ich erzählte von Frau Kratzlers Tod, von den fehlenden Dokumenten, aber er hörte nicht richtig zu.

»Grüß die Kratzlerin«, sagte er schließlich.

»Sicher. Also dann ...«

»Karl?«

»Ja?«

»Ich habe es vergessen«, flüsterte er.

»Was hast du vergessen?«

»Ich habe vergessen, was ich einmal gewusst habe. Alles zusammen ist die Ewigkeit. Was heißt das? Was heißt das?«

Dann legte er auf.

Der Tod setzte seine Serie fort. Dieses Mal überschritt er die Grenzen meines Dorfes.

Ich betrat als Erster das Notarbüro van Burden, nur wenige Gehminuten von Mrs. Grahams Villa entfernt. Ein kalter Februarwind strömte durch das halbgeöffnete Fenster.

Fünf Stühle, fünf Erben.

Vera, Lorenz und Jaap trafen kurz nach mir ein.

Das erste Wiedersehen mit meinem Bruder, seitdem er mich zusammengeschlagen hatte. Von der Sonne geküsst – die Worte wollten nicht mehr zu ihm passen. Es war, als hätte jemand den zauberhaften Glanz einfach abgewischt.

»Danke für deinen Anruf aus Marrakesch«, sagte ich.

Er schien sich nicht zu erinnern.

»Weihnachten«, half ich ihm auf die Sprünge.

»Ach so, Weihnachten. Weihnachten war ich in Marrakesch.«

Jaap, der nicht wusste, wie die Dinge zwischen den Brauer-Brüdern lagen, unterbrach unser Gespräch. Der Gärtner berichtete von Windspiel und schloss mit der inständigen Bitte, den Hund behalten zu dürfen. Ich willigte ein, bereute es aber schon in der nächsten Minute.

Fünf Stühle, fünf Erben.

»Dann wären wir komplett«, sagte der Notar, als Sebastian Mirberg durch die Tür schritt.

Während Vera fassungslos ihren Exmann anstarrte, begrüßte uns van Burden auf Niederländisch und auf Deutsch.

»Kommen wir zur Testamentseröffnung.« Der untersetzte Mann räusperte sich ein wenig zu laut und ein wenig zu lang.

»Die gesamte Graham-Sammlung vermache ich dem Museum of Modern Art.«

Vera klappte der Mund auf, mein Bruder spielte nervös mit seinen Fingern, Mirberg senkte das Haupt.

»Karl Brauer erhält sein Erbe im Anschluss an die Verlesung. Es ist im Notarbüro Robrecht van Burden für ihn hinterlegt.« Der Notar klopfte auf einen schwarzen Karton, der auf seinem Schreibtisch lag.

»Jaap van Dohl hinterlasse ich mein Grundstück und mein Haus in Wassenaar.

Sebastian Mirberg übereigne ich die Aevum-Stiftung sowie das Recht, sich ein jährliches Gehalt von 80 000 DM aus den Stiftungserträgen auszuzahlen.

Lorenz und Vera Brauer vermache ich das Fabrikgebäude in der Spielmannstraße 5, zeitlich befristet bis zum Jahr 2041. Anschließend geht das Objekt in den Besitz der Stiftung über.

Außerdem wird Lorenz Brauer sein 1998 verliehenes Aevum-Stipendium, dotiert mit 60 000 DM, ausgezahlt.

Das ist mein letzter Wille. Und bitte, liebe Freunde, legt keine Blumen auf mein Grab.«

Der Notar sah in die Runde. »Gibt es noch Fragen? Keine Fragen? Karl Brauer, wären Sie so freundlich.«

Er überreichte mir den Karton.

»Eine Bombe?«, fragte ich.

»Ein Scherz?« Er lächelte.

»Man weiß ja nie.«

»Würden Sie mir den Erhalt hier quittieren.«

Die anderen hatten derweil van Burdens Büro verlassen.

Ich nahm meinen Mantel und schloss die Tür.

Auf dem Flur versperrte Vera mir den Weg.

»Was ist da drin?« Sie sah aus wie ein gehetztes Tier.

»Keine Ahnung.«

»Hast du noch Irinas Kreditkarten?«

»Ja.«

»Funktionieren deine noch?«

»Keine Ahnung.«

»Was heißt das, keine Ahnung?«

»Dass ich es nicht weiß. Ich habe sie nicht mehr benutzt, seit ich das Schiff verlassen habe.«

»Welches Schiff?«

Ich holte die Karten aus meinem Portemonnaie und drückte sie Vera in die Hand. »Nimm sie, probier es selbst aus.«

Ihre Finger umschlossen das schwarze Plastik, ahnten, dass es vollkommen wertlos war. Das Projekt Brauer gab es nicht mehr. Seine Entourage, seine Macher waren arbeitslos.

»Warum hat Irina das getan?«, schrie sie hysterisch.

»Vera, sie hat die Sammlung ihrer Eltern in gute Hände gegeben, ihrem Gärtner ein Zuhause geschenkt, Mirberg eine zweite Chance und Lorenz die Möglichkeit, sein Werk zu vollenden.«

»Und was ist mit mir?«

»Du sollst bei ihm bleiben. Das Atelier gehört euch beiden. Du hast kein Geld mehr für Medizin und ich einen schwarzen Karton. Vielleicht sollten wir zufrieden sein.«

Sie lachte laut auf. »Und jetzt werden wir alle gute Menschen, ja? Ich hätte alleine weitergemacht … bis es … bis …«

»Bis es zu Ende ist?« Ich drängte mich an der Frau meines Bruders vorbei.

Um niemandem mehr begegnen zu müssen, suchte ich den Hinterausgang des Gebäudes.

Im Zug siegte die Neugier über meinen Vorsatz, den Karton erst zu Hause aufzumachen. Den ersten Klebebandstreifen entfernte ich sorgfältig, dann schwand meine Geduld und ich zerriss die Pappe mit Gewalt.

Die Welt der Graugänse. Ich nahm das Buch in die Hand. Von selbst öffneten sich die abgegriffenen Seiten des 6. Kapitels.

Der Flug der Graugans.

Wenn eine Gans erkrankt oder verletzt wird, beispielsweise durch eine Gewehrkugel, und aus der Formation ausfällt, verlassen zwei weitere Gänse die Schar und folgen ihr, um ihr zu helfen und sie zu beschützen. Sie bleiben so lange bei dem geschwächten Tier, bis es entweder wieder fliegen kann oder stirbt.

Unter dem Abschnitt hatte eine zittrige Hand mit grüner Tinte das Wort GNADE geschrieben, und daneben: ENDE.

Es wurde ruhig um den Künstler, der die Ewigkeit auf Leinwand bannen wollte.

Ohne eine Zugabe der Graham-Sammlung zeigte kein Auktionshaus Interesse, die dritte Lizenz in seinen Katalog aufzunehmen.

Das *Artfact Magazine* widmete Brauer einen letzten Artikel.

›2041. Wir melden uns zurück – oder auch nicht.‹ Unter der Headline das Bild einer schwarzen Leinwand.

Auf 580 Zeilen sinnierte der Chefredakteur, ob es sich lohne, einen Prozess 43 Jahre lang zu begleiten, dessen angekündigtes Ergebnis ein fast schwarzes Gemälde sei. Vier Jahrzehnte Vorschusslorbeeren könne keiner erwarten.

Ich lebte das Leben meines Vaters, auszugsweise.

Karl Brauer: Fast-Hotelier und Saisonarbeiter in der Kartoffelchips-Fabrik.

Eine neue Kratzlerin hatte Einzug gehalten: Mareile Fritsche, fünfzig Jahre alt und trotz eines lahmen Beins stark wie zehn Pferde.

Die Nachfolgerin der ältesten Frau der Welt trug nicht den Namen des Gottessohns auf den Lippen, sondern wünschte jeden und alles zum Teufel. Eine erfrischende Abwechslung.

Epilog

Irinas letzter Wille.

Gnade.

Keiner legte Blumen auf ihr Grab.

Gnade.

Eine junge Künstlerin erhob gegen Mirberg Anklage wegen sexueller Nötigung. Neun weitere Frauen gaben zu Protokoll, ebenfalls von Sebastian Mirberg belästigt worden zu sein. Der Skandal war komplett, als sich herausstellte, dass eine von ihnen – Praktikantin der Aevum-Stiftung – erst siebzehn war.

Gnade.

Jaap van Dohl verkaufte Mrs. Grahams Villa, um in Süditalien ein Hotel zu eröffnen. Binnen zwei Jahren ging er Konkurs.

Gnade.

Vera Brauer zog mit ihrem Dealer Jerome in ein Dreizimmerappartement ohne Badewanne.

Gnade.

Mitten in der Nacht fuhr der Transporter auf meinen Hof.

»Ich wollte die Ewigkeit malen«, sagte er.

»Ja.«

»Und es hat mir etwas bedeutet.«

»Ja.«

»Karl, wie findet man wieder, was man verloren hat?«

»Mach die Augen auf«, sagte ich meinem Bruder.

Mit einem einzigen Koffer in der Hand begab er sich auf die Suche.

Gnade.

In der Scheune, die noch immer zwei Autowracks beherbergte, lehnte die Leinwand, 363 Zentimeter hoch und 473 Zentimeter breit.

Das zweigeteilte Gesicht des Murmeltiers. *Die Erkenntnis,* Motiv 4 der *Ewigkeit.*

Ich nahm das rostige Messer. Lackflocken fielen zu Boden.

Die Stille. Motiv 3. Der Schatten des schwimmenden Kindes verschwand.

Motiv 2. *Die Sterblichkeit.* Inmitten einer Feuersbrunst sechs Gestalten. Auch sie lösten sich in bunte Späne auf. Ich trat einen Schritt zurück.

Der Grund für alles.

Die Streichholzarme des Mädchens waren an einen Felsen gekettet.

Lange, gelockte braune Haare, glanzlos wie angelaufene Bronze.

Ihr magerer Oberkörper steckte in einer viel zu großen, durchsichtigen Taftbluse. Nachtblau. Dort, wo ein Frauenbusen hingehörte, labberte ein leeres Bikini-Oberteil. Die kurze Baumwollhose, grün mit weißen Herzchen, und die hölzernen Kinderclogs ließen die elegante Bluse noch grotesker erscheinen.

Um ihre Waden und Fesseln, die kräftiger wirkten als der Rest des Körpers, waren gleich den Gamaschen eines Pferdes bunte Bänder gewickelt.

Zu ihren Füßen kniete ein kleiner, fetter Junge, in seinen Händen hielt er eine Krone.

Ein zweiter Junge stand etwas abseits vor einer Staffelei. Einen Pinsel in der Hand, betrachtete er sein eben vollendetes Werk:

Dasselbe Mädchen, die Krone thronte auf ihrem Haupt, die Arme waren frei.

Gnade.

Das Diogenes Hörbuch zum Buch

Astrid Rosenfeld
Elsa ungeheuer

Ungekürzt gelesen von Robert Stadlober

6 CD, Spieldauer 386 Min.

Astrid Rosenfeld

Adams Erbe

Roman

Berlin, 2004. Edward Cohen, Besitzer einer angesagten Modeboutique, hört seit seiner turbulenten Kindheit immer wieder, wie sehr er Adam gleicht – seinem Großonkel, den er nie gekannt hat, dem schwarzen Schaf der Familie. In dem Moment, in dem Edwards Berliner Leben in tausend Stücke zerbricht, fällt ihm Adams Vermächtnis in die Hände: ein Stapel Papier, adressiert an eine gewisse Anna Guzlowski.
Berlin, 1938. Adam Cohen ist ein Träumer. Aber er wächst als jüdischer Junge in den dreißiger Jahren in Deutschland auf, und das ist keine Zeit zum Träumen. Selbst wenn man eine so exzentrische Dame wie Edda Klingmann zur Großmutter hat, die ihren Enkel die wichtigen Dinge des Lebens gelehrt hat – nur das Fürchten nicht. Als Adam mit achtzehn Anna kennenlernt, weiß er, wovon seine Träume immer gehandelt haben. Doch während die Familie Cohen die Emigration nach England vorbereitet, verschwindet Anna in der Nacht des 9. Novembers 1938 spurlos. Wo soll Adam sie suchen?
Sechzig Jahre später liest Edward atemlos Seite um Seite und erfährt, wie weit Adam auf seiner Suche nach Anna gegangen ist…

»Ein ganz besonderes Buch. Sehr empfehlenswert. Diesem Buch wünsche ich wirklich, dass es viele Leute lesen.« *Christine Westermann* / WDR 5, *Köln*

»Man lacht unter Tränen und wundert sich, wie leicht die Schwerkraft manchmal anmuten kann.«
Beatrice Eichmann-Leutenegger /
Neue Zürcher Zeitung

Martin Suter
Der letzte Weynfeldt

Roman

Adrian Weynfeldt, Mitte fünfzig, Junggeselle, großbürgerlicher Herkunft, Kunstexperte bei einem internationalen Auktionshaus, lebt in einer riesigen Wohnung im Stadtzentrum. Mit der Liebe hat er abgeschlossen. Bis ihn eines Abends eine jüngere Frau dazu bringt, sie – entgegen seinen Gepflogenheiten – mit nach Hause zu nehmen. Am nächsten Morgen steht sie außerhalb der Balkonbrüstung und droht zu springen. Adrian vermag sie davon abzuhalten, doch von nun an macht sie ihn für ihr Leben verantwortlich. Weynfeldts geregeltes Leben gerät aus den Fugen – bis er schließlich merkt, dass nichts ist, wie es scheint.

»Martin Suter spinnt und spannt über Adrian Weynfeldt ein höchst intrigantes, höchst elegantes, cooles Netz um Kunstmarkt, Kunst und Lebenskunst.«
Elmar Krekeler / Die Welt, Berlin

»Martin Suter legt mit *Der letzte Weynfeldt* einen seiner schönsten Romane vor. Eine Geschichte aus leiser Dekadenz, melancholischem Wohlstand und fast unglaublicher Liebe.« *Westdeutsche Allgemeine, Essen*

»Martin Suter schreibt Sätze, die sind so schön, dass man sie siezen möchte.«
Julian Schütt / Die Weltwoche, Zürich

Auch als Diogenes Hörbuch erschienen,
gelesen von Gert Heidenreich

Benedict Wells im Diogenes Verlag

Becks letzter Sommer

Roman

»But I was so much older then, I'm younger than that now.« (Bob Dylan, *My Back Pages*)

Ein liebeskranker Lehrer, ein ausgeflippter Deutschafrikaner und ein musikalisches Wunderkind aus Litauen auf dem Trip ihres Lebens, von München durch Osteuropa nach Istanbul.

»Das interessanteste Debüt des Jahres. Einer, der sein Handwerk versteht und der eine Geschichte zu erzählen hat.« *Florian Illies / Die Zeit, Hamburg*

»Ein wunderbares, ehrliches Buch, mit souveräner Figurenführung, Dutzenden von guten Einfällen und einem Spannungsbogen, der es in sich hat.«
Jess Jochimsen / Musikexpress, München

»Furioser Lesespaß.« *Verena Lugert / Neon, München*

Spinner

Roman

Ich hab keine Angst vor der Zukunft, verstehen Sie? Ich hab nur ein kleines bisschen Angst vor der Gegenwart.
Jesper Lier, zwanzig, weiß nur noch eines: Er muss sein Leben ändern, und zwar radikal. Er erlebt eine turbulente Woche und eine wilde Odyssee durch das neue Berlin. Ein tragikomischer Roman über die Angst, wirklich die richtigen Entscheidungen zu treffen.

»Wie Benedict Wells versteht, sein Alter Ego in seiner ganzen Unbefangenheit dem Leben gegenüber darzustellen, geht weit über ein auf ein jugendliches Lesepublikum zugeschnittenes Generationenbuch hinaus. Wells' Sprache ist roh und unfrisiert, und seine Geschichte grundiert von bisweilen bitter-poetischem Humor.« *Peter Henning / Rolling Stone, München*

»Benedict Wells findet starke Worte für die Orientierungslosigkeit seiner Generation. *Spinner* ist ein wunderbares Buch über die Angst vor dem Erwachsenwerden und teilweise zum Brüllen komisch.«
Lilo Solcher / Augsburger Allgemeine

»Ironisch und stellenweise sehr tiefgründig. Versponnene Lektüre zum In-einem-Rutsch-Lesen.«
Emotion, Hamburg

Fast genial

Roman

»Ich habe das Gefühl, ich muss meinen Vater nur einmal anschauen, nur einmal kurz mit ihm sprechen, und schon wird sich mein ganzes Leben verändern.«
Die unglaubliche, aber wahre Geschichte über einen mittellosen Jungen aus dem Trailerpark, dessen Zukunft aussichtslos scheint. Bis er eines Tages erfährt, dass sein ihm unbekannter Vater ein Genie ist, und er sich auf die Suche nach ihm macht – das Abenteuer seines Lebens.

»Benedict Wells – ein Ausnahmetalent in der jungen deutschen Literatur! Mit *Fast genial* ist ihm ein ziemlich geniales Buch gelungen.«
Claudio Armbruster / ZDF heute journal, Mainz

Joey Goebel im Diogenes Verlag

Vincent

Roman. Aus dem Amerikanischen von Hans M. Herzog und Matthias Jendis

Wussten Sie, dass große Popsongs und Filme von einem unglücklichen, aber genialen Künstler stammen? Und damit einem solchen die Ideen nicht ausgehen, sorgen in diesem Roman ›Beschützer‹ dafür, dass ihm ständig neues Leid widerfährt. Denn das ist der Rohstoff, aus dem wahre Kunst entsteht. Bringt das Genie das Kunststück fertig, trotzdem ein glücklicher Künstler zu werden?
Vincent – ein Chamäleon von einem Roman, der als Satire beginnt, sich in einen bizarren Alptraum verwandelt und am Ende zu Tränen rührt.

»Furios, zupackend, spannend, hart in der Sprache und im Duktus. Und mit Rasanz erzählt.«
Alexander Kudascheff / Deutsche Welle, Berlin

»Joey Goebel ist mit *Vincent* ein großer Wurf gelungen. Schonungslos in seinen Einsichten. Mal erschreckend brutal, mal wahnsinnig komisch.«
Anna Sprockhoff / Hamburger Abendblatt

»In seinem furiosen Debüt zerlegt Joey Goebel unsere Medienwirklichkeit mit ätzender Ironie in ihre unappetitlichsten Bestandteile.« *SonntagsZeitung, Zürich*

Freaks

Roman. Deutsch von Hans M. Herzog

Kann Musik die Welt verbessern? Verhilft ein neuer Sound zu neuem Sinn? Das wohl nicht – höchstens den Musikern. Vor allem wenn es sich um fünf Außenseiter in einer gottverlassenen Kleinstadt handelt, mit denen niemand etwas zu tun haben will. Aber wenn sie Musik machen, setzen sie ihre eigenen Macken unter Strom und verwandeln sie in den Sound ihrer Befreiung. Eine Tragikomödie mit mehr als einem Ende.

»*Freaks* erzählt die Geschichte einer wunderbaren Freundschaft. Joey Goebel ist ein rasanter, grotesker und tieftrauriger Roman gelungen.«
Christine Lötscher / Tages-Anzeiger, Zürich

»Joey Goebel rockt das gleichgeschaltete Amerika.«
Evelyn Finger / Die Zeit, Hamburg

Auch als Diogenes Hörbuch erschienen,
gelesen von Cosma Shiva Hagen, Jan Josef Liefers,
Charlotte Roche, Cordula Trantow
und Feridun Zaimoglu

Heartland

Roman. Deutsch von Hans M. Herzog

John Mapother, Sohn der mächtigsten Familie im Provinznest Bashford, will in den amerikanischen Kongress, er hat nur keine Ahnung von der Welt seiner Wähler. Die aber hat sein jüngerer Bruder Blue Gene, das schwarze Schaf der Familie…
Ein großer amerikanischer Roman, hochintelligent, voller Witz und Melancholie.

»Böse, aber nie herzlos erzählt Goebel von jenen Gestalten, die beim *Pursuit of Happiness* ins Straucheln geraten.« *Stern, Hamburg*

»Ein prächtiger amerikanischer Familienroman. Überschäumend, witzig, böse.«
Verena Lugert / Neon, München

Ich gegen Osborne

Roman. Deutsch von Hans M. Herzog

Ein ganz normaler Schultag. Doch der schüchterne James hat Stress an seiner Highschool Osborne: Er, der im Anzug des gerade verstorbenen Vaters zur Schule geht, scheint der einzige verantwortungsbewusste Heranwachsende in einer haltlosen, sexbesessenen Gesellschaft zu sein. Er kann seine Mitschüler nicht ausstehen (was auf Gegenseitigkeit beruht), die cool sein wollen und doch nur gefühllos und vulgär sind und sich gegenseitig drangsalieren. Und nun scheint auch noch seine Angebetete, Chloe, die so tickt wie er, während der Ferien in Florida ihre weibliche Seite entdeckt zu haben – und das nicht zu knapp.

Notgedrungen nimmt James den Kampf auf: Ich gegen Osborne! Nicht nur gegen den Direktor, den er mit seinem Wissen um dessen Sex-Eskapade mit einer Schülerin erpresst, sondern gegen die ganze Highschool. Der »Outsider der Outsider« beschließt, die Schule so aufzumischen wie noch kein Schüler vor ihm.

»Joey Goebel wird als literarische Entdeckung vom Schlag eines John Irving oder T.C. Boyle gefeiert.«
Stefan Melk / Norddeutscher Rundfunk

Jakob Arjouni im Diogenes Verlag

»Ein großer, phantastischer Schriftsteller, der genau und planvoll und lesbar schreibt.«
Maxim Biller / Tempo, Hamburg

»Seine Virtuosität, sein Humor, sein Gespür für Spannung sind ein Lichtblick in der Literatur jenseits des Rheins, die seit langem in den eisigen Sphären von Peter Handke gefangen ist.« *Actuel, Paris*

»Seine Texte haben Qualität. Sie sind ambitioniert, unaufdringlich-provokativ, höchst politisch.«
Barbara Müller-Vahl / General-Anzeiger, Bonn

»Arjouni weiß als Dramatiker genauso wie als Krimiautor, wie er Spannung erzielt, ohne platt zu wirken.«
Christian Peiseler / Rheinische Post, Düsseldorf

Happy birthday, Türke!
Kayankayas erster Fall. Roman
Auch als Diogenes Hörbuch erschienen, gelesen von Rufus Beck

Mehr Bier
Kayankayas zweiter Fall. Roman

Ein Mann, ein Mord
Kayankayas dritter Fall. Roman
Auch als Diogenes Hörbuch erschienen, gelesen von Rufus Beck

Magic Hoffmann
Roman
Auch als Diogenes Hörbuch erschienen, gelesen von Jakob Arjouni

Ein Freund
Geschichten

Kismet
Kayankayas vierter Fall. Roman

Idioten. Fünf Märchen

Hausaufgaben
Roman

Chez Max
Roman
Auch als Diogenes Hörbuch erschienen, gelesen von Jakob Arjouni

Der heilige Eddy
Roman
Auch als Diogenes Hörbuch erschienen, gelesen von Jakob Arjouni

Cherryman jagt Mister White
Roman

Bruder Kemal
Kayankayas fünfter Fall. Roman